莫云 著

中国出版集团
现代出版社

图书在版编目（CIP）数据

寻不到的故乡/莫云著. --北京：现代出版社，2017.2（2024.1重印）
ISBN 978-7-5143-5627-4

Ⅰ．①寻… Ⅱ．①莫… Ⅲ．①散文集－中国－当代
Ⅳ．①I267

中国版本图书馆CIP数据核字（2017）第031763号

寻不到的故乡

作　　者	莫　云
责任编辑	李　鹏
出版发行	现代出版社
地　　址	北京市安定门外安华里504号
邮政编码	100011
电　　话	010-64267325 010-64245264（兼传真）
网　　址	www.1980xd.com
电子邮箱	xiandai@vip.sina.com
印　　刷	三河市京兰印务有限公司
开　　本	710×1000　1/16
印　　张	17
版　　次	2017年2月第1版　2024年1月第3次印刷
书　　号	ISBN 978-7-5143-5627-4
定　　价	49.80元

在我儿时的记忆里，生产队有一辆牛车；在儿子一代人的记忆里，家中有一辆自行车；在孙子一代人的记忆里，家中有一辆小轿车。也许有一天，我们的子孙都会成为地球移民。他们会站在外星球上豪迈地说：地球是我们的故乡。

——作者题记

用朴素抵达故乡

（代序）

□ 杜怀超

故乡，无论是物理空间的存在，还是精神上的地址，对于码文字的人来说，都是生命的软肋。所有的风花雪月、悲欢离合以及各种形色的面具，都会在故乡的真实与沧桑里纤毫毕现。尤其对于散文作者来说，两个不同意义上的故乡，都会在字里行间，朝着精神世界的掘进中，达到和谐统一。文以载道，文道合一。散文相对于其他文体来说，更能凸显作家的性情以及境界。文学生活不等同于现实生活。"没有经过审视的生活，都不叫生活。"然而，日常生活与文学世界，在散文作家的笔下，总是不由自主地要打通灵魂的通道。作家要在这样精神自由的时空里遨游，一切物质与世俗，都成为他情感与思想过滤后所要叙述的对象。

那些书写故乡的作家，历来是值得尊重的。故乡，给作家提供了创作的母体、富矿和营养。没有故乡，也许就没有文学。追溯众多的作家创作履历，我们不难发现这样一个共同点，他们创作的最初，多是从故乡出发的。文学写作的发端，有意识或者无意识地起笔于故乡。这也好理解，一片生于斯、养于斯的土地，用文字在纸上进行建筑，这是合乎逻辑的事情。故乡是厮磨很久、记忆切肤的树之年轮，深陷着每个人的生命成长历程，这是每个写作者所熟悉的。写作，通常是从最熟知的生活开始写起的，写自己的故乡再熟悉不过了。

走进作家莫云的故乡世界，你将会发现，围绕着故乡的人事或景物，一片情感的汪洋恣肆在文字间，一笔一笔构筑回忆的堤岸。在他的笔下，有严父、慈母、兄妹、三叔、大姑父、侄女以及乳母，血乳交融。亲人的悲欢，就是作家莫云的悲欢；亲人的幸福，就是作家莫云的幸福。从这些朴实真挚的文字里，我们可以读到作家淳朴无华的内心世界。没有粉饰，没有浮夸，没有渲染；就是用这样一支蘸满真情的笔，以自然原始的叙事，在情感的海底打捞、回忆、反刍。写故乡，对作家来说，每个人都无法逃避，这是打印在作家身上的烙印。但是，越是熟悉的地方往往越难描绘与抒写。很多作家总是在刻意地逃避对故乡的抒写，他们往往用虚构的方式完成对故乡的反哺。我对莫云老师是充满敬意的，对他笔下的故乡也是充满向往的。一个人要写出原汁原味的故乡，这本身就是极富挑战的事情。它要求作家不仅要做到接近事情的真相，挖掘极其隐私的情感、隐蔽的细节以及很多不为人知的故事，这需要很大的勇气，更需要袒露胸怀、真诚以及个人化的事实，客观而真实的表达，这相对于日常生活是极其危险和令人不安的。暴露个人的生活隐私，将面临道德审判和社会评价，这对作家本人的道德标尺，无疑是需要高度的。写故乡，就是写自己，写自己，何尝不是故乡的模样？撕裂故乡的明与暗，岂不是作家本人内在世界的明与暗？对于明处的世界，我们人人都可以去写，然而，那些黑暗中被遮蔽的部分，就不是每一个作家都敢于去挑战的了。从这一点上，我对莫云老师是怀着无比敬意的，他率真的生命文字，饱含着温度与热度，在故乡的亲人之间流连，汹涌着真性情、真故事、真灵魂；土生土长，原汁原味。

写故乡及亲人如此，写朋友，莫云老师同样追求一个真字。在友情篇章中，作家莫云把从他生命里走过的友人诉至笔端，表达对他们的情感，诸如新亚、昌方、傅加贵、蒋老等，甚至房东、同窗、忘年交及未曾谋面者，这一切都在作家的生命里留下回声，占据作家情感的世界。每一个人的背后，都有大量的情感细节和物象来呈现。从这些见过面或没谋面的朋友身上，我们看到了一个作家的内在修为，对朋友的珍惜与感恩，无疑这是值得欣赏和钦佩的。文学，说到底是人学的问题。个体的世界观、人生观和价值观，决定着作家的气场，对文学作品的境界有制约作用。窃以为，只有内心拥有美好情感的人，才能写出完美真诚的文章来。人品的高低决定着文品的高低。莫云老师这种掏空灵魂、赤裸性情，大量白描式的写法，用这样一种朴素至极的方式，在完成人与人之间的真情表达途中，抵达臻境。读他的文字，时刻感受着浓烈的情感、纯真的情怀。朴实无华却又深藏真挚情愫的文字，我们触摸到一种类似酒精的火焰燃烧在其中，有着生命的温度。

　　同情与悲悯，是优秀作家必须具备的精神质地。故乡的景物在作家莫云眼里，深藏着情感的波澜。无论是石磨、船帆、二胡、老井、水塔、煤油灯、汴河水、水牛冲、枣红马、黑布鞋、西大沟、穆登岛、花园口、梨树林、半边圩、姬楼村等，还是故乡的雨雪风霜、春夏秋冬，这些寻常的事物，在作家莫云的世界里，分明是情感的小岛、礁盘，是他生活、工作以及人生世界里的灯塔。不可否认，作家莫云是生活的热爱者，对生活里的万物充满着敬畏与感恩。这些在他的生活里闪烁过光芒、共同走过岁月的事与物，都化作生命的音符，流淌于纸上。从这些久远的回忆里，我们不说文字的重力，沿着文字的蜿蜒，我们可以触摸到作家那份情感的真诚；没有什么比真诚更重要。真实地与这个世界万物和谐相处，说起来简单，做到就不是一件简单的事了。我们往往知道这些生活的真相，可惜在面对社会的时候，总是过多地躲闪、逃避、遮蔽、隐藏、圆滑、虚伪以及口是心非或沉默隐忍。这到底是明哲保身还是过于世俗？是保存"真我"还是隐藏"小我"？读着莫云老师这发乎心灵的文字时，迫使我们要撕开自己的真，袒露赤裸的魂，与他一起呼吸故乡的养分。我自私地以为，作家莫云的世界，无论是故乡还是异乡，都是向内的，用内在温暖外在，两个故乡是统一的，他的情怀也是一致的，在尘世里保持无限的真实与生命的体温，这是潜藏在作家心底深处的对生活的悲悯和精神的向度。

　　每个人都有故乡。外在的或者内心的，回去的或者回不去的故乡；守望在高处的精神建筑或俯身尘世的大地故乡；尤其是在当下，随着城市化进程的推进，村庄的渐行渐远，故乡越来越成为一个奢侈的词，晃动着每一个离家的游子之心。故乡对于这些游子来说，分明就是一个安根的地址与图腾，以便有一天都能沿着故乡的小路回来。在作家莫云的世界里，对故乡的挚爱、深恋以及无限爱恋，让人动容又不胜唏嘘。赤裸着情怀的文字里，滚烫的故乡之歌，在不断颠沛辗转的生活里，更增添几层对故乡的体悟。只有历经漂泊、流离的人离故乡最近、最切，也最怯。在纷繁复杂的生活与人世纠缠里，故乡也由最先的日常，逐渐上升为内心的庙宇，然后不断地修葺、建构与提升，渐渐地，这个故乡不再是我们眼前的故乡，而是我们人人都渴望抵达，却一生也抵达不了的那个若即若离的故乡。

故乡是寻不到的。是的，寻不到的故乡才是故乡。我们每个人的心头，都会有一个寻不到的故乡，永远也抵达不了。消失或再现，已经不是当初的故乡，也不是我们心中的故乡。好在作家莫云用最质朴无华的文字，馈赠给我们一个活着的不老的精神原乡。

我和莫云老师是忘年交，应其之邀作序，诚惶诚恐，但恭敬不如从命，勉强作之，斗胆为序。

（杜怀超，中国作家协会会员，著有长篇系列散文《一个人的农具》《苍耳　消失或重现》和长篇散文体小说《大地册页——一个农民父亲的生存档案》等，获过紫金山文学奖、老舍散文奖等。）

目 录
CONTENTS

亲情篇

002 / 父亲

005 / 三叔

008 / 许叔

011 / 外婆星

014 / 大姑父

018 / 祭妹文

020 / 慈母泪痕

023 / 别梦依稀

025 / 乳母情深

028 / 月到中秋

030 / 侄女三侠

033 / 悼绪杨文

036 / 追忆广正

039 / 重回上塘

042 / 钢笔的故事

045 / 姑父的心愿

047 / 远方的祭奠

051 / 忆达如兄

055 / 吊丁万会兄

058 / 雨中的回忆

061 / 时间是条河

064 / 故乡的月亮

067 / 老不欺少不哄

069 / 父亲的 3 本书

友情篇

074 / 箫声
076 / 永凤
079 / 小草
081 / 准闺女
084 / 老同学
088 / 老主任
090 / 傅加贵
092 / 忆蒋老
094 / 教坛情
096 / 豆面条
099 / 我友新亚
102 / 良友如师

105 / 我的房东
107 / 以美为邻
110 / 同窗张用瑞
112 / 思君如汴水
115 / 相知"夕阳红"
118 / 扫盲班的灯光
121 / 当我失意的时候
123 / 未见过面的忘年交
125 / 春风伴我送昌方
128 / 赵恺老师的语言风格
131 / 往事因你而美丽
136 / 蒲公英开花的时候

乡情篇

142 / 石磨
145 / 船帆
148 / 看雪
150 / 听雨
152 / 卷鱼
154 / 插秧
156 / 新居
158 / 老井
160 / 小油灯

164 / 花园口
167 / 西大沟
170 / 后大墩
173 / 枣红马
175 / 黑布鞋
177 / 老汴河
181 / 茑萝花
184 / 云雀情
186 / 二胡情缘

188 / 上塘水塔

191 / 寻梦故乡

194 / 乡情无际

197 / 还乡纪事

200 / 今夜星光

202 / 王台大桥

205 / 园栽四物

207 / 夜宿姬楼村

209 / 家乡的小河

213 / 远去的村庄

217 / 水牛冲之夜

219 / 穆墩岛月夜

222 / 我与小人书

225 / 我的城中情结

228 / 那一片梨树林

230 / 做纤夫的日子

234 / 洪中生活琐忆

237 / 忘不了的半边圩

241 / "男人国"的变迁

244 / 千里淮河写悲欢

255 / 代跋：人生能有几多驿站

亲情篇

父　亲

　　父亲曾是乡长，他的名字在家乡的日记中一天天黯淡，他的人生经历就像家乡洪泽湖边的小路一样弯弯曲曲，但他身上却有一种闪光的东西时时照亮我的记忆。

　　时光如水，将我与父亲隔开了 21 年，我记忆的胶卷上蒙上了一层朦胧的雾气，宛如父亲遗像上那被岁月尘封的印迹。1979 年农历十二月二十七日，那天，阳光透过一碧万顷的冷空直射下来，覆盖在故乡 3 间土墙草苫的老屋顶上。屋内，父亲的遗体安详地躺在铺满麦秸的地面上。按地方风俗，他老人家的遗容上罩着一张 16 开的黄草纸，头部不远处点着一盏用陶瓷碗临时赶做的麻油灯。为父亲送葬的那天早晨，白霜满地，草木披孝，晴空万里，寒气逼人。

　　父亲是传统式的农民，祖先留下的勤劳节俭的美德似乎都集中在他的身上了。他长于劳作，终于劳作，在为时不多的乡长任上，他始终以节衣缩食为荣，晚年犹以稼穑为乐。劳作是父亲人生履历表中的主要内容。他生在饥饿与战乱的年代，自己没能读上书，只是后来在工作中刻苦学习，粗识汉字，他在因为耿直顶撞了上司而退守田园后，却能一直关心着我的学习，此情此恩确实不容人忘。直到我走上工作岗位之时，才渐渐理解了父亲的一片苦心。

　　童年的我喜读书。我看的第一本连环画册是《林冲雪夜上梁山》，我读的第一部长篇小说是《岳飞传》，这两本书都是父亲从县城特意为我买回的。这是一种无声的启蒙，我从书中读到了精忠报国与疾恶如仇，读到了正义感、责任感与爱国心。是书籍告诉我,人生不可虚度;是书籍告诉我,人生的责任是干一番事业,报效祖国。在我成长的过程中,书籍还赋予我人生坚实的精神支柱。

父亲杀过人,这是我从父亲的故事里听来的。战争年代,父亲曾是中共领导下的洪泽湖陶滩武工队队员,他虽然身材不高,但行走如飞,办事敏捷。父亲说他所杀的人都是良心大大坏了的人,其中有日本鬼子,有伪军,也有国民党还乡团。他讲述这些故事时,还比画着当年的动作,那刀劈顽敌的情节,比当年包公铡贪官头还要痛快淋漓。

我18岁高中毕业便担任生产队民兵连长。夏天,我带领铁姑娘队抢插水稻;冬天,我又领着"水利战士"们扒河抬土,大搞农田基本建设。我们苏北人生就一副铁肩膀,一筐土几百斤,两个人配合,一前一后一使劲便抬上了堤顶。扒河那份差事太苦,几天下来,肩头肿得像红烂桃子;一个月下来,两条腿酸得像灌了百斤铅。那是在"农业学大寨"的红色口号下,天不亮上工,天黑透下工,两头见星星。那次扒邻村"抢河"正值三伏天,一抬土一碗水,热汗像瓢泼一样流,附近村上的水井都被"水利大军"喝干了。这让今天的小伙子姑娘们听来,定会说是天方夜谭。看到我黑瘦的体肤,父亲只得连声叹息:"养起疼不起呀!"怜子之情,溢于言表。

我拼命般奋斗在"广阔天地"里,揣着火红的希望燃着火红的青春。然而,命运之神总是对我紧紧地关闭大门。因为父亲曾有"历史问题",我参军无门,推荐上大学更是没我的份。一个冬晨,大队革命领导小组派人通知父亲进思想改造学习班。临行,父亲因他连累了我的政治前途而落了泪,他动情地说:"我知道你心像一盆火,谁能理解你呢?"知子莫若父,他的话语中有自责,有对我的惋惜,也有对那个时代的不平。说真的,那时我的上进心真如一团火在燃烧。

知我者,父亲。

我儿时说过谎,这曾引起父亲的关注。他老人家听在耳中,记在心里。他从没有在公共场合斥责过我,而是在私下里语重心长地对我说:"做人要诚实。"出语不多,却字字重重地敲击着我的心。我一直为自己年少说谎而脸红，也为当今一些吹牛撒谎不知脸红的人而难过。还是在当年回乡务农的日子里，我曾写了一份扎根农村的决心书交给了大队党支部。今天看来那是一种无可奈何中的人生选择。父亲知道后，严厉地训了我一顿，说我不该做违背自己意愿和良心的事情，做人就要堂堂正正，弄虚作假那是在毁自己。多少年后，我走上了讲台，想起父亲生前的教诲，我曾将陶行知先生的一句名言当作自己的座右铭：千教万教教人学真，千学万学学做真人。

　　教我者，父亲。

载于 2001 年 8 月 9 日《泗洪日报》

2004 年 5 月选入《中华散文百年精华》(人民日报出版社)

三　叔

　　三叔是个标本式的农民，辛苦和勤劳是他老人家一生的财产与财富。

　　父亲生前说过，三叔的童年是在苦水中泡大的。早年，我就了解三叔辛酸的历史。父亲兄弟三人，在莫氏家族中属于"开"字辈，并按"恩勤学"三个字分别取名。我的祖父在三叔幼小时就去世了，随之大伯也英年早逝。家中没有土地，只有一间半破旧的茅草房，那时祖母尚在，娘儿仨相依为命过日子。家乡位于洪泽湖边，洪涝灾害连年不断，小洪水年年发，大洪水每10年左右来一次。洪水肆虐时，村前村后可以撑着木船转悠，水灾成患，父老乡亲苦不堪言。民国十年（1921）发大水时，这个世界上还没有三叔；到民国20年再发大水，刚刚3岁的三叔还不谙世事，他随我的祖母与父亲逃荒到湖边，以采摘野红豆及挖藕捉鱼度命。家乡人都说：洪泽湖日出斗金。正是大湖用天然的物产养育了湖边世世代代的人们。水是家乡人的灾星，又是家乡人的救星。洪泽湖是家乡人的母亲湖。

　　据说三叔9岁时就雇给村上一户富裕人家放牛。就在那年的一个夏日，三叔在莫台村的东湖放牛，瓢泼大雨自天而降，让人眼都睁不开。那时湖边还没有防洪堤，洪水无遮无挡汹涌而来，把三叔浸泡其中。他人小爬不上牛背，此时洪水已漫到了他的颈部。直到暴雨停后，父亲才找到三叔，哭着把他带回了家。

　　古云：大难不死，必有后福。可是，三叔的人生除了辛苦以外还是辛苦。后来，父亲参加了革命，十几岁的三叔也曾利用他的儿童身份秘密地帮他做做情报工作。再后来，父亲当上了人民政府的一个乡长，回家的时间少了，只有三叔陪伴在祖母身边，而陪伴三叔的，却是日复一日的饥饿加上繁重的体力劳动。三叔经历过土地改革、抗美援朝与合作化运动，尤其是在家乡空前的治理淮河水利工程中，三叔小小的身材却参与了治淮的一项项过程。治淮工程主要在淮河中下游，中游工程主要是修建水库，而下游工程主要是开挖排洪河道。那一抬抬至少100多斤重的泥土，要靠人的一副肩膀从低处抬到高处，泗洪人"铁肩膀"的称誉就是那个年代的产物。三叔仅仅1.6米的身高，但他在每道工程中的付出却不比别人少。子在寒暑里，老母盼儿归，年老几乎双目失明的祖母，独守在老宅那一间半茅草屋里，等着儿子归来团聚。我曾想，饱经风霜、风餐露宿与披星戴月等词汇，似乎成了三叔人生的专利。

三叔在艰难困苦的包围中，终于和三婶在老宅结了婚，膝下三男两女，都先后在三叔含辛茹苦的养育下长大成人。生产队那阵子，三叔当上了副队长，可以说是全国职务最小的干部。所谓副队长，就是吃苦耐劳的代名词。一般说来，队长是负责全面工作的角色，深居简出，副队长则是独当一面的角色，带队扒河、领头出差是义不容辞之事。那些年，三叔究竟吃了多少苦，连他自己也说不清楚。

记得我在县中读书时，星期天回家，三叔有时见到我，便悄悄地往我的口袋里塞进1块或2块钱纸币。在校时我的每个月伙食费才6块钱，那时1块钱的市场价值相当于今天的100块钱，现在的人们从身上可以掏出好多张100元的钞票，而那时的人们从身上掏出几张1元的钞票都很困难。

到了20世纪70年代初，三叔又迎来了新中国的第二次大型水利工程任务，那就是农业学大寨运动中的水利工程。正当这个时候，我高中毕业回村任生产队民兵连长，我们叔侄俩不在一个队，父亲从行政上转业以后，我们家户口定在了第三生产队。也就是说，我领着三队的民工，他带着四队的民工，干的都是同样的繁重活。此时的三叔是40多岁的年纪，仍然和我们小伙子一样起早摸黑地抬大土，并且常常是天不亮上工，天黑下来才收工，家乡人称为"两头见星星"。虽然，我和三叔碰面时常常相互投过关切的目光，但在那种条件下，各自都要靠挣工分吃饭，我们明知沉重的大土累人，有时还会伤人，无奈，叔叔怜悯不了侄儿，侄儿也怜悯不了叔叔。

我穿的第一双皮靴是三叔给我的，那靴面上还打了两个从自行车内胎上剪下的红补丁。那是 20 世纪 60 年代末，县水利局在我们大队境内的西溧河岸边兴建电力排灌站，这在家乡还是"开天辟地第一回"。三叔被抽去当民工，他把工地上发的旧皮靴省下来给我穿，那是他在怜爱我刚从初中毕业，怕我吃不了干农活时的泥泞之苦。当我第一次穿上三叔送给我的皮靴时，直感到脚下暖暖的，心头也暖暖的，想说感激话，但又不知该从何说起。于是，我在雨天里穿着那双皮靴下湖干农活，也在雪地里穿着那双皮靴到村外去寻找野兔，那是想力求改善一下当时一月吃不上一顿肉食的贫困的生活条件。当然，这些都是在国家《环境保护法》还没颁布之前的事情。

我从淮阴师专毕业在城头中学从教，三叔赶街下集都要从中学打个弯，或和母亲拉拉呱，或问问我的近况如何。家里人不客气，有时我陪他喝两盅，我不在家时就吃随茶便饭，他也不计较什么。三叔对我很信任，家中有一些较为重要的事情都要找我商量商量。城头中学离莫台村近 10 华里路，一个秋夜，天下着雨，我上过晚自习课回到住处，正坐在写字台前看书，三叔和小弟乃升忽然打着伞从家中赶来，说是家里最近发生了一件事，要我赶回去帮忙处理一下。我立时有一种信任感涌遍全身，二话没说就拿起雨伞跟着三叔回村。夜雨还在淅淅沥沥地下着，我们在路上磕磕绊绊地走着。秋雨洒在脸上凉丝丝的，而情感在心中却暖融融的。至今，我对那个秋夜仍然记忆犹新。

三叔对古人"无父从兄"的理念诚信有加。父亲大三叔 10 岁，父亲健在时，三叔对他言听计从，那可能因为他是在父亲的搀扶下长大的，并且父亲做地方干部时，在生活上也对三叔多有接济。我深深地理解，三叔的敬兄既是传统的美德，其中也有感恩之心。在父亲去世时，三叔一直守在父亲的遗体旁边，见我流泪，他也掩面低泣。我的泪水中有丧父的悲痛，他的低泣中有失兄的哀思。

我调到县城工作时，三叔已进入了花甲之年，体力和精力明显地不如从前。由于我的工作压力较大，回村看望三叔的次数也渐渐少了。1993 年春，三叔突患绝症，四处求医无效。我回村看望他时，他已口不能出声，我只能在对往事的追忆中，用泪水向他老人家默默地倾诉。

三叔已经过世 20 余年了，我总是常常想起他的身影和面容。

载于 2016 年第 2 期《大湖徐风》

许　叔

　　家乡人把习惯把族叔喊成"小爷"，我常喊许叔为许爷，这称呼中的"许"字不是姓氏，而是我对族叔莫开许的昵称。

　　我和许叔同在一个生产队，我对许叔最早的记忆是他家老宅那成片的枣树。许叔家的宅子是莫台村最古老的宅子，我小时候居住的地方叫前台子，我们称许叔居住的地方叫后台子，西临圩门，前面是圩沟，高高的宅子下面垒了许多石头。记不清许叔的宅子上有多少块石头，也记不清许叔的宅子有多少棵枣树，只记得我常常爬在他家的树上摘枣子吃，甜甜的枣子加上甜甜的回忆，组成我甜甜的童年。

　　当我考上县中的时候，许叔已经是学校高三甲班学生了。因为我年龄较小，父亲便安排我跟许叔住在一起，让他照应我。许叔和蔼可亲，我和他在一起，特有安全感。有一次，我腿上害了疮不能走路，许叔就牵着我们生产队的骡子一路把我带到了学校。

　　1966年春节后，许叔带着我上学，刚化了雪的乡路泥泞难走，我们都吃力地在古汴河的大堤上行走着，许叔还不时地拉着我的手。临近县城时，许叔扳着指头说："再过四个月就要考大学了。"他的语气中充满了渴望，这话好像是对我说的，又好像是在自言自语。大学，是那个时代的人多么美丽的梦想啊！正是为了实现下一代这个梦想，老一辈们含辛茹苦，有时甚至是饿着肚子也要供孩子读书。谁知，一场史无前例的"文化大革命"打破了许叔的大学梦，成绩名列前茅的许叔做梦都不会想到，他将终生与大学校园无缘。

装着满腹数理化知识的许叔回到了生产队，他和其他社员一样，挥汗如雨或者披星戴月地忙碌在一望无际的农田里。冬天，他与大家一起住在低矮的扒河庵子里，身上生了好多虱子。夏天，他顶着烈日锄禾或钻进密不透风的玉米地里打秫叶。热汗淋漓，口渴难耐，生产队长便派一个人回村挑两桶砖井水来，桶里放一个水瓢或一个碗，几十个人轮换着喝，谁都没考虑到传染病、细菌什么的。这在今天专用水杯的80后、90后看来，简直是不可思议的。

许叔家是富农成分，推荐上大学根本就没有他的份儿。还是大队领导看他的人品好，又有学问，就安排他在村里的"帽中"教书。帽中，顾名思义，就是在原来的高小基础上戴个帽子，学生两年毕业后拿初中文凭。用家乡的话说，许叔装龙像龙装虎像虎，干起活来他是合格的农民，教起书来他又是合格的老师。

恢复高考制度的春风终于吹来了。许叔参加1977年的高考，被录取为走读生，南京师范学院来了一封询问信件，问他在南京有没有亲戚，一向性格忠厚的许叔实话实说：没有。结果他只能名落孙山了。1978年高考，许叔不仅自己报了名，他还不止一次地鼓励我报名。我是1968届初中毕业生，真是有愧于"毕业"二字，因"文革"的原因，我仅仅读完了初一的课程。我岂敢在高校报名表上写上自己的名字！如果把苦口婆心一词用在许叔身上，那是再恰当不过了，他上班必须走我家的屋后，那几天，他每天都弯到我家坐一会儿，目的只有一个，就是劝我报考，理由是我爱读书可以报文科。最后他来个激将法，一本正经地说："我来给你付报名费。"我人生最害怕的东西就是真感情。我被许叔真挚的感情打动了，只好答应去试一试。那年的录取分数线是300分，我考了301分，政治、语文、数学、历史、地理5门，我的数学考了5分，而且是百分制的5分。许叔的总分比我高很多，可是天不遂人愿，他在体检时因血压偏高而没过关。生活有时就是这般捉弄人，被他劝考的人录取了，而他自己却被拒之于高校的大门之外。

后来，许叔考取了南师函授班，苍天终于给他补了一张大专文凭；再后来他又由民师转成公办教师，并调进了乡级中学，我们叔侄也终于有缘成了同事。许叔对人只做好不做坏，如遇同事提干，他只说好话不说坏话；每年评先进，他又总是把好处让给别人。

家乡有句俗语，叫"人善被人欺，马善被人骑"。在我们的身边，往往会有些小人把道义的程序搞乱了，让奸诈刁钻的人去歧视诚实善良的人。这世界上真还就有刁钻小人，这种小人还偏偏被许叔遇上了。许叔被人歧视过，但他依然真诚地活着，被无知小人讥笑时，他恰恰用自己的一言一行去嘲笑那些歧视他的人。

从不知吹牛拍马为何物的许叔，他的人生虽然普通，但却是一部很耐读的启示录，让我从中悟出：做人太聪明了，没有好处；做人厚道一点，没有坏处。许叔退休了，他退得从从容容、无愧无怍。许叔人生最大的官是在学生时代做过学习班委，他从没尝过官场上的"官味"，但他比这世界上许多的官都活得心安理得。如今，许叔有时到省城儿子那里带带孙子，有时又到县城女儿那里过一段日子。他就像蓝空一片悠悠的白云，自去自来。

世界上有两种人最不可战胜：一是有骨气的人，二是没有欲望的人。许叔是个没有欲望的人，没有欲望的人日子过得真潇洒、真幸福。

载于 2015 年第 3 期《大湖徐风》

外 婆 星

每当星光璀璨的夏夜，我会情不自禁地想起外婆。

我是在外婆的脊背上长大的。外婆给我印象最深的，是她那佝偻的背脊和满头银发，还有那一张清瘦而又布满皱纹的脸。我之所以对外婆记忆深刻，是因为外婆在我还不记事的时候便病逝了，只是长大后才听母亲说过，外婆是如何如何带着我与从妹翠英玩耍，我又是如何如何调皮，等等。我对外婆的往事可以说一无所忆，小时候，我虽然过年过节都到外婆的坟上去烧纸祭扫，但就是回忆不起她老人家的模样来。

外婆家住在安徽省泗县县城南石庄，一条弯弯的石梁河自村东流过，后来，新开挖的新汴河又从村前向东流进洪泽湖。从风水学上说，这里该是个风水宝地。说不清石梁河有多么古老，我只知道这条河的年龄比外婆的年龄要多得多。1966 年冬天新汴河的开凿，标志着石梁河历史的结束，因为它东西横穿斩断了石梁河的水系，从而使其一年年走向干涸。我也曾因走亲戚在石梁河边玩耍过，那时竟不知，这还是一条有名的河流。20 世纪 20 年代末期，中共泗县县委曾组织领导了石梁河农民暴动，它的名字已经被写进了皖东北的革命史册之中。外婆时已中年，她虽然听到过农民暴动的枪声，却不知道革命所为何事；她虽然也敬佩那些在暴动中牺牲的农民英雄，但她仅仅是个普通的农村妇女，依然天天洗菜浣衣于石梁河边，看河水东流去，伴小村的日出日落。

外婆的人生经历中有我们家庭的搬迁史，她晚年的生活常常随着我父亲的工作调动而奔波。从朱湖的臧桥村到城头的梁园村，再从古汴河边的石集街回到西溧河边的莫台村，外婆曾阶段性地告别石梁河住进了洪泽湖边。1960 年，一场灾荒在苏北大地上蔓延，泗县农村的灾情尤为严重。为生活所迫，外婆这次在我们家住的时间最长，此时，我的人生也走进了储存记忆的阶段。

记得我儿时极爱数星星。晴明的夏夜，外婆常搂着我在门前的榆树下纳凉。外婆仰望着夜空对我说，天上的星星共有十万八千颗，每一颗星星都是地上人的化身。有一次，外婆指着东方最亮的一颗星说："那是文曲星，谁是那颗星，谁就能中状元、做圣人。"那时，我虽然不理解状元、圣人和文曲星的含义，但极想弄清楚文曲星的奥秘。长大后方知，那是外婆在哄我玩，如果说天上有一颗星，地上就有一个人，那么十万八千颗星星仅仅相当于几个乡的人口，这数字也太少了，地球上有好几十亿人呢！最有趣的是，外婆还教会了我和小伙伴们一个健身的秘诀——数星星。

大船星，小船星，
两船星，过河东。
谁能讲七遍，
到老腰不疼。

一个孩子，要一口气把这四句儿歌说七遍，确实不容易。有时，我竟会把小脸憋得通红。这时，外婆笑了，在我看来她笑得很美丽，连额上的皱纹似乎都变少了。我的入睡大都是在外婆的怀中，合着蒲葵扇的节拍，伴着外婆没有歌词的轻唱和蚊子们疯狂的呐喊。蒙胧中醒来，外婆手中的扇子还在轻轻地摇着，那真有点"摇到外婆桥"的意境。有时，外婆乘我不备，还会猛地在我的脸蛋上亲一下。正是在此时，我会于无意之中戳伤外婆的心：我把脸从外婆的亲吻之中挣脱出来，嘴里还不住地喊："外婆脏，外婆脏。"于是，我似乎发现，外婆的脸上立时会掠过无可奈何的浅笑和隐隐约约的忧伤。

我是在邻家三奶的故事中长大的，也是在外婆的古书中长大的，她们是我人生启蒙阶段的两个老师。家乡说唱古书有两种形式，一种叫唱大鼓，另一种叫唱洋琴（就是琴书）。只要是村中来了说书艺人，外婆常领着我去听，她把自己的爱好传给了我，也许是无意识的身教，也许是有意识的期盼，她真的希望我将来能成为一颗文曲星。外婆的记忆力较好，无论是听过的鼓书还是琴书，她听后还能转述给村上的人听，至今我还记得她讲述的《皮秀英告状》中的唱词："小翠红笑盈盈，水牢驮出老公公。"在家乡人的口语里，"驮"就是"背"的意思，外婆的方言很地道。

风和日丽的时候，外婆便带我到野外去拾柴草、割猪菜，是她老人家第一次领着我认识生活、走向生活。从她身上，我学到了勤劳和节约的美德。那是个饥荒肆虐的春天，也正是家乡人生活最艰难的季节，青黄不接，室中无粮。一次，爸爸和妈妈外出了，外婆便带着我到西大沟去捞水草充饥。她卷起打着补丁的裤脚，手拿着柳匾，把骨骼突出的双脚伸进水中。在沟西南的一片枯草丛里，她竟捞到了一些黑黝黝的青蛙籽。我们高高兴兴地走回家，把青蛙籽放进锅中，煮熟后再放点盐，就作为一顿丰盛的午餐，虽然没有油，但我们吃起来却有滋有味的。在那个年代，青蛙籽是可以代替食粮的。也正是从那腥涩得难以下咽的青蛙籽中，我尝到了生活的真实滋味。

三年自然灾害过去了，外婆家乡的生活也有了好转。外婆又回到了她朝朝暮暮难忘的石梁河边。回家后，她老人家虽然有时到我家来走亲戚，但次数越来越少了，因为外婆也一年年地老了。于是，岁月又渐渐地在我们之间垒起了一道近似于陌生的墙。随着年轮的一圈圈增多，我也常常想念起外婆来了。1975年4月，外婆带着勤劳、带着贫穷、带着慈爱不幸去世了。听说她临终时，口中还不时地念叨着我的乳名。可是，我因被抽到县里参加理论学习，竟未能亲自为她老人家送终。为这，一种负债感久久地捶打着我的心。外婆给我的太多太多，而我给外婆的却太少太少。10年前，我赶到泗县去为舅父送葬，就近到外婆的坟前去看一看，许多感慨不禁油然而生。往事历历在目，石梁河曾经相伴过石庄村的一代代人，如今，河水干枯了，外婆头枕着新汴河的波涛而长眠，那河水中倒映着太阳与月亮，也倒映着夜空中的星星。也许，外婆还像教我童年数星星一样，正在年复一年地数着天上的星星。

时光的脚步太快了，外婆一晃已去世多年。在生活的天幕上，她只不过是一颗微不足道的流星，没留下夺目的光彩，也没留下深深的印痕。今天，我已经明白了外婆口中文曲星的真相，不打算也不可能成为一颗文曲星，但我常常会深情地眺望星空，我在寻找哪一颗是外婆的星星。

载于2016年第2期《大湖徐风》

大 姑 父

他是我的远房姑父，但感情上的距离却很近。

姑父这个称呼在泗阳等地都称"姑爷"，而在洪泽湖西岸一带却称"姑父"，后一个字读轻音。家乡人习惯上称父亲的姐妹为"姑妮"，对排行大的则称"大姑妮"，对其丈夫则称"大姑父"。

大姑父名叫戚仁高，原住石集乡汴河东岸小戚台村，与大姑妮结婚后，他们为了培养我的开许叔读书，便主动迁移到莫台村来，不是倒插门，也无须改姓。他之所以这么做，是因为那时开许叔家不远处有一所莫台小学，读书很方便。

20世纪60年代初，父亲任大队副兼莫台三队队长，他与大姑父很投缘，可谓意气相投，办事也相得益彰。时村人有谣云："某某、某某、戚仁高，大队长饿后腰。"这意思是，大姑父与队里的另外两个社员很得父亲的信任。我们两家合伙打过纸，搞一些农活之外的副业。大姑父干事是一把精手，除了赶车、扬场、砍大刀之外，他还会用船、打夯、苦房子等技术活。打纸就是把收过庄稼留下的麦穰造成粗质的纸张。这是我们村的传统活计，而大姑父迁到莫台村不久，就成了村里为数不多的几个打纸高手之一。姑父家住宅前后栽了好多枣树，每到秋天，大人们都在屋里忙切纸、扎纸等活计去了，我便爬到树上摘枣子，然后与表妹、表弟们一起分享。大姑父家的枣树下有我快乐的童年。

那时的莫台三队是县里有名的样板队，无论是山芋还是大秫棒子，都要比其他队里的长得大。另外，父亲在大姑父的建议下，办起了窑厂，窑厂就办在大姑父的老家小戚台附近的老河头，大姑父里里外外帮了不少忙。不久，队里又买了一条大船，既可以运货赚钱，又可以让社员们到湖中去割牛草和烧草，也可以带来一些其他收入。莫台三队是样板队，主要就"样板"在副业收入上。当然，大姑父是用船能手，这在远近村都是知名的。

当大姑父在风风雨雨中忙碌的时候，我在读书；而当我高校毕业还乡从教的时候，大姑父依然在风风雨雨中忙碌着。可以这样说，大姑父是我风雨人生中的第一个老师。课堂上的老师是用纤细的手指捏粉笔头，田野上的老师是用粗硬的手指握铁锨头。我15岁初中毕业，第二年就随大姑父到柳山运石头。那是我们大队第一次兴建砖石结构的校舍，校址也从莫台村中迁到小胡台村的东面。大队在分配任务时，自然会想到了三队运石头的木船与技术娴熟的船工大姑父。那是我人生最艰苦而又最难得的磨炼时期，不知那是我人生的不幸，还是我人生的有幸。对于运石头的细节，我已在散文《做纤夫的日子》一文中叙述过。后来，我又随大姑父以及其他成人多次到湖中去割草、拉纤，也像大姑父那样在风风雨雨中忙碌着，为了生存，也为了求索。于是，我学会了拉纤，学会了撑船，也学会了掌舵与扬帆。

去年秋天，我与梁衡、周大新、刘醒龙等名作家在家乡的古汴河边幸会，当说起我做纤夫的经历时，周大新老师还很新鲜地要我讲述拉纤的过程。他说他的老家在河南邓州农村，却从没见过拉纤的真实场面。我说，电视节目中的模仿拉纤，像是在拉石磙，更像是在做游戏，远没有生活中的拉纤那么艰苦、那么辛酸。

家乡是水乡，可以说是历史上水患最多的地方。中华人民共和国成立后，家乡历经了两次兴修水利过程，一次是治理淮河，一次是"农业学大寨"运动。这两次水利工程的起因分别来自于一位伟人的两句话：第一句是："一定要把淮河修好！"第二句是："水利是农业的命脉。"大姑父那一代人是勤劳艰辛的一代人，他们儿时因日军扫荡而逃过难，年轻时又历经过大饥饿的考验。治淮那阵子，大姑父刚刚20岁出头，什么苦和难都让他遇上了。他曾经给我说过：双沟、峰山切岭，他爬过坡；二河、三河闸引河，他抬过土；挖皂河、刘老涧船塘，他流过汗。辛勤是大姑父人生的履历表。

1972年，我高中毕业，正赶上"农业学大寨"高潮。当时，已届不惑之年的大姑父和我有着一个共同的称号：水利战士。我担任生产队民兵连长，主要任务除了带领民兵训练之外，还要带领队里的民工战斗在兴修水利第一线。刚毕业的毛头小子懂什么？那几年间，大姑父既是一名扒河民工，又是我的"场外指导"。有他与我父亲的感情做基础，我暗自有数，他对我的感情也非同寻常。那时的河工任务也太多，一道工程没结束，下一道工程的任务又分了下来。每年的秋收后到春种前，我的主要任务就是抬土爬坡，冲锋在前。而大姑父就是我人生之船上无声的掌舵人。当时，家乡的"旱改水"（种水稻）刚开始没几年，春夏时，我又负责队里的水稻育秧与插秧工作。水是水稻的命脉，大姑父就负责稻田用水的管理工作，他确实是忙碌在风风雨雨之中，披星戴月。这副重担，没有极强责任心的人是担当不起来的。在不久前的宿城区人代会上，一位乡党委书记在发言中说，当年治淮与"农业学大寨"运动中兴建的水利工程，直到今天我们仍然在受益。他的一席话，使我立刻回想起当年水利工地上的热烈场面，也使我想起了工地上汗流满面的大姑父。

　　那时的文化生活虽然贫乏，但每个乡都有放映队，每道水利工程期间，都要放映几场电影。一天晚上，乡放映队来工地上放映影片《智取威虎山》，我们都带着一天的疲劳去赶场子。第二天吃早饭时，大家都端着饭碗交谈着影片中的情节。谈到杨子荣打虎上山的那段音乐，大姑父忽然兴趣来了，他连忙放下手中的碗，把筷子放在口中，手指也相应地起落，模仿几句圆号演奏的"打虎上山"乐曲，虽然他那时还不知道圆号这个名称，但我们听起来还真觉得模仿得有点像。多少年以后回忆起当时的情节，还让人回味无穷。我曾经这样联想过，凭大姑父的天赋，如果出生在一个音乐世家，他也许会成为一名出色的音乐家。

　　还有一件事令我记忆犹新。父亲在退职以后，一次请大姑父帮我们家修理房屋。那天生产队长安排他去干另外一份差事，他当场就和队长顶撞了起来，理由是，老队长如果在职，我可以不帮他家修房子，而他现在不干了，我今天一定要帮他，做人不能过河拆桥！这是中国人身上最为宝贵的品格！大姑父拍过苍蝇，拍过蝗虫，但从没拍过马屁。他有真性情，却没有半点奴性。我曾工作过好几个地方，大姑父的这种品格每时每刻都在教诲并影响着我。

　　农村土地联产承包以后，大姑父后来还做过瓦工头儿，带领一帮人在村里村外忙活。晚年他又在县城做过花工，如今在家帮大儿子如栋看看鱼塘，还抽空帮村邻做做无偿的木工活。我每次还乡，都想去看望他。作家迟子建说过："小人物身上也有巍峨。"大姑父一直是个普通的农民，但他在我的心中却是一座山。

载于 2015 年第 3 期《大湖徐风》

祭 妹 文

胞妹宝兰，小吾两龄，生于寒饥，卒于病恶。

早年生母家贫如洗，于辗转流离中定居朱湖乡黄圩村，后因失夫而改嫁万氏，遂忍痛遗我于异姓。乳我者安河之水，养我者洪泽畔之土地。

兰妹出生日，吾已不在母侧。妹因穷困目不识书，吾幸得养父之恩，历十年寒窗之苦。辛酉秋，余从教于上塘，幺妹宝侠偕母登门认亲。由是骨肉泣泪团聚，方知兰妹已成古人。

兰妹18岁时，突患白血之疾，四处问医求治。然生活弥艰，家资匮乏。兰妹苦忍病痛之折磨，吾则一无所知，唯挣扎于无际之穷愁中。

癸寅仲夏，兰妹之病终不能医，溘然夭逝于县医院病房。天地酷残，竟掩埋其如花妙龄。兰妹既殁，先葬朱湖小河之南，后迁黄圩倪沟崖村西。我为兄长，生未能抚其额而笑逗，死未能扶其棺而倾泪。惜哉！

闻宝侠泣诉：兰妹在日，常遥望远天，思兄情切，临终前犹三呼"哥哥"，然后含恨而别。

斗转星移，岁月沧桑。春风有情，秋雨无情。吾与宝兰兄妹一场，兄竟不识妹面为何貌，妹亦不谙兄音为何声。昔兰妹思兄时，兄何知？兰妹呼哥时，哥未应。

今春正月，天寒依旧，余特莅兰妹坟前凭吊。家乡平坟还田，兰妹孤坟已夷为田亩，空余斜阳蓑草伴妹之灵。吾祭妹时，妹亦何知？吾呼妹时，妹亦不应。岁月能老，而情不能老。且作斯文，一谢兰妹生前之意，二慰兰妹逝后之魂。

　　呜呼！妹魂在天，浩宇苍苍；妹魄在地，烟海茫茫。见不可及，思不可望。尚余此心，念之断肠。欲哭无泪，人间天上。

载于 1996 年 4 月 13 日《泗洪日报》

编入 2002 年散文集《乡路弯弯》

慈母泪痕

新世纪的第一个元宵节，是我告别母爱的日子。

我万万没有想到，母亲能在这个时候猝然离开我们。头天晚上，她老人家主动坐在方凳上，与小芳们一起包节日的饺子。我们一家连同亲戚都沉浸在欢乐的气氛中，看电视，打扑克，谈天说地。

天刚微亮，母亲又早早起床了，到厨房里帮小芳开炉门做饭，忙这忙那。我因夜间看书睡迟了点，天亮时还在梦乡里。母亲怕我上班迟到，悄悄打开房门，唤道："快8点了，起床吧。"我连忙穿好衣服，起身一看，桌上的闹钟才指向6点40分。我知道这是母亲看错了时间，心下又想气又想笑，怨她叫得太早，但又深深地理解她老人家的一片心意。当母亲合上苍老的双眼时，我才痛悔当时不该埋怨她，在这茫茫天地间，看错时间也是一种绵绵的母爱呀！由此，我想到了几年前的一件事。那是一个寒冷的冬日，我要到省城校对《泗洪县志》稿，晚上早早地睡下，准备天明赶车。刚过凌晨1点钟，母亲便叫醒了我，轻声地问："能做饭了吧？"我一看表，时间还早，便劝她说："早着呢，您睡吧。"母亲那时不识钟表，过了一会儿，她又来唤我了，她总是记挂着我的出差，生怕误了班车。那一夜，母亲唤醒了我好几遍，她老人家也一夜没合眼。说实话，当时我心里还真的有点生气呢！

我们家搬进了套房，可母亲总是过不惯，经常闹病。去年，我送她回老家过了几个月，寒假刚至，她又让人打电话给我，说是想孙子，待小白刚刚放假，我便把她接了回来。唉，不到一个月，她老人家竟与世长辞了。她走得匆忙，走得从容，也走得知时，带着一生的勤劳与节俭，没给我们带来半点负担，也没有耽误孙子上学的时间。

元宵节的早上，母亲吃了一碗饺子、两个汤圆，中午我们唤她吃饭，她说不想吃，嫌胃部难受，一边说话，还一边坐在凳子上择韭菜，直到把当天买回的韭菜择得整整齐齐，她才躺到床上休息。上班前，我与小白到医疗室请来医生，一检查，才发现母亲的血压猛然增高。我依然没有想到，母亲会在这时匆匆地离开我们。服了药，母亲还催我："上班去吧。"

晚上，家中来了几位客人，我一面张罗着买菜待客，一面请来医生为母亲诊断。医生说："吃了饭再给老太太挂瓶水吧。"等客人刚走，母亲的手臂上便挂上了吊针。宿城的元宵灯会是远近闻名的，我对小白说："你带小芳她们看灯去，我来照顾你奶奶，难得她们来一回。"我坐在床沿上和母亲拉话，架上的盐水瓶在静静地滴着。我劝母亲："今后要少吃汤圆，吃了不易消化。"她微微地点头称是。一瓶甘露醇刚挂了一多半，母亲说想解小便。

我说："等水挂完了好不好？"母亲连说："不行。"我连忙一手扶她下床，一手擎着盐水瓶。到了卫生间，我又连忙用左手去放便池上的棉垫。就在我手离开她身体的同时，她猛地跌倒在地板上。我急忙喊人，妻拖着病体从客厅里蹒跚走来，接下我手中的盐水瓶。母亲沉重的身体倒在地板上，我怎么也扶不动。住在隔壁的医生闻声赶来，帮我一起将母亲抬到客厅里。刚刚放下，母亲便头往地板上一仰，任我怎么呼唤，她也不再答应，仅在眼角边流下两滴闪光的泪，人间的诀别竟在这短短的几分钟之内。我立刻意识到面前的一切是怎么回事。母亲眼角的泪痕在日光灯下闪动，那是她生命濒临结束时留下的一份遗爱，是数十年母爱延续时的结晶，也是她对亲人们献出的最后一次眷恋。这泪痕与21年前父亲临终时的泪痕遥相呼应——那是1980年的春节前夕，父亲也是这般眼角流着泪离去的，走得也是那么坦然、那么从容。

几天前，母亲似有一种预感，她与我们说话总是那么泪眼婆娑，还再三催促我把在泗阳省亲的小白叫回来。她还对我说："我的病怕治不好，不要送进医院了，省点钱给孩子上学用。"我当时只是安慰了她几句，现在想来，她老人家连日来说的许多话，句句都是遗言。为了表达一份谢意，我曾书赠母亲一副对联，此时，权且作为挽联敬献在她老人家的遗像前吧：

乳我襁褓，慈如春，教子种田手把手；

扶之摇篮，严是爱，育孙励志心连心。

窗外，阵阵寒风应和着我深情的呼唤。我跪在母亲的遗体旁，千呼万唤。我深深地知道，即使我的泪水溢满了家乡的小河，也始终报偿不了母亲眼角那一点泪痕。

2001 年 4 月 6 日《泗洪日报》

2009 年 8 月选入征文集《永恒的母爱》

别梦依稀

我这次是专程为告别一位老人而来的，而且是永远的告别，她便是我的生母。

生母姓袁，生于原宿迁县顺河集，自小以辛勤为业，与贫苦为侣，后嫁到今泗洪县朱湖乡黄圩村，生两子四女，三女20世纪70年代夭折于恶病，我为次子，9个月托养于他姓。生母一生清瘦，且自小裹过足，她与首倡妇女解放的"五四运动"同庚，却甘愿做封建礼教的牺牲品。今年2月22日，生母不幸过世，接到电话后我即刻奔丧，以报生身之情。

我深情地伫立在徐洪河边。此河原名安河，上游为龙河。我的第一声啼唤就飘荡在这条河边，因此，安河便成了我的乳名。5岁时随家迁居城头乡，听前辈说，我的衣胞仍掩埋在黄圩村后一棵槐树下。这是因为中华民族的大衣胞便是掩埋在黄土高坡的大槐树下，槐树为国树，亦是华夏民族的祖宗树，衣胞为人之初的证物，衣胞所在即标志着一个人根的所在。我的骨肉故乡在安河岸边，我的感情故乡则在西溧河畔。生我养我的有两片土地，一片土地滴下过慈母辛酸的泪水，一片土地洒下过我辛勤的汗水。

别梦依稀，若离若即，40余年的时光流入历史的烟海，大大小小的往事融进故乡的记忆。

生母安详地躺在地铺上，她的脸上蒙一张16开的黄板纸，多年的疾病为她泪水浸泡的生命画上了句号。对于她老人家，"坎坷"一词显得太苍白无力，而最能准确概括她大半个人生的词汇便是"苦难"。从兵荒马乱中的辗转漂泊，到贫穷困厄中的忍饥耐寒，生母早年一个个人生的段落，都画上了含辛茹苦的曲线。她静静地躺着，似生活用心采集的苦难的标本。

我们姐弟几个围坐在生母的遗体旁守灵，身下的麦穰草带着她亲人的体温，焐暖她遗体周围冰凉的地面。大姐沉痛地回忆自己童年时的往事，说到辛酸处声泪俱下。那时，生母带着大姐、二姐与大哥艰难度日，相依为命。在那非讨饭不能生存的岁月，生母却生成一个饿死不要饭的怪脾气，她人生的哲学就是凭双手挣饭吃。于是她就在村邻中打短工，为张家洗洗衣，为李家绣绣花，这样能勉强维持她与大哥母子俩的生活。大姐那时十二三岁，讨饭嫌害羞，她便怂恿七八岁的二姐去挨门讨饭，每次省点干食回来，姐妹俩将就着度命。后来，二姐被村人介绍到当地一户富一些的人家做童养媳。那家人很势利，生母几次登门都遭到白眼相看。她老人家实在咽不下这口气，果断地决定：把二姐带回家，宁愿饿死在一起，俺穷要穷出个志气！在殡仪馆向生母最后道别时，我突然发现她的嘴唇似在蠕动，像是想用苦与难换来的毕生的体会告诫儿孙们：不要乞求别人！特别是对那些为富不仁的人们。

在生我的骨肉故乡，我为生母送葬，我披麻戴孝走在送葬队伍的前面。此时，我该向生母讨要一份遗产了，一份民族传统中的精神遗产，那便是一个中国普通劳动妇女身上所具有的坚韧与刚强。

载于 2001 年 1 月 18 日《泗洪日报》

乳母情深

我有三个母亲：生母、养母和乳母。

我人生的万千情丝都来自于当年那艰难的十月母腹之中，我人之初的第一声啼唤是在安河边那个小村的茅草房里。已说不清是什么原因，也许是因为一个农家生活的极度贫穷，我又被转移到了养母的襁褓里。如果是在今天，靠奶粉完全可以养活我小小的生命，可是，在那个土地贫瘠、农民贫穷、食品贫乏的年代，养母没有奶水，只好四处为我寻找代乳的人，于是，忽然有一天，我又乖乖地依偎在乳母的胸口。世间就有这般恰巧事，乳母、生母、养母分别依次大一岁，她们竟在1999年、2000年与2001年又按照生年大小的顺序相继去世了。遗憾的是，2000年春节刚过，我到黄圩村去给生母送葬，竟不知道，乳母的坟墓就近在咫尺。

安河水在哗哗地流淌，母亲们的泪水也在哗哗地流淌，流淌成岁月辛酸的足迹。据说，乳母在我降生前后，生下了一个男孩，竟在贫病无医之中不幸夭折了，才让她能有充足的乳汁来喂养我。这不能不说是我与乳母的缘分，从而结下了足令我后悔一生的母子情。

大概是在20年前吧，我写过一篇题为《清清的安河水》的散文，是根据小时候养母教给我的一支当地自编小调改编的，在文中错误地把乳母写成了小虎娘。后来才知道，乳母姓周，娘家就在生母居住的黄圩村，而小虎娘则是当时农业战线上的一个先进典型。养母还曾经告诉我，乳母婆家姓尹，丈夫名叫尹其河。也正因为有了这个名字，我才能够与乳母家取得了联系。人生啊，有时就是这般扑朔迷离。

记得父亲送我到县中上学时，在青阳小学门前的饭店与朱湖的一位老相识饮酒，后来，有些朱湖籍的学生见到我就指指点点，就像今天在街上碰见了歌星影星，弄得我很不好意思。在城头中学任教之时，我经常给县妇联主办的《泗洪妇女工作》投稿。每年，县妇联都要把撰稿人叫到县城聚一聚，从而我认识了朱湖乡的笔友刘祝喜。他大我十来岁，在了解我的情况后，便主动与我联系。一次，他出乎意料地说："你小时候我带你玩过。"原来他是朱湖乡臧桥村人，我的父亲曾在当年的臧桥乡任过乡长，他家就住在乡政府附近，他也经常像大哥哥一样搀着我玩耍。后来，我随家迁回城头，我们也就音讯断了。虽然《泗洪妇女工作》曾一度为我们搭起了桥梁，但16年前，我调进市直机关工作，与祝喜兄联系也少了。前年，我在泗洪县城遇见他，我们交换了手机号码，我还托他打听一下有关乳母家的情况。不久，他给我打来电话，告诉我说，乳母已经去世了，她的儿子叫尹廷树，家住朱湖泰山村。

人有时就是这样，整天忙忙碌碌，有些该做的事还放在那儿，有些不太该做的事，还就应付了不少。转眼又是一年，我还没有去祭扫乳母墓。去年一次偶然的机会，我随市历史文化研究会到淮安市码头镇去凭吊漂母墓，听解说员讲述了韩信感恩的故事，每一句话都像鞭子抽在我身上。我虽然没有韩信那么大的能量，号召部下十万将士，每人一兜土为漂母添了个小山一样高的坟墓，但自己也是个人啊，总该到乳母的坟前鞠个躬吧。今年清明期间，我果断地给祝喜兄打了电话。

凭吊乳母墓是在清明节的下午，祝喜兄热心地在朱湖镇政府门前等我。我约杨兆辉及侄女杨帆同行，兆辉的朋友陈茂林老师热情地为我们开车。上海现代牌轿车箭一般穿行在乡村的水泥路上，路两旁林立着高大的白杨树，再两边是一望无际的绿色的麦田。我揣着一颗朝圣的心，轻轻地来寻找母亲。祝喜兄首先带我们到泰山村找到了尹廷树大哥，然后一同来到乳母的墓前。

乳母墓在小吴庄村东的麦田里。当我在墓西的十字路口下车之时，猛然觉得这风景似曾相识。哦，就是这条横穿东西的乡村道路，我18年前曾经走过。那是泗洪县委组织部邀我为一部电视专题片写解说词，我与他们来泰山村调研时，走的就是这条路，所不同的是，那时还是土路。此时，又一种遗憾之情涌上我的心头。那时乳母还健在，假如我寻亲的脚步快20年，许多遗憾都会不翼而飞，至少我可以在苍老的乳母面前，深情地唤一声：母亲。

跪在乳母的坟前，我重重地磕了3个头，这算是表达一种迟到的感恩。归途，我问廷树大哥，母亲的照片还有吗？他说以前住草房子，留下几张照片也因潮湿而霉掉了。我情不自禁地摇头，老人家生前对我恩重如山，逝后没能留下照片让我一睹容颜，这不能不说是我人生的一大憾事。看来，生活给我的怀念只能是一种无声无形的抽象概念了。

廷树大哥还告诉我，我被领回来的那天，暴雨倾盆，乳母脸上的泪水和雨水交融在一起，她在泥水中滚了一身泥，那痛彻肺腑的哭声感动得天为之昏、地为之暗。那是人间深深的母爱呀，几个月时间的哺养，老人家已经把我看成了亲生儿子。

对于乳母的人生经历，我几乎是一片空白，只是通过廷树大哥的介绍，我才略知一二。乳母心精手巧，并且做得一手好面点活，农村吃大食堂那阵子，她被首选进村中食堂，成为远近首屈一指的面点能手。天地之大，人各有其才，乳母作为一个普普通通的农村妇女，以劳动为其长，以勤劳为其本，也就无愧于人生了。

世界上没有能报得完的恩情。没到乳母坟前，我总觉得欠下她老人家许多；而今天来到了乳母坟前，我又觉得欠下的更多。意大利诗人但丁说过："世界上有一种最美丽的声音，那便是母亲的呼唤。"我人生最大的遗憾，就是记不起乳母那美丽而亲切的呼唤声。

从乳母坟前归来没几天，廷树大哥夫妇俩送来了几十斤大米，妻怕短期吃不完想处理点，我连忙阻止她说：安葬母亲的土地上长出来的大米，特有营养，留着。

载于 2013 年 8 月 16 日《宿迁日报》

月到中秋

在家乡人的感觉中，中秋月比任何时候的月亮都要大、都要圆、都要亮。人类的感情色彩就这般具有倾斜性。

王维诗云："每逢佳节倍思亲。"我更认为，思亲最浓的佳节当数中秋。在我国的传统风俗中，清明是祭祀已故先辈之节，中秋则是亲人团聚之节。中秋亲人欢聚一堂乃幸福之事，而天各一方则仿佛无乐可言。其实，中秋是团圆之节，亦是思亲之节。人间万姓，不可能每一家人都能在中秋之夜合家赏月，以享天伦，比如，那南极探险队队员，那昆仑雪峰上的哨兵，那漂泊异乡的海外游子……

一年一度的中秋节在匆匆忙忙之中悄然而临。我曾与朋友开过一个玩笑，我说我家的中秋节最清静，不像有些人家的楼层下，常有车笛声扰人，那声音就像反特影片中的特务们在对暗号。中秋送大礼，多年来似乎已"蔚然成风"。我所说的清静是指：此时无人来贿赂我，我也不去贿赂别人。有清风有明月相伴，人生足矣，其他还有什么奢求呢？

昨天侄儿艾青来宿办事，到此小住一宿，叔侄俩执杯在手，饮双沟酒，叙家乡事，我们仿佛把中秋提前一天过了。待今夕华灯初上之时，我与妻及许慧，亦斟上白酒和饮料，就在这数尺餐厅里欢度中秋佳节。我们互相祝福，共同食月饼、水果，并一起到南窗前欣月，看一轮明月初出东天，各自才面带笑容地回到桌前。持蟹下酒，悠悠往事便于不知不觉之中涌上心头。

思念是一只放飞的风筝，记忆便是手中长长的牵线；思念是一只漂泊的小船，记忆便是背上那根沉沉的纤绳。

首先走进我记忆中的是故乡的月夜。朦朦胧胧的月光覆盖老宅上的几株枣树，枣树那散乱的枝条上结满了沉甸甸的枣子。我趴在树杈上，两臂使劲地摇晃，树下是手提小柳篮弯着腰拾枣子的邻家表妹。大大小小的枣子落了一地，表妹咯咯的笑声也落满了一地。月光下的小表妹脸庞是那样的美，美如天上那一轮玲珑的明月。后来，表妹远嫁他乡。每当中秋来临，家乡的枣树下便落满了我沉甸甸的惆怅。

月光下走来父亲佝偻的背影，他手中拿着砍草刀，肩上挎着旧被单。那是父亲从洪泽湖中砍草归来，背上还沾着他连日劳动的汗水。居住在湖边的人，是农民也是草民，生活艰难中，常常到湖边去砍些牛草卖钱。我知道，父亲此行也是在湖边砍牛草，好卖点钱为我补交拖欠的书费学费。月光照彻故乡草屋的房顶，我看到了母亲哭得红红的泪眼。那是我考上县中的第一个中秋节，母亲思儿心切，彻夜未眠。

收罢碗筷，我站在阳台上带着微醉看月，月亮似乎也带着微醉看我。我一边赏月，一边等待着远方的电话。儿子小白是个边防军人，值此中秋之夜，他正驻守在边防检查站。中秋是人间的团圆之节，而今夜我们家却要遥距两地共度佳节。中秋不能团聚，几年来这在我们家庭中习以为常。小白自从上大学之后，仅仅回家度过一个中秋，那是因为那年中秋与国庆节恰巧碰到了一起。在部队这几年，他一年仅一次探亲假，他的中秋一直是与他的战友以及他的职业一起欢度的。今夜，我赏家乡月，他赏广州月，但我们却心心相印，似乎彼此能看到相互月光下的笑容。我想，在祖国的大家庭中，作为一个军人，为了万家的团圆而驻守在自己的岗位上，这是值得的，也是不会孤独的。一人喜何如天下喜！一家乐何如万家乐！这就是今宵的月亮悄悄告诉我的一个秘密。

对月饮酒，月下思亲，这是一种孤独，但也是一种享受。当然，这种享受并不是每个人都能深解其中的滋味。

载于 2009 年 10 月 1 日《宿迁广播电视报》

侄女三侠

在诀别人类的三侠之后，我随即游览大自然的长江三峡。

刘三侠是我的表侄女，她定格在我记忆中的形象永远是个孩子。当年村上办文艺宣传队时，她挂着一脸稚气打钱竿、引花挑、耍船灯，舞姿玲珑，钱竿声声清脆而铿锵。村里人都惋惜地说，三侠这孩子如果不是家穷不识字，将来准有出息。

那一年，我考取了高校，寒假回家在石集巧遇三侠子。她小小年纪，一直把我的背包背到村头，路上我几次要换一下，她都不答应。也许是农家的孩子早当家的缘故吧，水乡的贫穷养成了她勤劳的秉性，以致在她初为人妇，继为人母之后，始终以勤俭为本，以劳动为荣。记得我每次回村相遇三侠，她不是荷锄晚归，便是早起下田。那是个夏日炎炎时，她自蟹塘归来，带着两脚泥巴，亲切地唤我一声叔。那时她虽然已进入中年，但在我听来，那亲切的呼唤犹带童音。

去年春夏之交，忽闻三侠患脑瘤，在南京做完手术回了村。两个月后我去看她，她已病入垂危，目不识我。

一个人在不当走时走了，一朵花在不当谢时谢了。村中有人无可奈何地为之总结说，这叫命运。三侠在时，村人这么过；三侠走后，村人还这么过。一年一年，一月一月，一天一天。不过，左邻右舍总觉得生活中少了什么，又一时说不清楚。——哦，是三侠那孝敬公婆的一言一行，是三侠那与人为善的朝朝暮暮。

一个普普通通的人走了，就像树上少了一片微不足道的树叶，很少有人会去注意。可是，一个普通人的人生也有其存在的价值。世界上有几十亿人，每个人的生命只能有一次，一次别无选择的人生，却能够走出有所选择的人生之路。

长江三峡有自然风光的美，侄女三侠有人生淳朴的美。在游览长江三峡的日子里，我自然地时时忆起侄女三侠，因为，美是她与长江三峡的共同亮点。

三侠走了，三峡尚在，这便是大自然较人类有优势的地方。人生的活动是那么的短暂，而大自然的沧桑却是那么的漫长。于是，我想到了人生的微弱与渺小，想到了日月星辰的博大与永恒，同时也想到了"珍惜人生"这一老人常谈的话题。

生命属于每个人自己，但每个人又都不是自己生命时间的把握者。世间有许多延年益寿的佳法妙方，但人类怎么也改变不了天灾人祸、生老病死的自然规律。在这个难以改变的自然规律的约束局限下，人类每个成员的最佳选择便只有珍惜人生了。生命有贫有富，人生有短有长，而每个社会成员人生所创造的社会价值却不尽相同。

珍惜人生，就是要把握人生的方向。这正如船在广阔无垠的大海上航行，必须掌握好舵盘，无论是风雨交加，还是迷雾重重，都要朝着预定的目标前进。"生命诚可贵，爱情价更高。若为自由故，两者皆可抛"，这是至高无上的人生大方向，植根于民族的土壤之中，建立在国家独立的基础之上。电视连续剧《曹雪芹》中主人公的表妹阿云有一句警醒人生的话：做人心中要有一盏灯。心中没有一盏灯的人生，可叹！

珍惜人生，就是要有益于社会、造福他人。世间的人多得就像夜空中数不尽的星星，各地各国，各行各业，每个人都生活在特定的环境之中。从古至今，并不是每个人都能戴上科学家和文学家的桂冠，也不是每个人都能成为光宗耀祖的文臣武将，更不是每个人都能成为指点江山、叱咤风云的时代英雄。人格无尊卑，人不可无志；人生当有益，不可有害。有益于社会的人，多多益善；有害于社会的人，有不如无。为官者应以造福一方为勉，为百姓者当以福积他人为乐，哪怕些微之福，人生也当无愧无憾了。这种对人生的珍惜，用一句时髦的话说，就是"洒下一路阳光"。

珍惜人生。就是要"把握生命的每一分钟"。这是一首歌曲中的唱词，要求高了点，做到确实不容易。这句话对于事业上的执着追求者较为适用，而对于一般人，只要不虚度时日，有一个勤劳有益的人生似乎也就够了。珍惜人生，也就是要把时间用在正道上。如果把短暂的人生中那宝贵的时间，用在安逸无聊中，或用在欺世害人的地方，那当是多么可惜和荒谬啊！

达官显贵有其人生的卑劣之处，平民百姓有其人生的闪光之点。譬如刘三侠。在长江三峡回忆侄女三侠，我竟这般浮想联翩。三侠走了，就像天空中的一片白云转瞬飘过。

人生啊，何处是归程？

载于 2004 年第 4 期《楚苑》

悼绪杨文

生死去留乃人间寻常事，而绪杨的早逝，使我不能不写几行文字。

绪杨年长我 5 岁，但属我的族侄辈，他的高祖排行二，我的曾祖排行五。绪杨自小天资聪颖，行动敏捷，村里人赠其绰号"扫急"（sàojí，家乡方言，意为行动迅速的人）。他入学后年少贪玩，常与毽子、篮球、乒乓球为友，每遇赛事，均能名列前茅，常被村邻交口称道。他虽不专心于学业，但成绩犹可，历次考试参差人前，其中数学成绩特别好，被同学誉为"大王"。"文化大革命"中，初中毕业的他只得辍学回家。于是，命运把他局限在家乡这片土地上。他做过孩子王，也做过 10 余年村干部，直至去年身患肝癌，四处求医而不可治愈，才上未安下未全地离开人世。

我们叔侄的友谊始自儿时，那时绪杨在我们的心中很神圣。他精于捉鱼、游泳、踢毽子，样样可以为我师。他一连能踢几十个"跳"，还能一连踢几百对"常对子"。玩乐是儿童的天性，他常常带着我们挖野菜，让野菜的清香伴随着我的童年，我因此闭着眼睛也能说得出七格芽、富木秧、荠荠菜、桥桥秧这些家乡野菜的俗名。他常常带我们捉云雀，从擢马尾毛打扣子，到雀巢前布疑阵，再到编笼子养雏雀，至今我仍然熟记着那一整套工序。那田野上奔跑的背影，那艳阳下云雀的啼鸣，那家乡碧绿的麦田与小树林，立时都走进了我的记忆。他还常常带着我们放风筝，其中一段有趣的故事，我已经在散文《童年的风筝》中详细叙述过。

记得是一个隆冬，父亲从湖边买回一只大雁，雁肉留大人们下酒，雁头让绪杨拿出来与孩子们分食。那日冷风刺面，我们都坐在小喜子家的西墙下，绪杨先小心地把雁脑用指头挑出让我一口口地吃，他这样分配的原因是：雁是我家买的。我当时感到很幸福、很优越，浑身充满了受优待时的满足。直到雁脑吃完了，他才与一群孩子分啃剩余的雁头骨。

大概在我读高中的时候吧，一次家中来了亲戚，我临时到绪杨家借宿。他当时已20多岁，显然比我成熟得多。那晚我们情真意挚地交谈，谈往事也谈未来。这样的机会，在我们共同步出童年以后还是第一次。谈罢就寝，两人同床，却只有一个枕头。他铺好床后，毫不犹豫地把枕头递给我，任我怎么推他也不接。谦让枕头，在人生中只不过是一个小小的细节，却能展示出人的内心世界。这人世间，并不是所有的人都能把方便让给别人，也并不是所有的人都具有这样一种境界。世上有一种人很渺小，这种人时时、处处、事事首先想到的总是自己。绪杨可能不会想到，就是那晚，那个小小的细节却对我产生了长久的感染力。从那以后，我似乎朦胧地悟出：人，还应当经常虑及他人的利益，处处给他人以方便。

1973年深秋，我参加了人生第一次也是唯一的一次服役体检。体检归来，绪杨也为我高兴。他在经济拮据中当即表示愿为我饯行。他深为自己未能从军而抱憾，并推心置腹地对我说："人是应当走出家门干点事业。"我读《水浒传》《三国演义》《岳飞传》等书，从小便揣着一个当兵的梦。虽然那次此梦未圆，但我毕竟知道，在洪泽湖边偏僻的村庄，能知我者有几人。

闻绪杨身患绝症，我很震惊。我曾发问："上帝，你为什么对一个家庭急切需要的人如此苛刻？"然而，事实毕竟是事实。我刚刚定居宿城，绪杨来王氏诊所治病。我留他住宿，他因有病在身婉言谢绝。待他们父子俩乘车走后，我仍然孑立在诊所门前。目送之余，我心里好难受好难受。想我居住县城时，他每次登门都无拘无束，举杯痛饮，菜不论味，酒过半斤。然人生无常，病魔无情，一条壮汉竟在不该走的年龄线上无奈作别，并将被岁月淹为古人。

昨晚，从弟乃路从家中打来电话，言绪杨已不在。我愈加忆念往事，于悲痛中写下此文，并拟一联以悼之：

寻不到的故乡
Xun Bu Dao De Gu Xiang

岁月如斯，莫叹冷月当头，天地怜才岂有用？

人生似梦，孰料英年跨鹤，草木含悲亦枉然。

绪杨，一路走好！

写于 1999 年 7 月 16 日

编入 2002 年散文集《乡路弯弯》

追忆广正

　　论辈分，我比广正长两辈；论年龄，广正比我大一循。"循"在家乡的方言中相当于量词"打"，一循就是12年，也就是属相地支中的一个循环。

　　我对广正的第一印象来自于父亲的口中。父亲之于广正，属曾祖辈。广正年轻时在泗洪县上塘信用社工作，一次父亲到泗县走亲戚路过上塘，广正热情地将他留下小住几日，临走还买两包香烟给他路上抽。值得说明的是，父亲原做过乡长及高级社主任等职，后因故被罢职。父亲在位之日，我们家门庭若市，而他赋闲之时则门庭冷落。这曾经深深地刺痛过我的一颗童心。广正能尊敬长辈，不冷落失意之人，这种做人的禀性足令那些势利之徒赧颜。

　　我高校毕业后的人生第一站便是从教于上塘中学，那时广正已经调回城头信用社。1982年，我调回城头任教，遂与广正渐有交往，相互了解也逐日增多。古代为地方官树碑立传有志书，而作为一介百姓就只能靠口碑了。所谓有口皆碑，其真正的社会价值往往胜过盖上鲜红大印的奖状。广正在乡邻中口碑较好，做人一生，能为人诚厚、老幼无欺，便难能可贵了。广正应当坦然而去了，一个人除了恪守人格以外，其他还需要什么呢？算人间芸芸众生，并不是每个人都能如此做人的。官痴争名于官场，民痴争利于市场，或以赫然权柄而玩弄心术甚至铤而走险，或以蝇头小利而争执不休甚至大打出手，何苦来着？广正略有点口吃，看上去也许算不得精明；但从人生的大方向上说，广正却是个聪明人，因为他得到了人生最有价值的东西。这世界上最愚蠢的人，往往就是那些自以为聪明的人。

广正花甲之年退休于县信用社副主任职上，是个正股级的小官。官无论大小，当以人品论之。官品源于人品，源之不存，流之何来？正如皮之不存，毛将焉附？广正与人民币打了大半生交道，退休后住普通房，着平民衣，饮低档酒，抽低档烟。看样子，他在位时确实没捞什么"油水"。我们虽不能说广正是个没有一点缺陷的人，但可以说他对"钱老虎"这一关把得相当好。广正晚年，近者促膝小聚，远者相逢一笑，他平平凡凡的一生就这么平平凡凡地度过了，且拥有一个无憾的人生。

曾听一位朋友说过这样一句话："会计是贪污的同义词。"这话虽有点偏激，但也能说明一点问题，近水者易湿，而近钱者则易污。做一日好人易，而做一世好人难，一个人要想锁住自己的七情六欲，难而又难。我总是认为，世无圣人，但世有贤者，所谓圣人，只不过是后人对极少数在某个领域的集大成者的至尊之誉称，而在生活中，"圣人"亦是七情六欲一项不少的常人。古今中外能称贤者则数不胜数，位尊可达帝王将相，位卑可为平民百姓。广正虽不是一个毫无利欲的大贤者，但他晚年身无巨款传及孙子，以清清白白做人而知足常乐，如此人生，亦可楷可模了。

几年前，开文叔倡导编修《泗洪莫氏族谱》，广正则倾其力以助之。他们共同北上山东，南下五河，时时访，处处查，拓碑摄影，不厌其烦，终使族谱修成，为族人留下一份文化遗产。不幸的是，开文叔在族谱付印前不幸病倒，广正也在族谱修成时含笑作古。仿佛他们的人生就是为办这件大事而来似的，难道那冥冥之中真的有大意吗？

前年，我抽空回老家莫台村，在族侄绪贵家吃中饭。上午与广正见了面，他特意骑着自行车赶到10里外的城头街，买了几瓶双沟青瓷酒招待我。诚挚之心，蓝天可鉴；敬我之意，我心知之。去年冬，广正从新沂乘车途经宿迁，我陪他小酌几杯，并共同返洪。他身患绝症时我去看望他，临别他笑着强要送我下楼，我当时心里很苦也很痛，我深知，他为期不远就将踏上一条不归之路了。听到广正去世的消息，我从繁杂的公务中请假回乡吊丧。说句心里话，我是冲着广正的人品而去的。

广正晚年几无照片，他的子女们便把他中年时的一张彩照放大了放在灵堂里。那张照片上的他容光焕发，倒也有几分潇洒。当年也曾风度翩翩的广正，就这般匆匆地走了。上帝送走一个人就是这么简单，随便找个理由便打发了。看来，时光对谁都是这般冷酷无情。

载于 2008 年第 1 期《大湖徐风》

重回上塘

　　每一度秋风萧瑟，都会带来满目的凄凉；每一次故地重回，都是一次人间的沧桑。当我又一次站立在荣岭大哥当年老屋的废墟前时，时光已在我记忆的画板上画出了22道年轮线。老屋位于上塘集最西面的上泗公路边，北距明代的龙井约200米，是荣岭大哥全家的居住之所，也是我当年经常造访的地方。2004年农历九月初六是民俗中的黄道吉日，吉日是乡村喜庆大事日，这一天我有两头喜酒要喝。人无分身术，我让儿子小白到石集去，自己乘近200华里车赶到了上塘。

　　上塘是我高校毕业后从教生涯的第一站。那年秋天，我被分配到上塘中学。临报到前，村中族侄绪林对我说："上塘有个本家叫莫荣岭，孤门独户的，你去时要想法走条儿（苏北方言，即互相来往之意）。"上班不久，我便与荣岭大哥取得了联系。我那时20多岁，荣岭大哥已年近花甲，我们在莫氏家谱中属同辈，于是便结成了忘年之谊。其实，我与侄辈们是同龄人，但他们见了面得喊我叔。

　　我刚到上塘时是个单身汉。荣岭大哥知道我喜欢吃面条，常常让在中学上学的侄女绪红把切好的手擀面送过来。我离家数十里，中间还隔一道四五里宽的西溧河（实际上是洪泽湖一角）。有时我星期天不回家，大哥便叫孩子骑着自行车过来，接我过去与他们全家喝几盅老酒。酒是山芋干散酒，菜以素食为主，当时的农家条件仅此而已。人亲水甜，人间最真挚的情愫便孕育在这淡淡的交往之中。

秋风吹落了一片片树叶，也吹拂着历历往事。我借秋风的梳齿轻轻梳理荣岭大哥那凄凉的人生旅程。

荣岭大哥出身于一个书香家庭，较为殷富的生活环境使他得以自小攻读"四书""五经"，更有一个做望子成龙梦的父亲朝暮教诲，他十几岁时便背得出许多篇古典诗文，也写得出一手出类拔萃的毛笔字。

灾难，像江河中的浪波，起伏不断地扑向荣岭大哥。就在我离开上塘不久，他的两个年届中年的儿子竟在同一个年度里相继不幸去世。老年丧二子，这是何等巨大的悲痛？又是何等沉重的压力？两个儿媳妇改嫁，丢下几个孙子、孙女，家里还有一个体弱多病的老伴，说是相依为命，此时这个成语最恰当不过了。生活就是这般不公平，把如此沉重的家庭担子放到一个年逾七旬的老人身上。然而，荣岭大哥没有流泪，因为他的泪水已经流干了。他硬是把这副担子挑了起来，一步一步地向艰难走去，向希望走去。

1996年夏，在上塘中学从教的从弟乃军领着荣岭大哥到县城来找我，说是侄孙广升考取了宿迁师范学校，各项费用须近8000块钱。当时，我深情地望着饱经辛酸的大哥，二话没说，义不容辞地为他奔走帮忙。我先找到在县教育局任副书记的上塘人魏正涛，他也同情心重，立马给他的老同学——宿迁师范学校校长写了一封信。一封信其功不小，广升的上学费用当即被减免了一半。余下的那一半，靠上塘中学师生们捐资和亲友帮助，也给凑起来了。魏正涛书记还告诉我一个信息，县红十字会将从是年开始，对全县特困生有赞助入学款项。我与县红十字会人员不熟悉，恰巧，在县政府工作的朋友王清平与红十字会陈会计较熟，他当即帮忙联系这件事。当我领着荣岭大哥走出县红十字会办公室时，他苍老的脸上露出了罕见的笑容。因为县红十字会已经决定，在广升上学的3年时间内，每月解决生活费100元。这在当时对于一个极贫困的农家孩子来说，是个不小数字呀！

广升毕业后在本镇中心小学任教，他们家居住的那3间茅草屋也实在不堪风雨了。几年前，地方政府实行"草改瓦"政策，用扶贫款帮他们家盖了两间瓦房。几年不见，广升也做了新郎，学校也特别关心，破格分给了他两间新房。我这次赶过来，喝的就是他的喜酒。

亲友们都在临时搭起的喜棚中猜拳行令。荣岭大哥却把我当成了贵客，特地在他"草改瓦"的房子里招待了我。我一面饮酒，一面打量着这间不足 10 平方米的简陋卧室。当然，最引我注目的，还是墙上那张字幅，是大哥近年书写的，字中有老年的柔韧，也隐隐透出几分盛年余下的阳刚。

所有的苦辣酸甜都聚集在荣岭大哥那沧桑纵横的脸上。他用吸音壁般的老手捧起酒杯，然后一饮而尽。我总觉得，他饮下的是他多年强忍住没往外流出的泪水。

在当年茅草屋的废墟前，我与荣岭大哥执手话别。奇怪的是，我此行饮的是喜酒，却有一股酸涩涩的液体在眸中涌动。

附注：当我编这本散文集时，荣岭大哥已在几年前去世。特将 12 年前的旧作选入集中，以示怀念。本文编入 2005 年散文集《天涯芳草》。

钢笔的故事

有个故事片叫《笔中情》，演绎的是大书法家王羲之的故事。而我所写的"笔中情"，却是我们家真实的故事。

父亲是个地地道道的农民，从小连做梦都没想到能识字。他在当陶滩武工队队员的时候，只知拉枪栓瞄准星，却写不出枪的名字。后来他在泗洪县土改工作队任司务长，被组织上安排到识字班学习，买菜时也能大概记个菜名、人名和数字；再后来在乡长任上时，他连一般的读书看报都行了，甚至还能写简单的汇报提纲。也就在那个时候，他的口袋上常常挂一支大号金星钢笔。这支笔后来又传到了我的手上，大拇指粗的黑色笔杆笔套，笔套上刻着一只在旭日中站立的仙鹤，笔杆上刻着行书毛泽东主席的词作《沁园春·雪》。纯金闪亮的笔尖配上饱满的笔舌，拿在手中总有点胀手的感觉。父亲对他的那支钢笔爱护备至，他转业还乡后，还经常用它在小本子上记点什么，给我记忆最深的是，父亲写出的字也像他手中的笔一样粗壮饱满。

20 世纪 60 年代初，三姐夫陈达如从部队还乡，他是个远近知名的文化人，且写得一手刚劲有力的好字。他看上了父亲的那支笔，每次他在借用之后，都表现出一种爱不释手的样子。这一切都看在父亲的眼里。终于有一天，他老人家大方地把笔交到三姐夫的手中，他只说了一句话："好马要送给好骑手啊！"那天，是我们村历史上最神圣的一次交接仪式，因为那是一次文化的传递，两腔真情之间有一个小小的传递物——钢笔。那支钢笔在三姐夫手中可谓有了用武之地，大可以撰写长篇文章，小可以代许多乡邻写写家信。当我从淮阴师专毕业走上讲台之时，一天，三姐夫又郑重地把那支大号金星钢笔交到了我的手中，他也只说了一句话："让它成为你们家的传家宝吧！"见我不想接，他便从身上拿出另外一支钢笔，说："我买了一支'英雄'笔。"一支"英雄"牌钢笔，时价 18.20 元，相当于一个农民多少个劳动日的汗水呀！我深解三姐夫的心意，父亲的那支钢笔，至今还珍藏在我的柜子里。

我柜子里收藏的第二支笔已经有 35 年的历史了，那是我在淮阴师专读书时的纪念物。1978 年夏天，我参加高校招生考试，用的是一支"华孚"牌铱金笔，它伴随我走过高中乃至回乡务农近 10 年间的时光。我在淮阴就读期间，有几件事相当不顺利。一件是在第二年寒假里父亲病逝，安葬那天正赶上除夕，以致我在相当长的时间里都沉浸在思父的悲痛之中，脸上很难找得到笑容。这些都被班主任朱松山老师看在眼里，他后来在给我与同窗朱泽忠的信中写下这句话："莫云失之于过冷，泽忠失之于过躁。"那封信一直珍藏在我的笔记本中。在我看来，老师写信是一份情义，而我珍藏老师的笔迹与教诲也是一份情义。第二件事是妻子患左房黏液瘤，四处求医无效果，最后在南京鼓楼医院做了摘除手术，据手术后医生说，这是此项医术传入本院后的第二例。这第三件事就与钢笔有关了，一次到校外看露天电影，我本来就没有随身挂钢笔的习惯，那天晚上鬼使神差般把那支心爱的"华孚"笔挂在了上衣口袋里，回来后翻遍了全身也没有笔的影子。我既心疼又惋惜，心疼是因为我那时经济太拮据，口袋里常常掏不出 1 元钱；惋惜是因为，那支笔伴随我时间较长，天长日久情随其生，常用的物品也不例外。我这人又没出息，穿旧的衣服舍不得丢，用旧的物品舍不得扔，总是像对待老朋友似的依依难舍。丢失了那支"华孚"笔，我真的像失去了一位朝夕相处的老朋友，好多日郁郁寡欢。

家乡有句俗话：做官把印都丢了。对于一个穷学生来说，丢笔真还有点如丢印，听课记笔记需要笔，课后做作业需要笔，一个文科学生写写课外作文也需要笔，笔就是学生的命根子。也就是在丢笔的第二天，我花了 5 毛 8 分钱买了一支商店里价格最低的钢笔，虽然下水不够流畅，但总算解决了暂时的困难。一个星期天，教历史课的常才林老师调动搬家，我们几个同学都去送行，同时也帮搬搬东西。现在看来，那也是我人生具有纪念意义的日子，不知常老师是怎么知道我丢笔这件事的，他随手从抽屉里拿出一支"新民"牌钢笔，郑重地交到我的手中。他只说了一句话："这支笔你留着用吧。"于是，那支"新民"牌就伴随着我，不仅助我完成了学业，而且在我10来年的教学生涯中，先是打满红墨水批改作业，后来又换上了蓝墨水陪伴我走上了文学创作之路。每当我拿起那支笔时，眼前总会浮现出一个个老师的面容：教文学概论课的高勇老师，教外国文学和鲁迅专章课的闵抗生老师，教古典文学课且年近六旬的晏士平老师，还有教文选习作课并善于煽情的孙老师……当年，我就是用那支"新民"牌钢笔，在课堂上记录下他们亲切的声音。

我办公桌上的笔筒里还有一支笔，"光荣"牌的，黑色的笔杆，金色的笔挂，笔杆上还横向拉出一道道银白色的圈纹，在手指常捏住的地方已经被磨成一圈闪亮的银色，像某个国家的地图，又像天空飘浮的白云。1986年冬，我还在城头中学任教，泗洪县政协文史委忽然通知我参加会议，目的是为政协文史资料第四集撰写稿件。那次会议大约开了3天，临结束时，召集人蒋中健先生代表县政协给与会者每人发了一支钢笔，我办公桌上的那支笔就是其中之一，价格虽不算贵，但礼轻情意重，同时也是一种勉励。不久，我利用寒假时间带上那支钢笔，南下合肥调查资料，然后写出了当地名人胡书乐的传记，刊登在第四集文史资料上，几年后又收进《泗洪县志》与《淮阴市志》之中。

那支钢笔还成为我与蒋老之间的媒介物，它使我与蒋老结成了忘年交。再后来，我被调进县城修县志，又被调进市级机关编党史书刊与社科杂志，一直使用那支"光荣"牌钢笔，并且久而生情，舍不得丢掉，虽然又先后用上了碳素笔与电脑写作，但是，我有时还故意把钢笔吸进蓝墨水，写一些简单的文字之类，其中也有重温旧情之意。2009年，蒋老不幸去世。我睹物思人，感慨系之，就是用那支钢笔，为他写下出自心底的悼文《忆蒋老》。物犹在，但送笔人已仙逝，那支笔如今已有30年"工龄"了。

随着信息时代的到来，钢笔基本上被淘汰了。如今，我已经能较熟练地用电脑写作了，但我依然会永远珍藏我与钢笔之间的那份情意。

2015年编入散文集《走不出的红尘》

姑父的心愿

　　在向姑父遗体告别一月后的冬日，我到高良涧城北郊洪泽湖度假村参加《洪泽湖志》评审会议。告别仪式在临淮镇，会议地点在洪泽县城，一在湖西，一在湖东，中隔烟波浩渺的洪泽湖，姑父家就在湖西的临淮镇。

　　我是饮洪泽湖水长大的，大湖的西岸有我出生的水村。我生长在父老乡亲的祝福与渴望里，我沐浴在乡情乡音的雨露中。我儿时的记忆里有许许多多关于洪泽湖的传说，最具代表性的是《水母娘娘漫四州》《朱元璋造东堆》，以及《老子山的传说》等。传说中注入我神奇的向往，大湖上漂泊着我瑰丽的童年梦。洪泽湖西岸是太阳降落的地方，湖边多浅水滩涂，生长着芦苇、菱藕和芡实；大湖东岸是太阳升起的地方，湖边多为深水区域，渔民的生活环境乃至生产方式与西岸略有不同。还有那长龙似的东堆大堤，锁住千百年洪水的泛滥。湖东是我久已心驰神往的所在。

　　我儿时常到临淮镇走亲戚。姑父的家是个移动的家。姑父家所有的家当全都装在一只小船上。白天在湖上打鱼，家就在湖上；晚上在岸边停泊，家就在岸边。渔民与农民不同，苍茫的湖水是他们的土地，满湖的鱼群是他们的庄稼。

　　姑姑 9 岁时就以童养媳的身份走进蒋家的门槛，从农家嫁到渔家，但仍未改变贫穷的命运。直到 50 岁时，她才随家从水中迁居到岸上，在古汴河岸边盖起两间小瓦房。当姑父全家住在船上时，我每次去总是过不惯，那个用芦席搭起来挡雨的窝棚，不知多少次被我的头撞出了嘭嘭声，而每一次，我都能看到姑父那关切而慈祥的笑容。小孩子家在船上蹲不住，我便到岸上去玩耍，站在堤顶上遥望湖水东岸的日出，或一头钻进芦苇丛中寻找鸟蛋。

姑父是个闲不住的人，打鱼、砍草、编篮、织网，样样都是里手。当他坐在船头上织鱼网时，我便好奇地问他："大湖的那边都有些什么？"姑父一边吧嗒着旱烟袋，一边轻言慢语地回答："东面有长龙一样的东堆大堤，有二河闸、三河闸，还有一只镇湖的铁牛。"见我两只眼睛出神地凝望水的那一方时，姑父说："下次有机会，我用船带你到湖东去玩玩。"

孩子对成人的承诺是刻骨铭心的。我至今仍然记得姑父那天所说的话以及说话时的神态表情。遗憾的是，生活竟不给我一次机会。我多次去临淮，不是赶上渔事正紧，便是湖上大风大浪而船不能行。后来，我考取了高校，又走上了工作岗位，整日忙忙碌碌的，连去看望姑父的时间都很难抽得出。

前年，姑父生病睡床不能行走。我去看望他时，没想到他竟提及 30 年前的旧事，话语中流露着未能成行的歉意。时隔不久，姑父的心愿竟变成了遗愿。

评审会报到那天，我便得知，这次会议计划乘坐大轮穿越洪泽湖到老子山去看一看。我想，姑父在九泉之下也该瞑目了吧。

载于 2009 年 3 月 13 日《宿迁日报》

远方的祭奠

半月前，我就在泗洪县城分金亭医院的病床边，给华子一个承诺，那是在她自知癌细胞扩散之后。承诺的内容是：要把她初中求学时的艰难以及对我们家的好处写下来。

华子的学名叫张华，原籍江苏省泗阳县黄圩乡，她是我的内姨侄女。20多年前，我在家乡城头中学任教。华子那时家贫，便不远百里地寄寓我们家攻读初中课程。那大概是她人生中罕见的卧薪尝胆的3年。人类所有事业的成功都来自于奋发图强。那时的华子不过十五六岁，却像一个成人似的肩负起未来的人生重任。她向着希望艰难地迈进，虽然希望对她来说还很渺茫、还很朦胧。

说是寄寓我家，但华子却是独立生活，吃大食堂，住大宿舍。因为那时我母亲还健在，这么做也是为了免讨嫌气，亲戚常吃常住在一起难免会有误解的地方。果然，穷人的孩子早当家，一个未成年的女孩，就这般经受着生活的磨砺，并一天天走向成熟。

有两件事我至今记忆犹新。一年麦假（那时农村中学有麦假），华子没有回家，留下来拾麦子以弥补家庭生活之难，用教育上的话说就是勤工俭学。我们学校所在的城头乡（原为林场），是全县人均耕地面积最多的乡镇，那大片被分场工人承包的麦田，收割时散落的麦子好多好多。华子用她的一双小手一秆秆地捡起了一个小麦堆。我请人帮她脱粒，收获足足有几百斤。麦子卖了钱，华子也在一段时间内不需要向家中伸手了。自食其力，华子不仅有成就感，而且享受到独立劳动的乐趣。

1989年春节过后，也就是开学的前一天，老天忽然降下多年一遇的大雪。华子回家度岁赶来上学，还从家中带来几十斤大米。乘车到泗洪县城，才知道从县城开往城头的班车已因雪大而停班。华子找公用电话打到了中学办公室说明了情况。当我们找到手扶拖拉机去接她时，她小小的人背着一袋大米，已一步一步地踏雪走到了石集。那天，华子很担心，也很疲惫，但她没有流泪。

功夫不负有心人，华子终于考上了中专，录取的是淮阴卫生学校助产士班。当时我们家中都还没装电话，暑假中，我们专程到华子家所在地黄圩乡送通知书。记得华子到车站迎接我们时一直沉默，我想她在那一时刻心中一定忐忑不安，让她竟不敢问一声通知下来没有。她心中充满了希望，但又担心我们的回答会给她带来失望。生活常常在人类的希望与失望之间扮演这种角色。20年前，一张包分配的中专学历，对于一个农家孩子来说，分量是多么的重啊！

又是一个奋发图强的3年，华子完成了中专学业。她毕业前实习时，我已经被借调进县志办公室工作。在县城辗转租房的生活中，华子一边在县医院实习，一边回来做饭，这便给我大大地减轻了负担。儿子在县城读小学，弄得我常常顾此失彼，照应不暇。华子刚回到县城那天，因为近两年未见，她一下了紧紧地抱住小姨弟铮铮久久不肯松开。人间亲情啊！她因曾随我们读书，已经将铮铮当成了亲弟弟。在县医院实习期间，华子经常上夜班，我这个做长辈的也经常按时接送她。一个女孩子深更半夜地来去上班，让人实在不放心。

华子分配工作的人生第一站是西陈集乡卫生院，从而几年后，她又在那里相夫生子，也其乐融融。华子到西陈集报到那天，我送她去上班。我们背着沉重的行李下了车，这才知道乡卫生院离临时车站还有好长一段路。恰巧，路边有一位近50岁的农妇正在门前整理树枝，我们便上前向她借一根树棍子挑行李。谁知，我们吃了一顿"闭门羹"。后来华子告诉我，那位农妇的儿媳妇生产时，她在卫生院见到华子还有点不好意思。那次，华子没有以牙还牙，她似乎已经把那顿"闭门羹"忘记了，依然在尽一个医生的医责与医德，没有半句冷言冷语。

我是个对穿着极不讲究的人，鞋无高档鞋，衣无高档衣。这些都被华子看在眼里。在工作期间，她年年都要给我添置上衣或裤子，周到而又细心。1997年，我调进市直机关工作，华子特地给我买了双森达牌皮鞋，280元钱，相当于当时一个工人的月工资甚至还要多。鞋穿在脚上，温暖在心里，我知道，那是一种女儿般的温暖。那双皮鞋我只在外出或有重要活动时才穿，一直穿了10年。10年，十分之一个世纪呀！

生活中的每个人，都在沐浴着人世的风风雨雨中，其中也包括政治风雨。赶上地方性的医疗事业机构改革，华子从一个端铁饭碗的医务工作人员，变成了私营医疗企业的从业人员。为了照顾孩子读书方便，华子在县城中心医院谋了个职业，后又省吃俭用，买了套房，可谓既安了居，又乐了业。渐渐的人到中年，家庭和工作两副担子压得华子喘不过气来。她整天忙得不亦乐乎，甚至忘了体检。

天有不测风云。去年夏天，我到上海去看世博，归途接到华子的电话，说她在单位体检时发现胃部有癌细胞病变，到南京复查后确诊为胃癌。听后我只觉得头脑嗡的一声响，但我还是静下心来安慰她。从去年6月她做胃切除手术，到今年6月，正好是一年，其中，华子的身体时好时坏。临上手术台前，我发现华子的眼角有泪花在涌动，那是她对生活的眷恋。她上有年近七旬老母，下有10岁的儿子，上未安下未全呀！

今年元旦时，华子全家来我家小住几日，还特地为我买了一套保暖内衣，体贴之心不言而喻。我因有要事到老家去了，没机会好好地陪陪他们，甚至连一句感谢话都没有说。旧历年前，华子又住进了医院，一直住了几个月。在她病重时，我几乎每个周六都要回到泗洪去看她。见到她那副憔悴不堪的面容，我好多次目光回避，不忍细看。当我和加敢、广银还有华子的几个同学一起到医院探视时，华子已经病入垂危，说话也气息微微。我们都围在她的病床前，每个人的脸上都写满了无奈，那是人类对病魔的无奈。第二天下午，华子离开医院回家时，令我最难忘的，是她那万般无助的目光。我们都深深地知道，她这一去是在等待着什么。如今，那件保暖内衣我还一次没穿，而送衣人却孤独地走进了另一个世界。

端午节放了几天假，我本来想利用休假时间去看看华子，谁知，我们家的保姆又恰在这个时候要回家收麦子，我只好留在家中照顾病妻，哪儿也不能去。华子病逝时，我接到了电话，但我此时已出差在外地，没有给华子作最后的送行，这当是我终身的遗憾。儿子小白，也就是华子的姨弟铮铮在刚刚结束广州学习的第二天，便乘上了北上的班机。那天，南京下起了雷阵雨，班机只好转向武汉降落。因路途耽误了时间，当小白赶到时，华子已合上了双眼。她就这么永远地走了。

华子遗体安葬那天，我正和同事们跋涉在太行山上，我身边移动着一张张笑脸，但我的心中却堆满了痛苦和遗憾，我在痛苦和遗憾中想起了我的承诺。我同时想起了文学家庾信《枯树赋》中的名句："昔年种柳，依依汉南。今看摇落，凄怆江潭。树犹如此，人何以堪！"

我站在高高的山梁上遥望远方，默默地表达心底的祭奠——这是华发人对黑发人的祭奠。

载于 2011 年 12 月 8 日《宿迁晚报》

忆达如兄

时光如流水，记忆亦如流水，流水长东，旧事萦怀。我肃立在三姐夫的遗体旁，历历往事涌上心头。

当三姐夫陈达如第一次走进我的记忆时，我还是个不谙世事的顽童。那时，我们一班小兄弟姐妹都亲昵地唤他"三姐夫"。

我们只知道他当过海军舰艇艇长，也偶尔看过他着海军军服的照片，照片上的军人英俊潇洒。三姐夫是泗洪县太平乡香城村人，战争年代随华东野战军转战大江南北，后留在上海海军某部服役，20世纪50年代末转业到县人民医院工作，1962年下放参加农业生产劳动。他早年读过私塾，后在泗阳县中学读书时参军。他平时爱读书习字，每走一地，多为同行中的佼佼者。一个行伍出身的知识分子，从机关到农村，由从事脑力劳动到从事繁重的体力劳动，其艰难的转变过程可想而知。

三姐夫举家迁居莫台村是在1968年春季，我们之间的人生情谊便是自那时始。他出生于红四军召开古田会议的第二年，长我23岁。人非草木，岂能无情？从感情上说，古代包公能称大嫂为"嫂娘"，我也该称三姐夫为"兄父"了。也可以这样说，从生活上关心我的人是父母，而他则是第一个能从政治、文化上关心我的忘年长兄。他不仅以较高的文化素质与做人的涵养深深地影响了我，而且以他的言传身教鼓励、鞭策我。难忘那段贫困无奈的生活经历，每当我身逢艰难之时，三姐夫总是站在我的身边，为我筹策，做我后盾。最令我受益匪浅的，是他用多年珍藏下来的人间至宝——书籍滋养了我。初中毕业以后，我回乡务农，15岁的少年，能知天多高、地多厚？那也正是"文革"中焚书禁古"破四旧"不久，能读上书谈何容易？是三姐夫的藏书解我饥渴，御我冷寒。读古今中外名著，读唐诗宋词，读范文澜编著的《中国通史简编》，从那一卷卷诗书中，我吮吸到了知识的乳汁，开阔了人生的视野，也读出了做人的道理。无论是在传统文化的熏陶上，还是在漫漫人生起步时，三姐夫都是我的启蒙老师。正是他言传身教的影响，使我爱上了文学，从而走上了一条无怨无悔的业余文学创作之路。

1969年秋，我们公社办起了农业高中（后改为中学），"文化大革命"的"杰作"——贫下中农推荐入学制也在农村第一次实行。我经大队革命领导小组推荐升高中，想不到在一夜之间却被别人顶替了下来。三姐夫不服这个气，他领着我四处奔走，投乡见校，或人前据理力争，或人后拜托关系，晓之以理，动之以情，尽展其能言善辩之才能。有一个场面我至今记忆犹新：他找到了公社革委会主任，一番说理令其点头称是。接着，他深情地望了我一眼，不无感慨地说："这么小，葱秧子似的，不读书太可惜了！"一句话，终于使那位主任动了恻隐之心。主任同情地看了看我，遂拿起笔给校领导写了一封批准我就读的信。我常常这样想：如果不是三姐夫当年的努力，也许我至今仍然面朝黄土背朝天地耕耘在洪泽湖边。

30多年来，三姐夫给予我的始终是关心、帮助和勉励，他投入在我身上的情与爱，成了我永远也偿还不清的感情债。1997年初冬，我因伤住进县医院治疗。三姐夫自杭州返回途经县城，他不顾旅途的劳顿，以68岁的高龄一直服侍我到出院。当时我遵照医嘱，背对床席一动也不敢动，整日用目光数着头上的楼板白壁，整个背部酸痛麻木，度时如年，那情境只有经历过的人才能知晓。还是三姐夫细心周到，他耐心地陪伴我、开导我。夜间，他很少入睡，总是将他那长满老茧的双手垫在我的背下不停地换位移动，以缓解我的苦痛，还不时地问痛问安。我深深地知道，此时病者的苦痛减轻了，而服侍者的肉体苦痛却加重了。卧床数日，我大便不通，且灌肠无效，他又用手指抠出那一团团干硬的粪便蛋。啊，那情深难忘的24天，那铭心刻骨的536个小时，其间到底铸造了多少人间厚爱？

去年秋，三姐夫患脑血栓病。我因信息递隔竟未能亲临病床前给他道一声问讯。不久在石集相逢，面对着他每况愈下的衰老残体，我潸然落泪，但眼泪又怎能还得清我欠下的人情债？一周前，我托人带一条香烟给三姐夫，未知抽否，他竟溘然长逝，留下了一生的感慨与遗憾，却没来得及留下半句遗言。我闻信赶来时，他已紧紧地闭上了苍老的双眼。

我肃默在三姐夫的遗体旁，看纸灰化作黑色的碎片飞舞，那是儿孙辈们送给他上路用的纸钱。三姐夫，你知道吗？这世界唯我最懂你，懂你的苦衷，懂你的希冀，懂你的昨天。巩汉林先生与蔡明女士在为老一代表演艺术家赵丽蓉送行时，曾低唱一首《懂你》，此刻，那如泣如诉的歌声又在耳边响起："你静静地离去，一步一步孤独的背影。"——我仿佛看到，在另一个世界的陌路上，你正开始作一次漫长而艰辛的跋涉，为了自己，也为了他人。歌声再次响起："把爱全给了我，把世界给了我，从此不知你心中苦与乐。"——带着人间的苦辣酸甜，你走了，走得从从容容，又是那样的不甘不愿。晚年，你为乡里村邻操劳红白大事，见惯了生别死离，所以告别人间才会这般坦然。也许，你此时正拎着一盏故乡的小马灯，在冷清清的幽径上，神情专注地寻找一种失落的温馨。为你送殡的日子，家乡淫雨霏霏，这大概是苍天也在为你悄悄地流泪。

凝视着三姐夫的遗容，我不禁思绪万千。死亡是一次人生的完成，又是一次旅行的结束，也是一次宁静的开始。我想，无论城市乡村，每个人都生活在一定的环境中，如果谁能在善待自己的同时，也能善待他人，并能在生命终结之时得到街坊村邻的惋惜和赞许，那他的人生就无可后悔了。总结三姐夫的一生，我于悲痛中写下一副挽联：

> 曾经沧海，冒枪林弹雨，驱舰御敌防领海；
> 固守田园，习子曰诗云，躬身随俗话桑麻。

知我者已经远去，带走两袖清风，留下一片真情，人生本当如此。且在三姐夫的灵前烧几把纸钱，仅作为对逝者遥远行程的祭奠吧。生者对死者最大的纪念，莫过于继承其志，并将其生前的理想发扬光大。达如兄，小弟为你守灵来了。从此，你卧听洪泽湖涛声，我继续着漫漫的人生风雨途程。我将郑重地珍藏起你的名字与你兄父般的情谊。

2000 年 11 月 2 日

2002 年编入散文集《乡路弯弯》

吊丁万会兄

在泗县丁湖镇通往蒋庙村的乡土路上，黑色的轿车在缓缓地行驶着。我知道，这是一次没有笑容的长途之旅，从苏北宿迁到你的家乡。我在极力寻找你的身影，用我专注的目光，也用我诚挚的情感。

万会兄，我为你送行来了。

金黄的麦田在无边无际地延伸着，远近点缀着碧绿的村庄，池塘中倒映着蓝天白云。正是麦收的前夕，你却在乡亲们即将开镰的时节匆匆忙忙地上路了，并且是走上了一条渺渺茫茫的不归之路。布谷鸟又在村头唱起了那首年复一年的歌，那也是你和农民兄弟们最熟悉的歌。你带走了一生的期待与渴望，却带不走布谷鸟的歌声。

南风送暖，往事如烟。朦胧中，我忽然看见你手提菜篮，篮子里放着白酒和菜蔬。你匆匆忙忙地行走着，行进在你再熟悉不过的村路上。自丁集沽酒归来，三二华里路程，不知往来过你多少次矫健的身影。不知是哪位了解你的诗人，写出了这般懂你的诗句："不喝酒 / 不是江北汉子 / 喝酒不醉 / 不是江北汉子"。知音安在？这算是对你最中肯的评价与奖励了。醉里乾坤大，壶中日月长。这不就是你生活的真实写照吗？万会兄，你平生有饮酒之好，从祖宗酿造的美酒中，饮出了爽朗，饮出了豪情，也饮出了感慨与不平。许多人不理解你，但是我最懂你。你虽然只有1.6米高的身材，但却豪气满身，气冲霄汉，在我的记忆中从来不是矮小的形象。你有刚烈之性，亦有恻隐之心。

还在我刚刚记事时，你就饮酒；后来我饮酒时，你依然饮酒，且是豪饮；

步入晚年，你豪饮一直不减当年。饮酒中往往可见人品，你是我饮酒与做人的老师。你是我的表姐夫，大我近20岁，在我看来，你在酒场上的举手投足依然年轻。你饮酒时从不欺骗他人，从不愿甘拜下风，也从不以诡计玩人。宁愿自己醉倒，也注意关心他人。当然，对那些狡猾之徒，你从来不屑一顾，岂能让奸诈刁钻的雕虫小技扫了你的酒兴？你猜拳行令时出手利落，吐字铿锵，赢拳时每每宽容，输拳时则仰头一饮而尽。有人说：喝酒孬，处事也孬。这话虽然有点偏激，但也不无道理。万会兄，用当今一句话说，你是一条汉子，一条实实在在的江北汉子。

在做生意被视为"投机倒把"的年代里，你自有经营头脑，你是个在没有市场经济的条件下，极力寻找发展之路的人。想到你的同情之心，我便想起了另外一件往事。20世纪70年代中期，你与一帮人跨省到泗洪县柳山开山采石。那种劳动条件特别艰苦，把钎抡锤，露宿餐风，苦和累对于你这个饱经风霜的人来说，根本算不了什么。可是，就在此时，你料想不到的事发生了：开山民工中有一位身材高大的宿县人，倚仗其力气过人而欺负一位年过五旬的人。你路见不平，助弱惩强，机智地二人联手狠治了那个以强凌弱者一顿。结果，你被解雇回了家，但你并不后悔。虽然，你当时未求之于法，凭的只是义肝侠胆，而我依然是那样敬重你，因为，我从小就对故事中、银幕上那些不畏强暴的英雄敬佩有加。

你生前常邀我到丁湖访亲做客，我一直因忙忙碌碌而未能成行。当我此次专程造访时，你却避而不见，作古远行，不会是拒客百里吧！我也知道，那不是你的天然之性。你还承诺过，我若来时，你将带我到李月华的墓前去凭吊一下，没想到，今我来之时被凭吊的主人却是你自己。李月华，这个曾经闻名全国的好人，出生于江苏省宿迁市耿车镇，殉职于异地丁湖医院，她因一生救死扶伤，医德高尚，逝后被《人民日报》等多家媒体誉为"人民的好医生"。你说她生前曾为你看过病，并且精心地护理过你，也曾接受过你的感动。上午，我路过丁湖医院，很想到医院南墙外李月华女士的墓地去凭吊一番，遗憾的是，时间太紧，并且缺少你这位热心的向导和曾身临其境的解说人。

你静静地躺在玻璃棺罩里，像刚刚睡熟似的。我带着苏北的一路风尘来看望你，你却形如酒醉，缄默不语，真是"相逢应不识"吗？一切都如梦如幻，我不禁想到了 20 年前的旧事。1981 年春，我在上塘中学任教，你自泗县蹬车来访，兄弟执杯怀旧。酒至半酣，你深有感触地说："人生是一场梦啊！"言罢几乎潸然。我那时尚不足而立之年，只是用疑问的目光打量着你。今天再细细咀嚼，始知你话中的人生寓意。难怪有位诗人说：醉了的未必醉，醒着的未必醒。

去年母亲去世时，你以侄女婿的身份亲临吊丧数日，且力排众议，化解了亲友之间因误解而产生的矛盾。谁知，一年后你竟然也变成了故人。死亡原是人生旅途中的一个终点站，是世人在如歌岁月中的一个休止符。大人物有大人物的人生，小人物有小人物的人生，好人有好人的人生，恶人有恶人的人生，只不过是内容与色彩不同而已。你走了，将走向很远很远的地方。我知道，只有对生活体味颇深的人，才能够走得这般从容淡定。

万会兄，我为你送行来了！你已经逍遥于梦之外，我依然跋涉在梦之中。

2002 年 5 月 31 日

同年编入散文集《乡路弯弯》

雨中的回忆

雨洒临淮镇。我不敢把头伸出车窗外，怕家乡的夏雨打湿了我的记忆。

灾难似长着翅膀的幽灵，整日整夜地在人间游荡，不知于何时何地又会降落到何人的身上。7月1日下午，表哥蒋建俊打来电话，他用低沉的声音传递一个噩耗，表姐夫刘建民不幸病逝了。我当时正在泗洪县城有公务活动，接讯后立即通知从弟乃军与侄儿绪涛，准备前往吊唁。不知是天公不作美，还是天公同悲，去时阵雨绵绵，车窗外布满了模糊的雨帘。往事如烟，但记忆的小径上却清清晰晰。

20世纪70年代初，建民兄自部队退伍回乡，经媒妁牵线，他与表姐做了亲。我常常到临淮姑母家走亲戚，我们的初识是在相互敬重之中。他给我的第一印象是古道热肠、爽直能干。那时为了防汛抗洪，渔民们也用他们那不善农活的双手，去兴修水利、筑堤挖沟。建民兄一身朝气，样样工程任务都完成在别人前面。让人最难忘的是他那一对明亮有神的眼睛与两颊善意的笑容。正因为表姐是莫家的外甥女，建民兄对我们莫家的老老少少都格外尊重。我知道，这尊重中体现一种素质，也折射出他与表姐和和美美的夫妻感情。同时，他还以自己的言行告诉人们：只有尊重别人，才能得到别人的尊重。

姑父与姑母在世之日，建民兄始终视其如亲父母。他们两家相距仅20余米，无论是二老生病之中，还是表哥不在家时，建民兄都会像儿子一样，问寒问暖于前，精心安排于后。俗云"女婿半个儿"，在实际生活中他已超过了这个比例。每当人们夸奖建民兄的孝道时，他总是说："不管对谁，只要捧出一颗心就行了。"一个刘家的儿子，在蒋家的位置也是那么重要。他与我们家是表亲关系，从感情上又非同一般。对于这一点，我是深有感触的，他不是表兄，但胜似表兄。

10年前在建民兄未患肝炎病之前，他饮酒，而且是豪饮。每次酒席宴上，他都是把自己杯子斟得满满的，而且每杯都饮得干干的。即使有时被别人忽悠，但他从不忽悠别人。他常说，与人饮酒，如不干杯，总觉得对不起别人。他为人处世从不藏心昧己，这种品行体现在酒场上，就是从不欺骗人。老不欺，少不哄，他待人公平，饮酒也公平。

由于建民兄办事干练，他退伍后不久就担任乡围栏养殖一场党支部书记兼场长。他所领导的围栏场就在洪泽湖边的大堤拐弯处。初春下网，深秋捕捞，就像农民种田春种秋收一样。披星戴月里，他与下属同甘共苦，风风雨雨中他荡舟在大湖上"耕耘"。网栏面积宽达数十平方公里，网住鱼虾、螃蟹，也网住日月星辰。我也曾到围栏场去拜访过他，他总是在百忙之中抽空陪我聊聊家常和当年的鱼市蟹情，或是在满天的星光下，于船舱之中邀几位亲友，对着大湖痛饮。

山民靠山吃山，渔民靠水吃水。建民兄自小生长在洪泽湖边，他割过草、采过菱、挖过藕、用过船、织过网、养过貂，凡渔民所干过的行当，他几乎都干过，而且干之必精；凡渔民吃过的辛苦，他都吃过，但从不言苦。是改革开放的经济大潮使他成为养蟹专业户，乃至一个养殖单位的"掌门人"。

建民兄有一句不成名言的名言："给别人垫车票，穷不了；让别人给你垫饭账，富不了。"这句普通人的普通话语，却很有哲理，同时也能体现出说话人诚厚大方的做人本色。不是吗？生活中有些人好耍小聪明，为人刁钻不诚，与人交往极喜欢讨小便宜。他们的人生结局又能怎么样呢？忠厚传家远，建民兄一直遵守这则古训。我们莫家的亲戚圈中，不少人受过他的帮助和接济，凡找到他者，他必尽力而为。亲戚喜欢他，说他处事真；朋友亲近他，说他待人诚。

我的记忆之舟依然停泊在15年前的那个月夜。那天，我与友人马向东临淮访友，顺便再购点鱼类。建民兄极高兴，以我友为友，设鱼宴招待。晚饭后，三人泛舟湖上，乘兴赏月。天幕是那么的深，湖面是那么的阔，月亮是那么的明。是夜建民兄很兴奋，大概是他终年忙碌，于公于私都很少有时间这么放松一下，以寄闲情佳趣。归来后，我有感而发，写下了抒情散文《临淮月色》，让天上的月与水中的月以及艄公民歌中的月，相得益彰地在我的字里行间中珍藏着。

听到建民兄去世的消息，我真的怔住了，感到小城的天空顿时黯淡了许多。他走了，给我带来了一阵阵难耐的失落，因为在这个世界上，了解你的人一个个去了，生活馈赠给你的必然是一天天的孤独。今年"五一"，我与乃军、绪涛到临淮去看望从省城治病归来的建俊表哥。那天，建民兄全程相陪，无半点病态。他领着我们参观他家的蟹塘，一路谈笑风生，晚上还陪我们吃饭。他还亲口答应我，抽空到宿城来看看。没想到我们之间诀别的方式竟是一句刻骨铭心的承诺。一个好端端的人，两个月之间就这么走了，而且是永远地走了，还带上他鲜活的承诺。这大概是他一生中唯一一次没有兑现的诺言吧。

家乡人常常好说这样一句话：人过留名，雁过留声。建民兄虽然是个普通人，但他是带着乡里乡亲们好的口碑走的，我想，他不该有什么遗憾。而令人抱憾的倒是，上帝也有不公平的时候，让不该走的人过早地走了，而让有些该走的人却忝活在这个世界上，譬如那些奸诈刁钻之徒。"树犹如此，人何以堪？"我们还是听听大诗人庾信的规劝吧。人生如棋，总有收局的时候。

在殡仪馆向建民兄遗体告别，我总感到他的嘴唇在微动，似在以他一生的真诚叮嘱我们：人生太短暂，活着时，要少一些无聊的钩心斗角，多做一些实实在在的事情。善之终，人为之恸；德之终，天为之泣。归途，雨还在淅淅沥沥地下着，但家乡的夏雨不会打湿我的记忆。

载于 2010 年 9 月 3 日《宿迁晚报》

时间是条河

　　儿子小白自广东回家过春节，元宵节前就要返回部队。20 天假期，匆匆地来，又匆匆地去。正月十三那天上午，他便订好了南京至广州的飞机票，于是，我们家的元宵佳节便提前了两天欢度。朋友相邀于酒楼，亲朋登门于寒舍，别时的杯杯酒、句句话都浓缩了人间的挚意真情。

　　邻家大嫂说了这样一句话：元宵节在路上过，这个假批得也有点太不近人情了。这话很能唤起人们的同情心，但我却不以为然。我也确实想让儿子在家多待几天，转而又想，纪律不可违，即便是他过了元宵节再走，还不是照样要道别吗？我们能留住他一时的行程，但怎么也留不住奔流不息的时间之水呀！

　　午饭后，小白带上行李乘车赴南京。有位朋友在电话中劝我找辆车送送。我说就让他自己坐公交车走吧，年轻人需要的正是这种磨炼。中午，我应朋友之邀在外面应酬。傍晚酒醒后，我总觉得心里空落落的，干什么事都不耐烦。孩子在身边时，时间过得好快，孩子离开时，一分一秒都是这般难耐。我还常常自以为是个心宽的人，可此时的恋子情结怎么也难以解开。小白大学毕业时，亲友们都劝他就业离家近一些，回家看望父母方便。是我支持儿子在数千里外的广东就业的。我总认为，人生如鹰击长空，就应当飞得高远一些。

　　妻从卧室里走过来，她也似乎没精打采的。刚一落座，她便叙述起这次儿子回家与她闲谈过的一些话，说是小白在读大学期间，有过忍饥挨饿的现象，说是因为我那时太抠门，一个月仅给他 400 元钱，不够用，让儿子吃了苦。她一边诉说，一边还落下泪来。这更让我不耐烦。我是个普通的机关工作人员，像一匹无夜草可食的马，10年前仅拿千元左右的月工资，加上妻患脑血管病在床，家庭的担子压得我实在喘不过气来。小白入学前，我和他算了一笔账，按当时省城南京的生活水平，每月要伙食费300元，另外再给100元零花钱，对付着吧，就这条件比普通农民与下岗工人家庭还强得多呢！我深知过于优越的家庭环境将会给子女带来什么，只有鼠目寸光的父母才会怂恿子女摆阔。古人云"玩物丧志"，其实，过于优越的生活环境也是人生奋发图强的一道隐蔽的障碍物。小白生长于改革开放的年代，艰苦卓绝的战争年代离他太遥远，上一代人贫困不堪的生活对于他来说也只能是传闻。这世间疼爱孩子的方式各有不同，关心生活上的冷暖仅仅是一种小爱，而人生历程上的关怀却是一种大爱，大爱无言，这也许就是父爱与母爱的不同点吧。我有时这样想：让没有饥饿没有寒冷的一代人，也时而去尝一尝饥饿与寒冷的滋味，这绝对不会是件坏事，而是能够让他们在饥饿与寒冷中获得不可多得的人生瑰宝，那将是一笔价值连城的精神财富呀！

我独自走进卧室，拿出小白为我买的二胡，坐回沙发上孤芳自赏地拉起来，拉流行歌曲，拉黄梅小调，也拉一曲《送战友》，但又觉得不合适。那就拉出心底的祝福吧，再来一曲《祝你平安》。琴声中，我仿佛看到了一条苍茫的时间之河在汩汩地流淌，无论春夏秋冬都在汩汩地流淌。我的牵挂与思念也在琴筒中流淌。记忆之河倒流，与时间之河形成反差。从咿呀学语，到牵衣入学，小白在我的琴声中一天天长大、一天天成熟。最令我满意的，是他在客车上为老人让座的一个细小情节。那是除夕上午自老家返宿城的途中，他主动把座位让给了一位老大娘。别看我平时对小白要求近于苛刻，但我当时好感动，一种欣慰感油然而生。我从下一代人身上看到了希望的曙光。

琴声停了，窗外已晚霞满天。时间之河依然在流淌，它不以人间的喜悦而停步，也不以人间的忧伤而逗留。人类代代年年，悲与欢在时间的河床上交流，泪与笑在时间的浪花上绽放。

暮色渐临。我一步一步走下楼梯，在一楼楼道口的小亭下徘徊。亭东的水泥石栏边曾有母亲簸米时的身影，苍颜白发，伛偻着背脊。母亲已去世10周年了，她的辞世亦是在元宵节的晚上。母亲没有带走半点遗憾，她那饱经风霜的背脊上，背大了儿子，也背大了孙子。生活不就是这样吗？许多人生的起点大都是初始于祖母或母亲的背脊上。女性的背脊是人类最安全的航母，无数多彩的希望都从她的甲板上放飞。生命是一支永不休歇的接力棒，从母亲手中传到我的手中，又从我的手中传到小白的手中，并将一代代地传递下去。明天又是元宵佳节，在祖国的南海边，会有一个年轻的军人，将用庄严的军礼为他远方的祖母而遥祭。

时间之河依然在流，流走了一张张旧面孔，流来了一张张新面孔，日复一日，莫不如是。这地球上的每一个人终有一天都会被流走。河水东流，人类还可以用工具把它抽回来，而时间流走了，即使是再大的英雄也将无可奈何。严格地说，我们所做过的事和走过的路都叫历史，更重要的是，怎样让时光老人记住你的名字。

古往今来，多少人面对时间的河床空自嗟叹，多少人千方百计地去寻求长生不老的药方。然而，这一切都是徒劳。世间长生不老的妙法绝不是留下楚楚动人的玉照，也不是把名字自刻在石头上，而是点亮你一盏人生之灯，为一代代迷途者辛勤地照明。

载于 2008 年第 2 期《楚苑》

故乡的月亮

正当我整理散文集《寻不到的故乡》电子稿时，族弟荣军发来短信说：锦玉老姑去世了。我先是一惊，再是一震，然后是走进一串漫长的回忆之中。

莫锦玉是我的族姑，按照家乡的习俗，对上一辈在兄弟姐妹中排行最小的男性称"老爷"，对排行最小的女性称"老姑"。锦玉老姑是三奶最小的闺女，她的家住在我家的后一排，相距仅有 20 来米。我家的房子与莫台初级小学教室同用一道土墙，俗话叫作"山搭山"；她家的房子就在学校的后面，我们同辈的孩子都亲切地称她"老姑"。我是莫台小学培养出来的学生，后来又考取了中学、考取了高校，而老姑连一年级的课本都没有领取过，这不仅是因为贫穷，还有一个重要原因：她是个女孩。老姑天资聪颖，但她却与祖先创造的汉字无缘；老姑的家离学校最近，但她却一直被关在校门外。

老姑只比我大 1 岁，但用一部电影中的台词来说："她在我的眼中是个大人。"我们的童年是与荒年紧密相连的，我与老姑经常一起下湖挖野菜，而她篮子里的成果总是比我篮子里的成果多。这在我小小的心中就出现了一个词汇：羡慕。我们也经常在洁白的月光下做一种叫梁月牙的游戏，家乡人把月亮叫作"凉月"，而把上弦月则叫作"凉月牙"。游戏的规则是：把参与的孩子分成两队，一方冲阵时，另一方必须列队把双手紧紧地拉住，让对方的队员冲不过去。冲阵的队员由守阵方一人指定，口中还唱着："凉月牙，侃豆茬，大兵小兵随我拿。拿大的，拿小的，拿那个某某会跑的。"拿，就是挑选指定的意思。老姑虽然不是孩子王，但她常常能机敏地闯过对方的"封锁线"。老姑取胜时就笑，笑得像天上的月亮一样美丽，所以在我幼小的心灵中，老姑就是夜空中一轮皎洁的月亮。

在十五六岁的时候，老姑被选进了大队文艺宣传队，她歌唱得好，舞也跳得好，几年后便成了主角。正是国产故事片《闪闪的红星》在乡村放映之时，男孩子唱《红星照我去战斗》，女孩子唱《映山红》，老姑经常在演出或会场上独唱《映山红》，也每每赢来热烈的掌声。那时没有话筒，都纯属清唱，老姑的歌声在许多人听来，那简直是从天上飘下来的声音。文艺宣传队不仅唱歌跳舞，还要演戏，演的大多是地方戏。家乡的地方戏是泗州戏，据说与山东的柳琴戏同出一宗，取泗州戏为名大概是因为家乡人是古泗州州民的后裔。老姑在剧中常常演主角，她的唱腔总是随着剧情的喜而喜，随着剧情的悲而悲，喜时让观众鼓掌，悲时让许多观众陪着落泪。当我在井冈山看到那满山的杜鹃花（又叫映山红）时，我便想到了老姑的歌声；当我在山东枣庄听到柳琴戏时，我便想起了当年老姑那舞台上的身影。

我小时候经常到老姑家听三奶讲故事。三奶是个有文化的人，她的故事中有铁面包公断案，也有岳飞精忠报国，还有聊斋式的鬼狐精怪奇事。说句心里话，我后来走上了文学创作之路，其中也与三奶的故事不无关系。我不知道三奶是如何嫁到莫家来的，只知道她的娘家车门朱氏是个书香之家。老姑有个知性的母亲，也受到过三奶故事的熏陶，又有良好的天赋，却因为没有入学的机会，而终身立于有文化的人群之外，这不能不说是一个遗憾。老姑自小就会关心别人，而从不与别人闹无原则纠纷。记得是1973年冬天，大队宣传队放几天假支援水利工程。在顾台村后的扒河工地上，河底的砂礓层实在难挖，上土人连手心都磨出了血。我那时是生产队的民兵连长，在紧张的劳作时，不慎把裤带给挣断了。老姑见状，连忙拿出自己演出时用的军用腰带，好让我继续带队把河工任务完成。

许多往事，至今思来仍历历在目。再后来，老姑出嫁了，我也因上学、工作离开了莫台村。告别我们共同眷恋的家乡的土地，也告别我们共同熟悉的家乡夜空中的月亮。

我调进县城工作时，经常带着儿子到老姑家吃饭或饮酒，要问有多少次，至今已无法计算。我调到市直机关工作时，老姑因到宿城走闺女，也抽空到我家看看。妻患脑溢血病的第二年，她还主动来照顾 10 来天。为这，妻还经常念叨着老姑。一个月前，听说老姑患病，我到泗洪县城看她，她却到宿迁走亲戚来了，当时我也没把她的病估计得那么严重，还准备抽空再到泗洪去看她。真没想到，她竟走得这么匆匆。

饮不够故乡的水，断不了故乡的路。我和老姑都经常回莫台村，虽然是轻车熟路，但已经寻找不到童年的感觉，也寻不到当年在月光下玩游戏的那份纯真。生活条件改变了，生活的节奏也加快了，每个人都在自己的生活圈中忙活着。时针的脚步在匆匆地走，我们的脚步也在匆匆地走，不知不觉中，我们满头的黑发都变成了华发。老姑也曾唱过："365 里路呀，从故乡到异乡；365 里路呀，从少年到白头……"曾经有一次，老姑唱着唱着，眼角还禁不住涌出了泪花。如今，这 365 里的路程，老姑已经走完了，相伴着人间的万家灯火，相伴着人生的酸甜苦辣。

一次还乡，晚上住在侄孙广明家。夜半醒来，我怎么也睡不着，便披衣而起，独自在小院中徘徊。恰是明月当头，四周没有一片云彩，村庄四处也寂静无声。那个夜晚的月亮特别明亮，于是我想到了童年时的月亮，同时也想到了月亮一样的老姑。家乡的月牙儿给人的总是忧伤，而今夜的明月给我的却是联想。我不想让祖祖辈辈生活的地方变得荡然无存、了无寄托。北邻石集乡的村庄已基本拆光，城头乡也拆了近半，据说莫台村也在拆迁计划之中。30 年前，我因听说家乡将要移民大别山，竟抱住村后的一株白杨树而默默流泪；如今听说村庄将要拆迁，又是一个人在小院中浮想联翩。天地间万籁俱寂，我在月光下口占一首小诗《还乡》："一轮明月照乡心，风雨更隔水几重。万唤千呼寻不见，他年只有泪沾巾。"

故乡是给人憧憬的地方，也是给人忧伤的地方；故乡是让人欢笑的地方，也是让人流泪的地方。今夜的月光下已寻不到老姑的身影；明天，当我们寻不到故乡的时候，又将到何处去寻找故乡的月亮？

载于 2015 年第 3 期《大湖徐风》

老不欺少不哄

大哥的猝然去世患的可能是心肌梗死，并且是在二姐去世的第三天。

那天天气很热，我们正在大哥房间里的空调下看里约奥运会乒乓球冠亚军决赛。大哥因感觉身体不适到村卫生室挂水去了。赛场上中国运动员丁宁与李晓霞鏖战正酣，让电视机前的观众大饱眼福。大比分3：3之后，还要激战最后一局，结果是丁宁以4：3险胜李晓霞而夺冠，成为继李晓霞之后的中国女子乒乓球队第五位国际赛事大满贯得主。升旗仪式很令人关注，随着中华人民共和国国歌音乐声起，鲜红的国旗也冉冉升起。领奖台上的金银奖得主心情激动地在伴着国歌轻唱，奖台下的同胞们都在心里默默地伴唱。

就在这令人为之振奋的时刻，一件意想不到的事情在我们的身边发生了。大哥从村卫生室挂水回来了，而且是在盐水尚未挂完的情况下。他见自己的卧室看电视的人多，就让大嫂和小妹宝侠扶他到正屋的床上躺下。我连忙去看望他。见我来到床前，大哥挣扎着从床上坐起，我为他穿上拖鞋，又和侄女广云扶他回东偏房自己的卧室。路上，他吃力地说："我的心太难受了。"我说："要住院治疗。"进屋后，在我们的相扶下，他才吃力地躺下，嫂子也站在床前。就在此刻，就听大哥呼哧呼哧地喘着粗气，一两分钟后，他突然猛地掉过头来，重重地呼出一口气，就再也不省人事了。我立即喊：打120！可是，当120的随车医生实行急救之时，已经无能为力了。

大哥就这样静静地走了，一句遗言也没有留下。

我是在苏北农村长大的，家乡人勤劳善良而又淳朴待人的民风，给我的印象尤深。苏北泗洪及周边地区的父老乡亲，对人生的口碑相当重视。家乡人大都诚实厚道，但也有少数刁钻不地道之人。当一个诚实厚道的人死后，乡亲们闻讯都会这样说：好人啊，可惜了！而当一个刁钻不地道的人死后，乡亲们闻讯都会这样说：那个人啊！……后面鄙视的话就省略不说了。如果遇上一个对别人只使坏不做好事的人死了，乡亲们又会带气地说一句：那个狗日的！

人活一世，来去匆匆，对于一个社会人来说，社会的口碑就是一个人的墓碑。诗人北岛说："卑鄙是卑鄙者的通行证，高尚是高尚者的墓志铭。"这诗句太到位也太有哲理了。我曾在《三省斋呓语》中写过这样一句话："吝啬的人往往对自己慷慨，慷慨的人往往对自己吝啬。"大哥就是一个对他人慷慨而对自己吝啬的人，他生前经常帮助别人而克亏自己，他去世后，许多亲戚与村邻都为他流下了眼泪。

我工作在外地，也就在大哥去世那天，我的上衣不慎剐破了一道口子，小妹宝侠带我到邻居家找针线缝补一下。邻家妹子一边主动为我补衣，一边情不自禁地说："好人啊，老不欺少不哄的。"我知道，她这话是在说大哥，可能是因为大哥在村中积德行善的往事感动了她。

听乡亲们说，大哥急人之难的事例在村中屡见不鲜，这不禁又使我想起了一件往事。1976年盛夏，因我的入党问题，城头林场党委要求我把朱湖的社会关系也附在入党志愿书上。我立即信告大哥，他在情急之下冒着炎热酷暑连夜赶了过来，以了却我的一桩心愿。这件事至今记忆犹新。

老不欺少不哄，这是家乡人对诚实厚道人的评价语。我想，这朴实的6个字，可以算是大哥墓碑上的碑文了。

2016年8月15日于宿城三省斋

父亲的 3 本书

父亲已经去世 30 周年了，但他当年为我买回的 3 本书，至今还收藏在我的心中。

在我 6 岁时，父亲由潘赵高级社主任辗转石集任职，后又调回老家莫台任大队长。那正是一个被历史称为"大跃进"的年代，伴随着人民公社的成立，"三面红旗"飘扬在新中国的城市乡村。那又正值三年自然灾害时期，人民公社下设生产大队，大队下面又设生产队，俗称小队，一个生产队办一个大食堂，全队百多号人一日三餐都围在大食堂的门外等着分饭吃。当然，盛到碗中的只能是可以照见自己面容的稀饭。

那时村中有一所小学，是初级小学，我们家的 3 间草房便与学校山墙搭着山墙。东邻教室，我是全村上学最方便的儿童。上课是大合龙，两所教室，四个年级，一、二年级合班，三、四年级合班，两个教师，一人包两个班。还有令今天的孩子们不敢相信的事：我们放书、写字都是在泥垒的课桌上，再从家中搬一个小板凳，就算是周吴郑王的在校生了。

我的第一母校不是莫台小学，而是梁园小学，但我回村上学依然上的是一年级。父亲经常到县城参加县三级干部会议，一次，他散会归来，没给我带什么食品，而是买回连环画册《林冲雪夜上梁山》。不知父亲当时在书店柜台前心里是怎么想的，是对古人杀富济贫的崇拜，还是对梁山泊英雄好汉的敬仰？说来也巧，林教头忍辱负重的经历后来仿佛传到了我的身上，让我从洪泽湖畔的水村走到宿迁市级机关，一直身负重载，像头牛一样常常拉着沉重的车。与林冲不同的是，他是受害于人，我是受制于人。然而，又应当感谢父亲，是他老人家那较为长远的目光，不仅从梁山好汉身上看到了正义与邪恶的界线，而且为我少年时养成了一个执着读书的兴趣习惯。捡到十根金条，不如养成一个良好的习惯。后来，我走上了文学创作之路，连环画当是我最好的启蒙老师。

父亲从县城为我带回的第二本书是白话长篇小说《岳飞传》。这是后人在《说岳全传》基础上的改编本，语言通俗易懂，书的作者已记不得了。这不禁又使我想起了父亲的另一个爱好：买画。不是名人传世画，而是张贴在乡村土墙上的人物或山水画。记得我们家的床头就贴着一幅岳飞画像，戎装焕发，按剑而立，目视远方。画的右上方还题了4个字：还我河山。父亲生于贫苦农民家庭，还是在他参加工作以后，从县办的短期识字班上粗识了几个字。有趣的是，他竟把画上的草书字误读成了"山河我通"，他是把原文从右往左颠倒过来读的，并把繁体"还"字错认为"通"字。一字之差，便把民族英雄读成了地理学家。

一个四年级学生，读起长篇小说来是有点吃力，但我还硬是把全书读完了，并且不止一遍，书中的情节与文字深深地打动并影响了我。那文采飞扬的语句，令作文语言贫乏的我拍手称快，并在心里暗暗地想：我要是能写出这样的语句来那多好啊！直到今天，我还能记起小说开头描写岳飞出世时的那几句景色描写："寒夜阑珊，寒星满天，寒光闪烁，寒气逼人。"生活就是这样，童年时一件细小的往事，能引导和影响一个人漫长的人生之路。至今犹记，岳母刺字时的深明大义，以及她送子出门手指北斗七星时的谆谆叮咛。

我上高小就离开了莫台小学，至村南5华里处的半边圩小学就读。时隔40年，学制也略有改动，同样读6年，那时的小学分初小与高小两个阶段，当年的小学生比现在的小学生多领一张初小毕业文凭。一个炎热的夏日，父亲开会回家，一进门，就叫我猜猜他带回了什么。我说是书。他说对，可你知道是什么书？见我回答不出，他便从一个粗布包中郑重地拿出一本书，我仔细一看，书的封面上大大地写着"百万雄师下江南"7个字。这是一本图文并茂的书，记载的是中国人民解放军横渡长江，解放南京、上海、杭州等地的战斗历程。后来我才知道，父亲之所以对这本书爱不释手，是因为书中的真实故事与他有着生死相依的联系。父亲不是军人，没有参加过渡江战役，但正是在那次大战役中，他作为洪泽湖西岸一个中共政权下的乡长，带领凉床队走在浩浩荡荡的支前行列里。凉床队，这个名词在书本中很陌生，如果说成担架队，许多人都会一目了然。凉床是家乡一种用绳子网起来的简易床，以供人们在夏日里门外纳凉之用，如果遇上下雨还可随手搬回屋里来。而担架则是战场上专用的工具，为救护伤员所用。在那战火纷飞的岁月里，人民子弟兵将渡江南下，地方政府组织一大批民工支援前线，有的运粮，有的运衣，还有的救护伤员。民工们因时间紧迫，赶做担架来不及，便把自家平时使用的凉床扛在肩上作为救护工具，所以当时的家乡人便把救护伤员的民工们称为凉床队。据说那次支前太惨烈，国民党军队整日派飞机沿江北一路轰炸。父亲所带的凉床队刚到盱眙南面的火烧桥村，便遭到了敌机的袭击，一个村的民工，有9人在一次敌机的轰炸中献身。父亲是个幸存者，也是个目击者。在那场历史性的大战役中，他虽然没有亲自渡江，但人民解放军渡江的战旗上，也曾染上过他与队友们鲜红的热血。

世间许多事就是这般巧合，在老一辈的红色故事中长大的我，从小受到红色故事的熏陶，长大后又曾有幸从事党史和地方志工作，用手中的一支笔，为洪泽湖畔的人间沧桑而记录，为当年的淮北抗日军民而讴歌。当然，这都是在父亲去世以后的事情，但我始终不会忘记父亲买书时的那一片苦心。每当我奋笔疾书之时，我的眼前总会出现父亲那望子成才般的殷切的目光。

父亲从乡长任上转业后，在地方从高级社主任转任生产队长，从枪林弹雨到春种秋收冬藏，他一生都浸泡在生活的苦辣酸甜之中。他在生产队长任上时，曾带领全队人在收种之余到老河头办窑厂，使莫台三队当时成为远近闻名的致富样板队。在改革开放纵深发展的今天，我才体会到，那是苏北创办乡村工业的一片幼芽。"文革"开始时，父亲也被免去了生产队长一职，他常常捧着《百万雄师下江南》那本书，倚在板门上认真地翻看着，有时还从眼角滚下两行泪珠。是对新生活的感慨，还是对往事的萦怀？

在我们人生的道路上，都会自觉或不自觉地受到父辈的影响与熏陶，有时，我的眼前总会隐隐约约地出现父亲那殷勤引路时的脚印。有一次，我玩笑似的问几位姑娘这样一个话题：一个宁买高档衣不买高档书的人，与一个宁买高档书不买高档衣的人站在一起，你愿意嫁给谁？几位姑娘相视而笑，她们一时竟不知如何回答。其实，父亲早在几十年前就以他的行动代答了这个问题。

载于 2010 年 5 期《翰林》

友情篇

箫　声

　　站在扬州二十四桥上，我首先想到的不是温情瑰丽的吹箫女，而是与吹箫女结缘古今的箫声。

　　我是个极听不得箫声的人，每闻箫声而怆然。不知是因为箫声太凄凉，还是我的心境太黯淡，在这独倚桥栏的听箫亭边怀古伤今，物不在，人亦非，那美丽的吹箫人已朦胧在时间的烟海之中。

　　最早听到箫声是在童年时。我家住在洪泽湖西岸一所乡村小学的西侧。那年，学校调来一位王姓的老师。异乡执教，他行李中多带了一个伴侣——竹箫。最让人不忍听王老师箫声的，是在叶落乌啼的傍晚与冷月如钩的冬夜。夜深人静时，王老师批改完了作业，便从墙上取下那支竹箫，借以倾诉寂寞、排遣孤独。听箫的不仅有村邻，还有教室里的泥土桌凳。我那时虽然年幼不知寂寞孤独为何物，却似乎能从中隐隐听出吹箫人的丝丝惆怅。

　　长大后听到箫声，是在文学作品中。

　　箫声从苏轼的散文中走来。"其声呜呜然，如怨如慕，如泣如诉，余音袅袅，不绝如缕，舞幽壑之潜蛟，泣孤舟之嫠妇。"那是一个明月东升之夜，有月，有箫，有长江波涛。箫声静寂，秋夜静寂，箫声吻皱了一江秋水，箫声泣瘦了孤独的江月。天下的明月夜都沉浸在那凄凉的箫声中了，箫声与江月平添了游人的雅兴，拨动了作者的心弦，所以才诞生了《前赤壁赋》这篇感时伤世的千古绝唱。

　　箫声从杜牧的诗句中走来。"青山隐隐水迢迢，秋尽江南草未凋。二十四桥明月夜，玉人何处教吹箫。"如果能在洞箫声中欣赏明月，啜饮美酒，再朗诵牧之先生的名句，那当是世间最佳的乐事了。诗中的箫声无边无际，给一代代文人墨客留下了美不胜收的余韵。于是二十四桥游客纷至沓来，人们都用热切的目光去寻找诗中吹箫的玉人。

我曾在扬州食府一条街竹家庄接受朋友何业栋的宴请，在箫声中把酒话旧，就悠扬的箫声下酒，心头别有一番滋味。于是，写下一首七绝《扬州赠何业栋》，并让业栋草书寄我收藏之，诗云："十年幸会话沧桑，箫短情长吹旧腔。湖瘦情盈劳沽酒，销魂最是竹家庄。"业栋当年喜爱吹笛，后又擅长书法，难得在古城扬州相会，我赠他以诗，他回赠我以书法，老友往来，情趣盎然，亦不失为人间美事。

箫声是属于苏轼的，属于杜牧的，也是属于扬州的。

我在听箫亭边徘徊无语，任思绪执着地追逐当年那月下玉人们的箫声。童年时小学校舍中的箫声向我飘来，苏轼笔下的箫声向我飘来，杜牧诗中的箫声向我飘来。箫声兑进奔腾的江河，兑进时间的烟海，悄然东流。同样是竹管中流淌出的音韵，二十四桥边的箫声空灵而美丽，古赤壁江舟上的箫声真实而凝重。虽然，当年的王老师已经作古，但我耳畔依然萦绕着童年的箫声。

我在箫声中兀自沉醉，我在箫声中悄然泪落。

载于 2003 年 7 月 23 日《宿迁晚报》

2004 年 3 月选入散文集《放飞梦想》(时代文艺出版社)

永　凤

5 年前，永凤到我家做保姆时才 17 岁。

我总认为，是因为永凤的出现，才改变了"保姆"一词的原始色彩。人们大都有这种感觉，一听到保姆这个称呼，立马就会有一种隐隐的沟痕感，不是代沟，而是人间贫富不均的差别之沟，或者说是人与人之间的身份之沟。

永凤初次登门时的情景我至今记忆犹新。那天，她被一位李姓的长辈领到我家来，进门就像大人似的弯腰鞠躬，口中还连说"叔叔好！阿姨好"！我当时一看她小小的身材，心下在嘀咕：能照顾好病人吗？事情的原委是，妻在此之前患脑溢血病，需要请一个保姆来服侍一段时间。我整天还要上班，便请朋友帮忙找个合适的人选，于是，永凤便走进了我们的家。中饭后，老李把永凤叫到一边交代了几句就走了。整个一下午，永凤便一刻未歇地忙个不亦乐乎。她把地板认真地拖了一遍，把窗户与阳台上的玻璃擦得干干净净，又将厨房彻底整理了一下，碗筷盆勺都洗了又洗，并摆得有条有理，各得其所。

世间最屡见不鲜的事是锅碗盆瓢的组合；而世间最容易唱走调的也是锅碗盆瓢交响曲。永凤出身于农家，10 来岁就能做许多家务事。当然，一到农忙时，家中做饭洗衣之事便由她全包了。从农村走进城里，对什么煤气灶、电饭煲等家用电器不太熟悉，她便虚心地学，细心地去掌握操作方法与程序。有时，遇上我们做她不会做的事，她便站在一边偷偷地学。世上最怕"专心"二字，只要专心去学，便没有学不好的事，再加上永凤天资较聪颖，又善于动脑筋，不上半月，室内的活儿她便轻车熟路了。

从陌生到相互熟悉是人类从感觉到感情上的一个综合行进过程。日子久了，人也渐渐的熟了，永凤也不再像刚来时那么拘谨了，她像一只小鸟，活跃在我们家的"园林"里。三室一厅的套房中，时常荡漾着她欢快的歌声。永凤爱唱歌，熟悉的她情不自禁地唱，不熟悉的她就跟着电视与VCD模仿唱，学陈红的，学祖海的，学斯琴格日勒的，也学刘欢、满文军的。她的歌声，给我们家带来了欢乐与愉悦。

别看永凤小，她买菜时却像个成人。每次走进菜场，她必然要货比三家，然后才点头认可，论货付钱。她做事有板有眼，生活上精打细算，当花则花，不当花则一角钱也不多花。妻把每月生活费用交给永凤，她专门用一个钱盒收好，每次买菜归来，她便把剩余的钱一分不少地放到盒子里面，并当面报清每一样菜的斤两价钱。从永凤的一言一行中，我也深深地感觉到，她已经把我们家当成了自己的家。平时我们换下的衣服，她一件件洗好、叠好，放进各自的衣柜里。我穿脏的皮鞋，她认真地给擦得锃亮；我下班归来随便脱下的鞋，她又给整齐地摆到鞋架上。她还把小闹钟掌握在手中，每天早起晚睡，有时还提醒我上班别迟到。在生活上，她成了我家中的"小主人"。但是，我们总是习惯亲切地唤她的乳名，以致把她的学名郭宜艳给渐渐淡忘了。

孩子自有孩子的天性。为了从精神上照顾好病人，永凤经常陪妻打打扑克，有时我晚上没事时也积极参与。每当"80分"早进局时，她便会举起小拳头欢呼："我们胜利啦！"这个天真无邪的动作，又会使我们忍俊不禁。一次，我从泗洪买回几双大头棉拖鞋，上面有虎头、狮头、狗头等造型。永凤被鞋头上的动物造型逗乐了，她穿上拖鞋在地板上直翻跟头。我和妻见状，都忍不住捂住肚子发笑。

一天夜间，永凤突然发病昏迷不醒。我急忙找车把她送到医院治疗。在急诊室的病床上，我看护着她挂吊针。病情好转稍稍醒来后，她忽然一头扑进我的怀中直喊"爸爸"。我的心当时酸酸的。毕竟是个孩子，她父母不在身边，我此时心头立马升起一种做"父亲"的责任感。

这许多年，一个划时代的"打工潮"在全国兴起。第二年春节后，永凤离开我们家到外地打工去了。她先在厦门，后又到南京。几年下来，她手中积攒了一笔钱。笼子里的鸟总是向往着山林。据说她又想离开老板，独自在夫子庙一带开个服装店。每年母亲节，永凤都要打个电话回来，向阿姨问个好。妻也每每为之感动。

　　永凤长大了，长大了的凤凰就应当展翅飞翔。

载于 2005 年 12 月 15 日《宿迁晚报》

小　草

在家庭中，她是孩子的母亲；在学校里，她是学生的老师。而在 20 世纪 80 年代末的讲台上，她只不过是一位月工资 40 元的代课教师。

她叫严兆珍，玲珑的身材，清瘦的面容，配一双铜铃般的眼睛。10 年前，她还是我的学生，而今天已成了我的同事，但我总是习惯地唤她"小严"。小严给我印象最深的，是在县文教局举行的歌咏比赛会上，她以清脆圆润的歌喉，一首《小草》曲惊四座，荣获了一等奖，也为学校赢得了荣誉。

几年后，小严高考落榜。她本想第二年再试一试，由于父亲年老体弱，家中劳力紧张，她只好放弃了复习，但自学仍没有丢。时隔不久，我们学校招聘一名代课教师，小严说服了家庭，即以高分而走马上任。起初，我总有些瞧不起她，一个黄毛丫头，能教好书吗？恰巧，学校又分她和我配班，她教外语课，我教语文课兼班主任，成了搭档。她一直挺尊敬地喊我"莫老师"。凭中学时代的外语基础，我几次悄悄地隔窗听小严的课。不听则已，这一听，却引起了我深深的自责——不该从门缝里看人。她讲课不仅发音标准，而且教态自然，循循善诱，又能在关键之处画龙点睛。学生们也常评价说她讲的课生动易懂。我不禁暗暗叹服。

小严最显著的特点是爱笑，对学生和蔼而庄重；对同事亲近而不虚伪。她不信佛，却有一副菩萨心肠。她从不打骂学生，但学生们都非常敬畏她。在师生们看来，她两颊那一对不深不浅的小酒窝，仿佛就是慈善的标志。

小严婚后刚一年，儿子杨杨便来到了身边。建立了小家庭，又要种承包的责任田，可以看出，她的时间紧张了起来。她经常忙碌在星光与月光之下，但上下班仍一如既往。每天，她总是在预备铃鸣响之前到来，又总是在放学铃的余韵中归去，无论是雨天还是雪地，也无论是夏收还是秋种时。正如地球围绕太阳运转一样，这已形成了她周期性的规律。几年来，学校订立了教职工考勤制度，小严的名字栏内，总是打上满勤。不仅这样，她还在自己所任的主课之外，主动地多带了两节音乐课，她说这是她的爱好。

不乐意的事终于发生了。不久前，丈夫硬要小严弃教回家，理由是工资太低，还不如做点小生意。我们都对小严的低工资寄予同情，也为她离开讲台而感到惋惜，但又爱莫能助。离校的那天晚上，一向性格温和的小严，与丈夫吵了一架。"工资低，我能生活下去，如果离开学生，我就受不了。"小严的一席话，连丈夫都为之心折容动。

第二天，小严又按时到校了。只见她的两眼红肿，但脸上仍挂着秋云般的笑。音乐课到了，她迈着矫健的步伐走进了教室。校园里又荡漾起她那清脆的歌声："没有花香，没有树高，我是一棵无人知道的小草……"

是的，在教育这片肥沃的土地上，小严确实似一株不显眼的小草，正默默地为祖国的春天吐绿。

载于 1990 年 5 月 9 日《江苏教育报》

准 闺 女

当我在电脑前敲击键盘打字的时候，心里总感到酸涩涩的。如果说 10 年也算人间的一次沧桑，那么，她便是这次微型沧桑的亲历者。

2001 年春天，母亲刚刚去世，妻患脑溢血病已近两年。我在市级机关上班，儿子在南京理工大学读书，家中急需请个保姆。朋友陈飞在接到我的电话后，立马在他所在学校的往届毕业生中排找，结果找到了一个叫曾莉的女孩，家住泗洪县大楼乡花庄村。

在此之前，我们家也请过两个保姆，都是由介绍人亲自送过来的。而曾莉则不然，她独自从村到乡乘公交车，再转车经洋河到达市区，并按照我电话中的家庭住址，直接找了过来。那一年，她不满 20 岁。

曾莉在姐妹中排行小，在家中很少做饭，而到了我们家就不同了，做饭、洗衣、买菜和照顾病人，样样都靠她，这个由 3 个人临时组成的"家"，确实需要她来"挑大梁"。这对于一个刚刚初中毕业不久的女孩来说，应该是个严峻的考验。与陌生人相处，不仅要考验她的能力，而且要考验她的人品。生活中不会做的事可以去学，而人品中有许多地方就是天赋的成分了。她，管妻的吃饭穿衣，管家中的煤米油盐，还要每天带病人下去转几圈，陪病人一起坚持锻炼。从心理上说，病人容易烦，有时还会发脾气，这些都在她的满脸笑容下迎刃而解了。

有几件小事我至今记得。那是曾莉来了两个月之后，大楼家中有事急需要她回去一趟，下午临行时她答应说：明天上午赶过来。谁知，第二天刚吃过早饭，她便一路风尘赶回来了。责任心这么强！当时我在心里暗暗地赞许她。我曾做过中学教师，时间观念比较强，但那只是准时，而曾莉的时间观念却是另外两个字：提前。这超前意识中既有品格，又有责任。

暑假时，小白放假回家。那时我们家烧煤球，而在买煤球时小区门卫又不允许煤球车直接拉进院内。我好不容易找熟人借了一辆三轮车，从大门外把煤球往家里运。我们父子俩从没骑过三轮车，人骑在车上，车头不是向左偏，就是向右偏。我们急得满头大汗。恰好此时，曾莉来了，只见她不慌不忙地一次次把煤球运回了家，又和我们一道，把近千块煤球搬进了地下室。当曾莉骑在车上时，我羡慕地观察她的骑车动作，女孩子双手扶着车把，真还挺好看、挺潇洒。

最令我钦佩的还是那次洗衣服。曾莉不停地忙碌在洗衣机旁，每次将衣服浸泡前，她都要认真地检查一下口袋。有一天我回家，发现我的写字台上端端正正地放一张 5 元人民币，一问才知，是曾莉在我的衣袋里发现的。实际上，口袋里有没有钱，我自己也忘记了。人的一生，修个好人品不容易呀！只要人品好，即使走遍天涯也会让人放心。

在我们家干了一年多，曾莉便回家了，因为她要嫁人，嫁给金锁镇一户姓陈的人家做媳妇。农村的女孩结婚就是这么早，而这个传统习俗在曾莉身上也不例外。她婚后生了两个女儿，一个名叫柳璇，一个叫柳洁。在这期间，曾莉也经常打电话来问寒问暖，有时我们家实在找不到人，她就尽量抽空来帮忙。在这个世界上，人与人之间感情近了，关系也便近了。当她扶着妻在路上缓缓行走的时候，人们总认为是母女俩。不是亲闺女，胜似亲闺女，那份亲密无间，体现在欢声笑语中。

上帝常常促成一对对有情人成为眷属，并且赐给他们甜蜜与幸福；但上帝也有不怜悯人间的时候，他有时也会胡乱地将灾难和不幸降给人间。就在柳洁生下不久，曾莉的丈夫小陈却患上了白血病，在苏州住院好长时间。那几年，曾莉往来于泗洪与苏州之间，那份辛苦自不必说，家里田里，车上车下，床前床后，生活组成了一团团迷眼的乌云，重重包围了她。酸甜苦辣咸，她尝遍了生活的五味。2009 年元旦刚过，也正是在一个天寒地冻的日子，小陈于不到

30 岁之龄永远地走了，丢下了父母、妻子与一双稚嫩的女儿。

　　往事不堪回首。记得在小陈住院期间，曾莉曾特地来过我们家一趟，是在万般无奈之中想托我找关系帮他们家解决一些医疗经费。她来时还给我买了一条玉溪牌香烟。我知道，那是一家人在负债累累的境况下攒下钱买的一条香烟。我当时批评她不该这么做，她说是公公婆婆叫买的，于是我什么话也不再说了。临走时，我送她上车，趁她不备时，连忙把 500 元钱塞进她的口袋里，便急匆匆地下了车。

　　人生有了责任，纤弱女子也是条好汉；人生没责任，丈二金刚也会成为懦夫。以后这几年时间，不知曾莉是怎么熬过来的。她是个极有责任心的人，她没有丢下公公、婆婆不管，更没有丢下两个孩子，她把沉重的家庭重担坚强地挑了起来。她带着公公、婆婆到县城租房打工，并送大女儿到学校读书。她还做超市营业员，为一家饮料商送牛奶，抽空还要回老家种地。她在外面吃的是辛苦，而带回家的却是笑容。

　　去年秋天，曾莉到乡里去结卖粮款，这是她种责任田辛辛苦苦换来的血汗钱。没想到，在回家的途中，她丢魂失魄似的将几千块钱被人给骗走了。她从来不负他人，但在这个良心不值钱的世界上，却有人不择手段地负她，骗她这样一个刚刚惨遭不幸的人。芸芸众生，人心的颜色就是不一样。她回到家，蒙头整整睡了一天，但她一滴眼泪也没流，又勇敢地站了起来，为一家人寻找谋生的路。

　　总算天无绝人之路。不知是自悟，还是别人给她出了个好主意，就在一个落叶飘零的秋日，曾莉只身南卜时胎，在一家酱香饼店里从师学艺。凭她的那股韧劲，终于学会了一门手艺。回家后，她在大楼淮洪路的十字路口摆了个饼摊，起早睡晚她做起了酱香饼，生意还挺好，一天能赚几百元钱。听到这个喜讯，我在电话中祝贺她，并勉励她好好地做下去，年轻人多吃点苦怕什么？说真的，就在那一刻，我真想对着话筒轻轻地唤一声"闺女"。我一直打算去看看她，隔着云天，我仿佛总能看到她那因忙碌而疲惫的身影，与她那一颗纯洁的心灵。

载于 2013 年 12 月 27 日《宿迁日报》

老 同 学

　　从称"同窗"到称"同学"，中国的教育史不知历经了多少度风雨沧桑。

　　时至今日，在我国传统的社交圈中，交往最多的恐怕要数同学与战友了。我没有从军的经历，自然就谈不上"一起扛过枪"；又因为资历不够，更谈不上"一起渡过江"。从小学到高校，我也曾读了十几年的书，一路风尘，同学校友之众多便可想而知。

　　同学而成情侣者有之。最典型的人物当是中国四大民间传说中的梁山伯与祝英台了。杭城的三载同窗，却为人间留下了流芳百世的爱情故事，其心之真，其情之挚，古今罕见。因而，他们成了众口皆碑的"东方的罗密欧与朱丽叶"。

　　同学而成挚友者亦有之。毛泽东与蔡和森当年就读于湖南省立第一师范学校，正如前者在词中所言："恰同学少年，风华正茂。"他们共同创办新民学会，共同创立湖南共产主义小组，共同成为中国共产党最早的党员与职业革命家，探索救国救民之路。他们的老师杨昌济曾高度评价说："我有两个好学生，一个叫毛泽东，一个叫蔡和森，将来可为国家之栋梁。"毛蔡二人果真不负师望，一个是为中国革命而四处播火的先驱者，一个是为新中国建立呕心沥血的引路人。20 世纪的中华民族因他们的名字而骄傲。

　　同学而成仇雠者有之。战国时期的孙膑与庞涓同师从鬼谷子，但由于心灵的颜色不同，他们在中国历史上留下的图像也大有不同。一个宽容待人，一个忌妒成性，他们共同演绎了中国军事史上大起大落的悲壮故事。历史公正地做出了判决：忍辱负重的孙膑终于成为胜利者，而奸诈刁钻的庞涓最终成为历史的笑料。马陵道是忠与奸的分界线，也是"老同学"的诀别线。

同学而成为两军对手者亦有之。1924 年 5 月创办于广州的黄埔军校，可谓"将军的摇篮"，它所培养出来的军事人才，有的是国民党的高级将领，有的是共产党的元帅大将。由于所走的政治道路不同，历史老人特意为他们安排了一场特殊的军事筵席，在后来逐鹿中原的战略大决战中，他们中间许多人都成为运筹帷幄的两军对手，是老同学，也是大冤家。战争是那样的残酷，而政治有时比战争还要残酷几分。

回首人生路，前前后后同班同届的同学不下于数百，而毕业后相互正常往来的却为数不多，相处甚密的更是寥若晨星。许多人从毕业之日起，便永远没有相会之期，难怪在一些毕业典礼上，有人执手相依，痛哭流涕。

我曾有感而发写下一副对联："酒饮感情酒，烟抽思想烟。"多年前，我们常常饮老同学的新婚喜酒；而今，我们又常常饮老同学子女的新婚喜酒。每一次喜宴，都会使我感慨万千。喜酒中有相承相接的人间友谊，喜酒中也有悲欢离合的人世沧桑。有时老同学聚会，自然而然地会聊起这样一个话题，那就是相互屈指细数同班同学中走了哪几人。数着数着，不禁又感慨中生，在强笑中泪眼盈盈。人生就是那么短暂，又是那么脆弱，怎不让人感叹时光匆匆，感伤岁月无情？是啊，当年的满头黑发渐渐被华发所取代，我们都只能顺其自然而又无可奈何。

战友会有级别，而同学则无级别可言。同是同班同学，多年之后，有的人从学识上也许会成为其他人的老师，有的人从地位上也许会成为其他人的领导，但是，同学就是同学，见面时直呼其名，是那么地道，又是那么亲切。如果你发现老同学见面有人称呼官名，那有可能是开个玩笑，否则，那就说明，称呼者与被称呼者之间已经横亘着一条感情的鸿沟。

即使地位变了，人的感情也不能改变，这是老同学之间最起码的人格底线。毕业 10 年或 20 年，老同学之间地位悬殊势在必然，有的可能会做到国家元首，有的可能会一直是平民百姓，但有一个不争的事实摆着：老同学依然是老同学。当年在县中读初中时的老同学张崇德，如今已挂上少将军衔。那次母校校庆日，我们相见时已相隔 26 年，他竟一口报出了我的姓名。老同学相逢，我们都称呼他"崇德"，他也乐呵呵地答应。地位变了，而感情没有改变，这便是做人最初最纯的原色。

2004 年春，我在北京全国党史干部培训班学习，高中同学徐宇平已身为北方工业公司副总裁，他于百忙之中热情地招待了我，并让嫂夫人亲自到我的住地国防大学招待所来接我。诚挚之情，置腹推心。晚宴在北方大厦三楼，主宾共 3 人：他们夫妻俩与我。这是为了畅叙友情。席间所谈以回忆往事为主题，饮家乡双沟酒，抽江苏南京牌香烟，烟酒之中都兑进了浓郁的乡情。他平时极少饮白酒，那天却破例频频举杯。嫂夫人素不饮酒，而我们俩竟把一瓶酒喝完了。饭后他们打的回家，让司机把我送回住地。当天晚上，我写了一首小诗，以记下老同学之间的情谊："你采摘北方大厦楼顶的繁星／我放牧家乡洪泽湖上的白云／我为你捎来千里乡音／你为我传递万里归心……今夜明月会悄悄爬上你的窗棂／送给你一个圆圆的故乡梦。"（《赠徐宇平》）转眼又是 5 年，"此情可待成追忆"呀，难得如此老同学，平常心，肺腑情。

前几天，从弟乃升来电话说，他与我初中时的老同学臧美成近有交往，并把其手机号码告诉了我。当我与美成通电话时，40 年前的往事一下子如在眼前。听到这久违的声音，说真的，我当时心跳加快，几欲泪流。我的第一句话是问："你能饮多少酒？"答曰："二三两。"我说："不够，见面时一醉方休。"乃升近几年以炕雏鸡为业，常求教于美成。没想到，美成炕雏鸡技术几近炉火纯青，尚在蛋壳中的雏鸡，他便能分辨得出雌与雄。真是高手在民间，确实令我这个老同学刮目相看。

也曾见到过这样一些老同学，长着一双势利眼，生着一颗功利心，浑身上下都被生活磨成庸俗之茧。淡情，变心，摆谱。在他们的眼中，只有权势，没有平民，只有假意，没有真情。一个缺少真情的人，即使身为大款，即使权倾一方，活在这个世界上又能有多大意义？

在淮阴师专读书时，班上有个叫苗满平的师兄，他是老三届高中毕业生，生活在他身上开了一个啼笑皆非的玩笑。当时教我们文选习作课的是徐师大毕业的汪老师。后来我们才知道，汪老师在没推荐上大学之前，原来是苗满平做高中民办教师时的学生。弟子出于师而又师于师，这世界也太奇妙了，奇妙得令人为之瞠目。记得当年淮阴师专数学班还有这样两位老同学，一个是六六届高中毕业生，时年 35 岁，一个是当年应届生，才刚刚 15 周岁。全日制同班同学年龄竟悬殊一个辈分，这对于"文化大革命"而言是历史的真实，而对于历史却是个真实的传奇。

我常常独坐小斋沉思，记忆的河床上时时漂过一片片友谊的风帆，那便是老同学亲切的笑容与身影。当然，也有 18 年前我在淮河河套平原上寻找老同学傅加贵不遇时的一脸怅然。宇宙中最勤快的是时间。地球上一个个老同学系列构成了人类庞大的社会体系，我们都在为社会添砖加瓦，但每一个最终都带不走一块瓦或砖。

大凡读书之人，每个人都会有同窗同学，我们的生活与工作中也不乏老同学的关爱与支持。那一份份真情天长地久，那一份份友谊记忆犹新。当白发与皱纹爬上两鬓与额头之时，我们多想把时光留住，把青春留住，把友情留住。然而，这一切又都是不可能之事。

所有的忧愁与烦恼都会成为过去，所有的富贵与繁华都会成为过去，时光老人只会收下我们的一件礼物——真情。

载于 2009 年第 5 期《楚苑》

老 主 任

老主任是上海人。

20世纪50年代初，为了支援苏北的文化教育事业，他毅然打起了背包，落户在洪泽湖畔泗洪这偏僻的水乡。白云悠悠，弹指40年，老主任头发全白了。

1974年，老主任调入城头中学担任教务主任。当我分配到这所学校任教时，他已属"元老派"了。我与他的交往便从此开始。

我总认为老主任有些"怪"。一怪"不近人情"。他对我们年轻教师的批评从来是严厉的，丝毫不留情面，也不管你受得住还是受不住。一个星期六下午，物理教师穆玉金正收拾东西准备回家。老主任忽然冲进他的房间，猛地摘下了灯泡，弄得他丈二和尚摸不着头脑。"怎么搞的？你的房间总是点长明灯！"小穆这才明白，原来是停电时自己忘了关灯。

给人印象最深的是那一次乡长为一位亲戚非正常转学。老主任严格执行学籍管理制度，拒不接收。乡长吃了闭门羹，脸红而回。事后，有人议论老主任不会"转弯子"。

二怪"没出息"。平时，见到地面上丢弃的粉笔头，老主任都要一一捡起来。他自己上课使用的粉笔，每根都是一直用到不能书写为止。学生考过的试卷，他都一叠叠保存起来，留着下次考试时，再从反面油印。有人说："学校有的是钱，干吗这么寒酸？"他听后会立即回答："当家才知柴米贵啊！"

老主任在我们学校里工资最高，可是生活标准却不高。他一如既往地省吃俭用，从不奢侈浪费，每月节余的钱，除了用于买书外，全部寄给了远在上海的八旬老母和妻子儿女，或资助家庭遭天灾人祸的学生。而他一直是乐呵呵地生活，乐呵呵地工作，从不感到清苦。

路遥知马力。从几年的朝夕相处中，我逐渐了解了老主任，在他那副严峻的面孔下面，原来有一颗金子般闪烁的心。

前年，老主任退休回上海。搬家时，我们去帮他拾掇东西（说确切点，除了行李之外，几乎全是书籍），从他的日记本中忽然掉下了一张照片，捡起一看，照片上是一位神采奕奕的青年。照片已经有些褪色，若不是背面写有"何杰"两个字，我们真不敢相信，这就是老主任当年的照片。

岁月无情，是苏北的风霜，染白了他的头发；是泗洪的岁月，在他的两鬓刻上了皱纹。

载于 1990 年 8 月 8 日《江苏教育报》

傅 加 贵

　　记忆之水东流，流过了世纪的界河。我在记忆的河床上寻找一个人——一个初中时代的同窗学友。

　　1965 年秋天，在泗洪中学初一丙班的教室里，前排坐着一位小个子男生，他浓眉大眼，一头冲冠黑发，最让人容易记起的，是他额上有一块铜钱大小的疤痕，那是农村医疗条件落后的贫穷年代给他留下的印记。他叫傅加贵，鲍集公社沈集村人，父亲是个裁缝，家境贫寒，在粗茶淡饭中培养子女读书。

　　在第一年的学习生活中，我们接触不多。记得那时，我好动，课余时间不是打打乒乓球就是踢踢毽子，而他总是拿着课外书籍在读。他只大我 1 岁，却显得比我成熟许多。星期天没事，他经常讲故事给我们听，讲《封神演义》中的比干忠贞，讲《聊斋志异》中的人妖鬼仙。他喜欢读书而在生活上却丢三落四，常常引发出同学们善意的笑声。

　　我们的学业被"文化大革命"中断。仅仅读完了初一课程的我，也人模人样地跟在大同学的后面参加"革命大串连"。我们一行 10 人在一个初冬的清晨出发，大家都背着背包，领头人手擎着"革命串连队"字样的红旗，自县城青阳镇出发，两天跑到安徽明光。一天步行一百里，对于我这个 13 岁的孩子来说，不亚于一次艰苦的长征，当时我的腿肚子就像要掉下来一样痛。我穿的是上海一位堂姐送我的皮鞋，行至官塘时脚便被磨出了血。还是加贵君细心，他从背包里拿出一双备用的布鞋，硬让我换上。于是，我便和他一起从南京辗转到上海，又自上海北上进京，于那年 11 月 25 日在天安门广场受到一代伟人毛泽东主席的接见。虽然那是一场民族大悲剧的开端，但对我们个人来说，算得上是一次难以忘怀的经历。

"文革"中的学生们最逍遥，大同学们都去搞辩论、武斗或写大字报去了，我们小同学不够那份"资格"，便想办法玩，要么到校园北面的濉河滩上去拾砂礓挣钱，要么到学校工友老潘种的爪田里去偷瓜大家"共产"。

那次看电影归来，班上的大同学与我们几个小同学发生口角，一位老兄竟握住拳头冲进我们中间要打人。论武力我们哪里是对手，有的避其锋芒，有的吓得要哭，唯加贵君迎拳而上，被击倒在地后依然痛斥不绝，直令对方理屈词穷。那场面似曾相识，像荆轲面对执刃武士面不改色，又像闻一多怒对手枪拍案而起。当我在讲台上为学生们讲解"富贵不能淫，贫贱不能移，威武不能屈"名句时，忽地又想起了加贵君和那个令人难忘的场面。前次听另一位同窗说，当年打人的那位老兄已经作古。我不禁感叹岁月的无情与人生的难测。

我与加贵君分别是在 1968 年草木摇落的季节，谁知一别这么多年，上帝竟不给一次邂逅相逢的机会。我们班是在有相机的年代里没有拍合影照的班级之一，原因是那时学校混乱，毕业时草草各奔东西，我手中一直未珍藏加贵君的照片。1985 年区划调整，加贵君所在的乡划属盱眙县管辖。几年前，我到鲍集乡出差，利用早晚时间打听加贵君下落，听知情人说，他已迁居到铁伏乡，在一个排灌站维持生计。不见故友心不甘，我又追踪到铁伏，但仍然与他失之交臂。又几次托住盱眙县城的一位朋友打听加贵君的电话号码，但朋友的回话还是令我大失所望。

加贵君是个好学之人，毕业后一直无入学深造与整冠为官的机遇，想来大约是天公不作美，让这样一个刚强而有志的人偏安于一隅，这不能不令人扼腕叹息。

现在许多人都在攀龙附凤，争相拉有权势的老战友老同学搞联谊，以加强横向联系，去共同圆青云之梦，我却执着地在寻找一向郁郁不得志的加贵君，哪怕一次短短地叙叙衷肠也可慰藉这一颗思友之心。

编入 2002 年散文集《乡路弯弯》

忆 蒋 老

我与蒋老是忘年交，他年长我近 20 岁，平日里，他关爱我，我敬重他。我与蒋老又是君子交，他没饮过我一杯酒，我没抽过他一支烟，只是在应酬筵席上相互碰过酒杯。

蒋老讳中健，江苏句容人，生前为江苏省民间文艺家协会会员，宿迁市民间文艺家协会副主席，说准确点，他是一位实实在在的文史工作者。

20 年前，还是我于讲台执教的时候，在一次县文史工作会议上认识了蒋老，他当时在泗洪县政协文史委上班，负责全县文史资料的搜集整理工作。因为热爱文史工作，我经常为县政协编纂的一系列文史资料集撰稿，久而久之，彼此间便由陌生转为熟识。我们之间的交往仅仅在文字上，用"淡如水"三个字来形容，一点也不过分。

在那次县文史工作会议上，蒋老作为会议主持人赠送与会者每人一支黑色带条纹的钢笔，多少年来，我就是用它起早带晚地"爬格子"，大约有上百万字的文学作品及史志文章出自于这支笔下。这支笔至今依然活跃在我的案头，笔杆的中间部分已被我的指纹磨砺得白光锃亮的，但是我一直舍不得丢掉它，因为这不仅是一支吟诗作文之笔，而且是一支情深意长之笔。

20 世纪 90 年代初，我调进县志办公室参加编修《泗洪县志》。鸟为同类而欢，人为同类而谊。蒋老仍然在县政协文史委工作，由于工作性质相近，更加拉近了我与蒋老之间感情上的距离。我们相互熟识的这十几年，也就是蒋老勤奋笔耕、著述连篇的丰收期。他成了不是泗洪籍人中的"泗洪通"，从他荣获淮阴市"五个一工程奖"的个人专著《明代第一陵》，到洋洋 30 余万字的《历史上的泗洪》；从他主编的纪念彭雪枫将军的文集《楷模》《枫叶流丹》等，到再度荣获江苏省 2006 年度"五个一工程奖"的《彭雪枫文集》，他共有著作（包括编著）20 余部。蒋老始终以一个文史工作者的身份出现在社会多项活动中，著作等身而不骄，默默无闻而不馁，人品与文品俱佳，美德与才华并存，组成蒋老平凡而亮丽的人生风景。10 年前，泗洪人许苍竹曾写了一篇题为《打捞水底的月亮》的文章，刊登在《宿迁日报》上，文章较为详尽地记述了蒋老为搜集整理地方文献而呕心沥血的人生历程。身传言教，可以为师，蒋老当之而无愧。

2005 年 7 月，宿迁市第二届民间文艺家协会代表大会召开，我与蒋老均当选为副主席，与日俱增的忘年情谊，在我们之间默然成契。2006 年 10 月，在宿迁市历史文化研究会上，蒋老被聘为顾问，研究会的每次会议，蒋老都按时到会，并坐在台下认真地听，专心地记。谦恭之风，令人敬重。世间事有时又是那般不可思议：做学问的人常常坐在台下，不做学问的人却常常坐在台上；做学问的人不说话，不做学问的人却说话多。

蒋老为人慈祥和善，但也有金刚怒目的时候。前年，蒋老作为地方文史专家特邀参加一项纪念活动。蒋老后来告诉我，当时此项活动的食宿安排者势利了点，大概是看蒋老身无官衔吧，竟把他冷落在一边不予过问。也许是人格尊严受到了侵犯，蒋老为顾大局当时只得忍气吞声，但心中一直愤愤不平。一次与那位食宿安排者偶尔相遇，蒋先是横眉冷对，然后站在我的身旁用与一个文化人身份极不相符的语言，对那人狠狠地骂了一句："狗日的！"我当时很理解，这是一个人在人格曾受伤之后的一种异常表现。后来，在一次朋友家的喜宴上，蒋老向我说起此事还余恨未消。凡有良知有骨气的知识分子，两件事皆不可忘，一是对待恩惠，二是对待侮辱。

前年夏，我还是在一位朋友的口中得知蒋老去世的消息，但吊唁已晚，蒋老的遗体告别仪式已于头一天结束。对一位忠厚长者的去世，未得亲临凭吊，这不能说不是我人生的一大憾事。

载于 2010 年 12 月 3 日《宿迁晚报》

教 坛 情

自淮阴师专毕业，上塘中学是我从教生涯的第一驿站。连自己也难以说清，有些事为什么使我至今难忘。

刚报到不久，我突然生病，觉不香且食无味。东邻赵守永老师做了一碗热腾腾的鸡蛋面鲜辣味宜，咸酸得当。我一口气吃下，大汗淋漓一阵后病情竟好转了。实际上，治愈我病的并非神医良药，而是人间温暖。

1981年春节刚过，学校又调来个吴浩保，真是友谊以缘分为向导，以真情为桥梁，他又走进了我们的友朋圈。开初，我与朱泽忠老师同室同锅，相互敬重。稍后，嫂夫人携女来聚，我则另起炉灶，依依乎如兄弟分家。浩保老师既来，我便只影成双，居有伴，食有朋，语有共鸣，且相互争以解囊为快，无论讨巧与上当。入秋，妻自泗阳调入。因诸多不便，我借在县城公干之机，特地为浩保购置一套炊具，遂出现我从教史上的第二次"兄弟分家"。

妻婚后患病在宁做心脏手术，恐不能生育。夏学超老师夫妇俩动恻隐之心，欲过继其次女二敏，以补我们生活的寂寞，更备他年天伦之乐。同事皆欣然和之。言既出，事未定，恰逢妻已有孕在身，便婉言暂搁此事。不想，由此而引出一场趣话——二敏依然唤我"莫爸"，校园里10岁以下的儿童均如此唤我。童心的天真、无邪与可爱，令全校老师乐不可支。

次年春，妻省亲生病在泗阳王集镇做手术。电报到时已是夜深，怎不让人心急如焚？浩保见状，忙找来魏国梁老师，二人用自行车轮流载我奔县城。那夜明月皎皎，60华里路程行了近3个小时。我在客栈静候凌晨远行的班车，他们则转头而回。半月后我返校才知，魏老师在归途累倒，一连病了好几天。天地悠悠，人间情长。时隔多年，我还要向魏老师致以深深的迟到的谢意。

在新的旅途中，我又结识了许多新朋友，接受过不少真诚的友情。是啊，人生不可无友，但须择友而交。能在教坛上诚挚相待，朝夕与共，亦不失为人生一大乐事。

载于 1996 年 11 月 1 日《淮阴日报》

获天马杯"教坛回首"征文比赛二等奖

豆 面 条

南方人爱吃米，北方人爱吃面，这大概已经是中国几千年来传统的生活习俗了。家乡泗洪县紧临淮河北岸的洪泽湖边，是我国南方的最北方，又是我国北方的最南方。但严格来说，泗洪人应当属于北方人，一条地理分界线——淮河，乃至我国南方的大动脉——长江，使南方人与北方人的生活习惯泾渭分明。

在我的记忆中，早年家乡人的生活以面食为主，只有到逢年过节时，才能吃上几顿大米饭。家乡大面积种植水稻，当是在 20 世纪 70 年代初期。在这之前，田间种植的主粮是麦子、玉米、高粱、山芋和豆类。麦子分大麦孔麦和小麦，豆类又分黄豆、绿豆、红豆和豇豆等。比较特殊的是，家乡人把玉米叫作大秫秫，而把高粱叫作小秫秫。

我从小就喜欢吃面条，至今依然，这是因为，村上人每天晚上都要吃一顿可口的面条。当年贫困的时候，曾经把面条看成是奢侈品。我家的亲戚中，有位大哥叫栾增贵，他是原宿迁县双庄公社人。半个世纪前，宿迁人的生活相当贫穷，他便毅然全家迁居到莫台村。据说大嫂当时恋土难移，增贵哥就告诉她，迁走吧，那里人一天一顿面条。大嫂惊诧地问，真的？大哥一句话就改变了大嫂的观念，其中最大的动力就是面条。这件事一直被村里人笑传了多少年。

家乡的面条中有往事，家乡的面条中有乡情，家乡的面条中也有友谊。往事、乡情和友谊织成我生生不息的面条情结。

家乡人爱吃面条，尤其爱吃豇豆面条。父亲曾经语重心长地给我讲过一个故事：20世纪50代初家乡遭水灾，刚刚建立的县人民政府，便将泗洪县一部分县民迁居到安徽省霍丘县（因为当时泗洪属于安徽省），父亲就在移民之列。生活一段时间以后，父亲因水土不服加上思乡情切，突然生了一场重病。他静静地躺在病床上，茶不思饭不想。有天夜里，他做了一个梦，梦见自己回到了莫台村。祖母高兴地做了一顿豇豆面条，还端上了红红的辣椒酱。父亲大口大口地吃，祖母认认真真地看，父亲一直吃得满头大汗。醒来时，原来是一场梦，躺在病床上的父亲直感到浑身热汗淋漓。说来也怪，梦中吃面条竟然治好了父亲的一场重病，也许是因为面条，也许是因为乡情。1980年，我从淮阴师专分配到上塘中学任教，不久也生了一场病，是邻居赵守永老师端来的一碗热腾腾的豆面条，把我吃出了一身热汗，从而也治好了我的病。相隔30年，父子俩同样以食治病，所用的都是相同的"药方"——豆面条。

　　我童年时曾有过与小伙伴端着碗赌（比赛）吃面条的经历，我也在散文《做纤夫的日子里》写到在张培林医生家吃面条的情节。那是怎样的一个贫穷的年代呀！在我看来，那时谁家能常年吃上面条，谁家过的就是贵族生活。记得在城头中学读书的一天中午，我到供销社一位亲戚那里"走后门"买点生活用品。正赶上他们一家在吃午饭，桌子上放着好几碗豆面条。亲戚热情地请我吃面条，我却断然地回答："吃过了。"说实在的，中午我在学校里吃的那一碗山芋干稀饭，早不知跑哪儿去了。我当时很想吃，但我不能吃，生怕把祖先深藏在我身上的一种珍贵的东西丢掉了。

　　在上塘中学从教的日子里，我交往了同族的荣岭大哥。当时我带侄女绪红的历史课，绪红成为我们之间的传达员。他家住上塘镇最西头，学校在镇东头，每当星期六下午，我如果不回城头老家，荣岭大哥便叫绪红带来擀好的豆面条，我可以美美地吃上好几顿。如遇上晚间没自习课，荣岭大哥年就叫绪红把我接回家，炒上几个小菜，加上两个与我年龄相仿的侄儿，叔侄四人总要喝几盅老白干酒，聊上没完没了的家常话，再吃上手擀的豆面条。感情是那么融洽，话语是那么投机，气氛又是那么和谐。晚饭后，我独自骑自行车回校，心中充满了无可言状的舒适。那段生活太值得回味了，此中的真情真意让我永生永世难以忘记。

我平时喜欢吃面条，更喜欢吃豆面条，这在我的朋友圈中也出了名。我也常常以此来调侃自己：在事业上成不了名，却在好吃上出了点名气，何许人也！年轻时喜欢与朋友饮酒，有时还走村串户。时间长了，我高中时的几个同学的家属都知道我爱吃豆面条，每当我登门拜访时，都是老同学陪我饮酒，嫂子们总是精心地为我擀上可口的豆面条。起先我还说说谢谢话，时间久了，感谢两个字都在不知不觉中被删去了。这人间的真友谊是珍藏在心里面的，如果用语言把它说白了，将会大减友谊的分量，不是吗？

旧历年前回家祭祖，在老同学刘化才与胡修华处逗留了一宿。那晚在化才家，我竟喝得酩酊大醉，真的连家在哪里都不知道了。第二天修华兄安排中午饭，酒是必需的，菜也比较丰盛。谁知，主人还是冒着寒风，骑着电动车到数里外的城南去买来一大包豇豆面条。回来后，他一面解着头盔，一面笑着对我说：这豇豆面条，只有城南一家面店有，挺好吃的。我知道，以前登门时，都是嫂夫人孙书平切好亲手擀好的豇豆面条，前不久她患了冠心病，还到北京某医院上了几个支架。她不能亲手擀面条了，才让老公在寒风中为我买来了豇豆面条。我心头漾起一阵隐隐的感动。这人啊！

午饭时，我因昨晚醉酒，酒饮不下，菜吃不下，只是一个劲儿地喝开水。修华兄还请来几个老相识作陪，真不好意思，那天聚会桌上竟因我而鼓不起气氛。说来也奇怪，酒菜我吃不下，而当热腾腾的豇豆面条端到面前时，我就着辣椒酱，一口气吃了一大碗。此时，昨晚留下的宿醉也似乎解去许多。临走时，修华兄和嫂夫人还硬将剩下的那一包豆面条放到车上，并让儿子开车送我回宿迁。

那包豇豆面条，我几乎年前年后每天都在吃，一直吃到元宵节。而每当我品味着老同学送的豆面条时，心头便涌上许多往事，也会想起那些关爱过我的朋友和父老乡亲们。

载于 2015 年 6 期《楚苑》

我友新亚

这是一篇迟到的祭文，迟到了足足近一年半之久。

2008 年的春节贺年卡刚刚寄出，我便接到《江苏地方志》主编缪小咏先生的长途电话，他在电话中代表各位表示了谢意，并用沉痛的话语告诉我：张新亚已于前年初秋去世了，他是唯一没能接纳你贺年卡片的人。我猛的一惊，仿佛有一块石头重重地掷击在我的心上。几天里我的心一直沉浸在忧郁的状态中，笑不起来，也兴奋不起来。我的思绪被长途话筒中的那一声噩耗拉得好长好长。

我和新亚的第一次谋面，是在 1993 年初夏《泗洪县志》评审会上。当时有位同仁向我介绍了他的名字，并说他是沛县人，中国人民大学新闻系高才生。新亚时任《江苏地方志》编辑，我为待刊的《泗洪县志》副主编。他向我约稿，我点头应允，相互交流的还有手中的酒杯。不久，我的传记体散文《淮北女贤贺老太》便刊载在当年的《江苏地方志》上。

《泗洪县志》出版以后，我辗转调到县二轻工业局与县委党校工作。因不在一个系统，几年间我和新亚各自没有音讯，甚至在 2000 年 7 月的连云港省方志工作会议上，我见到他竟一时叫不出名姓。这里需要注释的是，1996 年宿迁建立地级市，我经朋友引荐调入市史志办公室工作，因而才有可能参加省方志会议。没想到，正是我的重操旧业，为加深我与新亚的友谊提供了不可多得的良机。

如果说爱情的最高境界是两心相知，乡情的最高境界是魂牵梦绕，那么友情的最高境界便是心心相印。连云港会议我得到了三个收获：一篇散文，一首新诗，还有与新亚的一段友情。那次会议为期四天，我朝朝暮暮流连于海边，回家后写下散文《感受大海》，发表于翌年第2期《散文》杂志。一日会间，我与新亚恰好比肩而坐，他从包中掏出一张照片递给我欣赏，还面带笑容地对我说，这是他在海边偷偷拍下的一张新人照：洁白的婚纱裙映衬着年轻女郎的玉貌花容，背景是金黄的沙滩、嶙峋的礁石与湛蓝的大海。为新亚的爽朗性格与快言快语所动，我当时也不甚谦虚，半个小时左右，便为照片配写了一首小诗《海边新娘》。世间竟有这等事，摄影者不知所摄为谁家新娘，被摄影者亦不知谁为之吟诗。诗成后新亚还较为满意。几月后，诗配照片同时发表在当年第4期《江苏地方志》的封三上。这是我与新亚的第一次合作，也是唯一的一次合作。

世界上有两种东西最容易点燃，一是仇恨，一是爱情。我想，人类的友情也当包容在广义的爱情之中吧。李商隐曾有"心有灵犀一点通"的妙句传于后世，原诗是写爱情的，而"心有灵犀"这个成语，用在我与新亚的友情之间也未尝不可。自握手连云港之后，我们常在会议或我出差赴宁时见面，而维系我们之间友情的还有一位朋友——酒。我不能说自己是个饮酒豪爽之人，但我对新亚的豪饮却是钦佩有加。从直觉中我发现，他每次见到我时，也总有点依依不舍。"尊敬"一词在人生的旅程中必不可少，敬生和、敬生爱，敬又是搭建人间友谊的无形桥梁。不会尊重别人的人，绝对不会受到别人的尊重。这个妇孺皆知的道理，只有白痴才会不懂。我尊新亚非权，新亚敬我非财。所谓大爱无言，大恨无声，人间最珍贵的友情尽在不言中。

新亚爱饮酒，但他与世俗中酗酒之辈殊有不同。我曾在散文《饮酒老张》中着意描写了他的"酒仙"形象。我曾风趣地评说新亚烟酒总分高，就像举重运动员在夺冠台上拿到了抓举和挺举两个高分一样。新亚饮高度酒，抽浓烈烟，这是熟者皆知之事。烟抽思想烟，酒饮感情酒，这又是新亚的一贯风格。新亚身为处级干部，与上司饮有理有度，从不失分寸，也从不会酩酊；而当他遇上老朋友或回到家乡时，每次都准会喝得面红耳赤或腿脚跟跄。

记得是在2002年扬州省方志培训班上，每天晚饭时他都手中端着个盛得满满的大茶杯，知者知杯中是酒，不知者却以为杯中是水。他静静地坐在那里，见到性格相投者，便悄悄地使个眼色，当然，我每天都在他的"眼色"之列。菜食自助餐的菜，酒饮新亚带的酒，每次都是尽兴而散。培训期间，同仁游览个园，我与新亚相互执手，背对青青的翠竹留影，让个园的竹在我们的背脊上书写一个个大写的"人"字。

2005 年，我调入宿迁市社科联工作，与新亚在业务上又断了联系。前年夏天，我到省城出差，住京华大酒店，饭前打电话给新亚与从教在南京工程学院的同乡李家才，二人欣然赴约。晚饭就在山西路金陵人酒家，3 个人饮了两瓶二锅头，吐了不知多少肺腑言。饭后我微醉入梦，他们骑车而归。第二天家才电话告诉我，昨夜他路上还摔了一跤。饮酒间，我拿出自己的散文集《天涯芳草》送给新亚，其中就收入《饮酒老张》那篇拙作。新亚边饮酒边看，连声说："很像很像。"好长时间没与新亚通信，去年在南京遇李家才，他还说，下次我再到宁，他一定请老张再共饮。谁能想到，那次三人之饮，竟是我与新亚的诀别。

新亚曾与我说起，他有一女，叫明明，在英国留学，不知其女今境况如何？亦不知新亚不幸之日，其女又是何等的悲伤！新亚父母尚在，苍颜蹒跚于故里，既上不得安，又下不得全，新亚九泉之下，何能瞑目？

这地球上，露珠能滋润地上的草木，泪珠能浇灌出情感上的花朵，然而人间有什么泪珠的沉痛能比得上心灵的哭泣？连日来，我的脑海中总是出现新亚的影子，耳边总是响起新亚的声音。新亚：约一米八的身高，朴实而厚道，说话粗粗的嗓门儿。送人千金，不如送人一真，这是新亚用人格赠给我的永远的"礼品"。

好的人品是人类感情磁场最重要的组合体，我多少回默默轻唤新亚的名字。人的感情就是这般奇妙：有的人一生只见一次，便觉得太多太多，有的人相处一辈子，也觉得太少太少。天不公时，雨为之哭；地不平时，露为之哭；君不寿时，我为之哭。一哭新亚爽，再哭新亚诚，三哭新亚真。与君之交，君心知之，为君之哭，君今何之？君逝之后，我来哭你；他年我行之时，谁来哭我？唉，这世间又少了一个懂我之人！

载于 2009 年第 4 期《翰林》

良友如师

孔子曰：三人行，必有我师。交友亦如此。

没有朋友的人是孤独的，也是悲哀的，悲哀之源，在于他们缺少一颗诚心。读初中时，不谙交友之道，亦不知天高地厚。14岁那年，生产队派我带上几个同龄人到洪泽湖边打蝗虫，立时，我的光荣感与使命感倍增。"打蝗虫"是家乡的俗语，其书面语言叫"灭蝗"。从莫台村到灭蝗地点大约有20华里的路程，当我们途经戚台村时，已是接近中午了，我顺便到同班同学胡修华家打个弯。我俩坐在床沿上交谈了几句，我正欲起身告辞，不防被他用力按住。我只好吃了午饭才匆匆离开。几个小伙伴还在路上等着我，我的肚子饱了，而他们的肚子却饿着。我很不好意思，自知没有半点解释的权利，先前的光荣感立马变成了负罪感。这本来是件小事，却影响了我许多年。那是我人生的第一次带队执行公务，也是我人生的第一次"失职"，但我也从老同学身上学到了自己所不知的东西，那就是：待人要真诚。

人生不可无友，尤其不可无好友。一位朋友在短信中这样说：朋友是风，朋友是雨，有了朋友能呼风唤雨；朋友是天，朋友是地，有了朋友能顶天立地。这话夸张了点，但它却说明了一个道理：交一个良友，不仅能够给你帮助，而且能够给你力量。

我10来岁时，栾增贵大哥迁到了我们村，他家是原宿迁县双庄乡人，他的胞弟栾增林后来成了我的三表姐夫。我在县中读书时，增贵大哥不止一次地用借来的自行车送我上学。在我们相处的几十年里，他一直是我亦兄亦友的老大哥。他留给我印象最深刻的一次，当是在1985年的麦收时节。那时我在乡村中学从教，分田到户后，母亲的责任田就分在三表姐家一起，而且栾家兄弟又同用一台手扶机。我每次放麦假（当时农村学校有麦假与秋假，后被废除）都要回家帮助收割。所谓"黄金铺地，老少弯腰"，家乡这则俗语实实在在地道出了农村午收大忙的紧迫感。我虽然高中毕业后在农村的广阔天地里磨砺过几年，却不会开手扶拖拉机，增林哥是个老实巴交的庄稼汉，从来不过问什么是机械化，这样，开手扶拉麦打场的活都在增贵大哥一人身上。我们正在田里拉麦子，他一不小心从驾驶座上滑坐在地上，让后面车斗上的轮子把他的脊背剐下好大一层皮，幸亏邻家的小伙子飞跑过来把手扶拖拉机熄了火，他才躲过了一劫。然后，他又忍住疼痛把一车麦子拉回打谷场上。送他到村医疗室包扎的路上，我用同情的目光望着他，他也用刚毅的目光望着我。那天从增贵大哥的目光中，我看到了做人的坚强。

相对而言，重情义的人大都轻功利，重功利的人也大都轻情义。我曾被一位女同学实实在在地感动过一回。去年清明时节，我还乡扫墓，返途经泗洪县城时，老同学韩保来打我的手机，说是多年前的一位初中同学，名叫朱月兰，她从合肥赶回来扫墓，今天中午特地让她住在县城的妹妹在饭店摆一桌，托他找几个当年的老同学聚一聚。我听了心头一惊，怎么？朱月兰回来应该我们招待她呀！她怎么反客为主了？进一步说，一个多年未见的女同学这么重情义，我们男同学都到哪儿去了？脑海中的连续两个问号，把我自己也问得汗颜了。我连忙取消赶回宿迁的计划，口中又连续回答说"好，好，好"！我不愿欣赏蒙娜丽莎式的贵妇人的笑脸，却很容易接受平民村妇的肺腑之言。有位朋友说过，人为感情而活，也为感情而累。听了这句话，我沉思过后，又微微地点了点头。是啊，一个只重功利而不重情义的人，那还算人吗？老同学朱月兰的身影在我的心目中渐渐高大起来，就因为她的重情重义。

我友老谢，原先在乡镇做财政工作，1997年和我相继调入宿迁市直机关，我由原来的史志工作改行到市社科部门负责学会部工作，他在市农工办工作，还兼任农民体育协会秘书长，我们既是旧交，而新的工作又让我们过从甚密。他在我们的朋友圈中，一直是个"粗人"形象，他说话常常用方言，喝酒还常常用小碗。就在他临退休时，却让所有的朋友刮目相看。他一不赌钱，二不养犬，竟爱上了书法。不知是天赋之才，还是苦学使然，本来没有什么书法基础的他，竟在短短两年间，多次在省市书法作品参展中获奖。我也曾不相信过，但看到他捧到我面前的那一幅幅工整的篆书与唐楷字，又不得不让我心悦诚服。古人说：黎明即起，洒扫庭除。他却是黎明即起，习字千余。是老谢让我感悟到了什么叫做事执着。

当物欲横流的世风甚嚣尘上，贤者会用行动告诉你：该做什么；卑劣者也会用行动告诉你：不该做什么；而卑劣者所做的，只能是反面教员。市直传媒系统的小杨，他的爱人是我的同事。有一次，我们在公交车上相遇，我随口说了句：想在老家的宅子上载两棵银杏树，他说帮我回老家沭阳问一问。过了好多天，小杨忽然把两棵银杏树苗送到了我家楼下，而我把那天的事都几乎给忘记了。我当时一句话都说不出来，只是诚恳地拉住他到家里喝两盅。真是有德不在年高啊，年长于我者可以为师，年幼于我者亦可以为师！

每次回村看到那两棵枝繁叶茂的银杏树，我都会立马想到为人诚信的小杨，是他，用行动向所有言而无信之徒抽了一记重重的耳光。

载于 2015 年 12 月 18 日《宿迁日报》

我的房东

房东爱栽花，栽月季，栽蜡梅，栽白玉兰；房东喜植树，植梧桐，植银杏，植无花果。

刚住进顺河路这张家小院，终日总被郁郁寡欢所笼罩。一因住房低小，压抑感顿生。二因小院距街面还有几十米远，需"享受"雨天的泥泞之苦。没来之前，朋友便嘱告我："到县城后，与房东要保持一定距离，街华子，不好处。"此语初为座右铭，见了房东，每每敬而远之。

房东有个简陋的工具箱，里面盛满了锤子、扳钳、螺丝之类。我常常在午睡时被"叮叮当当"的敲打声吵醒。醒来好不厌烦，只是不便说出口。房东也许意识到这一点，此后，叮叮当当声仍频频传过来，声音却轻了许多。后来才知，他是县麻纺厂工人，平时上夜班多，白天便抽空为邻居修修补补，但从不收费。

那次我为房间安装吊扇，正愁一个人不方便。没想，房东不请自到。他搬来梯子，拿来工具，忙个热汗淋漓，不亦乐乎。仅半个小时，吊扇便旋转起来。先前，我只知道他是个钳工，竟不知他在电工技术上还有一手。

今夏雷雨时，院中梧桐树高大的枝干把邻家小楼顶上的瓦给碰掉几片，瓦片掉在地上摔得粉碎。雨刚停，房东便缘梯敏捷而上，把高出楼檐的枝干锯个精光。锯罢，还主动到邻居家道歉。

张家小院位于泗洪县城古汴河堤上，临街有一条数十家公用的下水道。不知何时，下水道水泥盖板坏了两块，污水涌了满地。来往行人都觉不便，但往往都绕道而过，多日没人过问。那天，房东把自家备用的水泥板献出，吆喝几个邻居，一晌午便把盖板铺好。水道畅了，行人走过，有时随口夸上一句。但这美好的记忆，不久又被时光渐渐地冲淡了。

彻底改变我对房东看法的，还是在我生病时。一天，我患重感冒，发高烧，不思饭茶。母亲妻子远在乡下，不便照料，只好一个人孤独地睡。忽然，门被轻轻地推开，房东笑着送来一碗热气腾腾的牛肉水饺。我在他的劝慰下，一狠劲儿把饺子吃完。那碗水饺竟是人间最良的药方，我的病减轻了大半。

在这家小院住了好一段时间，我还不知道房东的名字。那天，他正为邻居修理电器，托我代他家买粮食。打开粮油供应证才见，户主栏内端端正正地写着"张爱顺"三个字。

夏去秋来，院中的无花果已结出紫红的果实。树下，又传来房东那轻轻的叮叮当当的敲击声。

载于 1992 年 11 月 5 日《淮阴日报》

以美为邻

爱是一种美丽，被爱也是一种美丽。我曾给爱作过这样的注释：当一个异性的身影在你的脑海中挥之不去时，那便是爱在蠢蠢欲动了。

爱的对象未必就是妻子与情人，也可以是朋友，是邻居，甚至是陌生人。在人的一生中，不仅需要好的生活质量，而且需要好的生活环境。譬如与美女为邻，那也是一种精神享受，可以让你在对美的欣赏中度过春夏秋冬。坐在三轮车上，焦急中的你也许只讲究时间与速度，闲暇中的你便会无意中地去打量一眼车夫的形貌。假如车头是一个脏兮兮的男子，你也许不会留意他；假如车头是一个窈窕淑女，你一定会在行程中随意欣赏她那美丽的背影，同时你也在欣赏中拥有了美。

小时候，我听村人讲过一则关于美的故事。说的是两位村人赶集，遇上邻村的一位妇女，她那秀美的体形与整洁的衣着，使二人魂不守舍地紧紧尾随其后，其中一人还啧口称赞道："乖乖，这么漂亮！"他们尾随了好长一段路，那女子忽然掉过头来。这一回首不要紧，却把二人给吓了一大跳，其中一人情不自禁地说："我的妈妈，这么丑啊！"原来，那女子长着一脸大黑麻子。这个令人忍俊不禁的故事在村中流传了许多年。

爱，没有季节。当一个女人把心交给你的时候，你便拥有了爱情，否则，一切甜言蜜语和信誓旦旦都与爱无关、与美无缘。古代青楼妓女忍辱含垢的顾盼与今天桑拿小姐含情脉脉的青睐，那只能是一种谋生的方式或交易的手段。因此说，虚情假意绝对不会产生美丽。

然而，即使是没有爱情的人生，也依然存在着审美的选择，即以一颗挚爱之心去对美的事物作合理的欣赏。爱美之心，人皆有之。每个人都希望有一个赏心悦目的审美环境。假如，你不幸遇上了一个奸诈刁钻、吹牛撒谎、厚颜无耻、口是心非而又言而无信的上司或同事，与这种寻遍其身上的每一个细胞都寻找不到真诚的人为伍，你会恶心，你会呕吐，你会憎恶到无以复加的程度。在这种环境中生存，美已经销声匿迹，欣赏更无从说起。培根说过："比宇宙更广阔的是人的心灵。"每一个真诚善良的人都希望自己生活在美的环境之中，可是再广阔的心灵也不会乐意给丑恶留有展示的空间。

　　我为自己有一个美丽的回忆而荣幸。我曾相识一位女邻居，她温柔大方，与人为善，且乐于助人。她的存在，给我们整个宿舍区带来了温暖与光明。她不仅内秀，而且还有美丽动人的外表。人类所有女性的美似乎都集中在她一个人身上了，仿佛上帝特意安排她到这个世界上来，以她美丽的容貌来衬托她美丽的心灵。那几年，我不知是怎么度过来的，只觉得时间的脚步太快了点。她太美了，表与里的和谐统一在她的身上得到了完美的结合。在我看来，她已经不是人，而是来自于天堂的女神。她生活在人间的喜怒哀乐中，显示在我感觉的屏幕上。她的动是美，静是美，笑是美，有时连哭也是一种美。至今，我一直忘不掉她那没有半点人工做作的笑容，每一掬笑容都是一道温馨而灿烂的风景。

　　美是诗的沃土。春花烂漫时节，一天她午后吃喜酒归来，酒分子的轻微刺激，给她本来就美丽而白皙的两颊点缀上了一层美丽的微红。第二天，我悄悄地在她的窗台上放一捧桃花，并以花喻人，即兴赋《桃花吟》一首："春花一朵更临风，美酒三杯小桃红。几疑织女锦云下，恍忽嫦娥入梦中。"诗就是诗，抒情即兴之物，这里别无其他龌龊的成分。夏夜纳凉，她亭亭玉立于宿舍区道口，粉红色的衣衫下衬一件深绿色的衣裙。看到这样一幅画面，你会立马想起唐人王昌龄的《采莲曲》。与她不期而遇之后，我口占《荷花吟》一诗以记："夏夜沉沉似莲塘，霓虹闪烁玉人裳。天公涨我心池水，润出芙蓉十里香。"深秋外出归来，我带回几片浓浓的枫叶，夹在一本书中赠给她，并自作多情地在日记本上写下《红叶吟》绝句："飒飒红叶诗意浓，神姿仙态比君同。红颜自有人杰在，嫁与秋风万岭红。"这首诗不仅是在欣赏她的玉貌花容，而且是吟咏她精明干练的办事才能。秋去冬来，积雪压枝。她匆匆踏雪归来，着一件朱红的上衣，在一片洁白的世界里，宛如一朵临寒绽开的梅花。我迅速从室内取来相机，站在阳台上偷偷地摄下她雪中的倩影。那夜，我诗思泉涌，欣然为她写下了《梅花吟》："一笑红梅蘸雪开，冰心玉韵下瑶台。刚从两鬓轻拂去，又自眸中款款来。"

与美为邻，带给人的是一次次心灵的慰藉。看！她又轻轻地向我走来了，还是那般的笑容可掬。

编入 2005 年散文集《天涯芳草》

同窗张用瑞

不见用瑞兄已八年有余，每每忆起，便顿生难以言状的惭愧和思念。

淮阴师专是我们的母校，也是我们走向新生活的起点。第一天报到时，只见用瑞兄戴副近视眼镜，满头未老先衰的稀发，矮矮的个头，却显得精神饱满。晚上，我们纷纷自报家门。"我叫张用瑞，宿迁保安人。"至今，我依然能记得他当时说话的神态和灯下的笑脸。用瑞兄看书极入迷，生活上却异常马虎。在我们的宿舍里，他素以健忘著称。一次轮到他值日，竟将自己的脸盆当饭盆送进了厨房，便匆匆赶到阅览室。同学们每每说起此事，都大笑不止。

每当晚饭后，我们常到大运河边散步，看清风戏耍水面的涟漪，赏夕阳目送远去的归帆。历经十年"文革"的我，常因世事的坎坷而消沉。是他，像大哥哥一样，启发我立闻鸡起舞之志，鼓励我趁大好年华读万卷书。人非草木，岂能无情？于是，我立志发奋读书。

谁知在毕业前夕，我们却吵了一架。那是因为我的不慎，把他的一本书压在身下弄坏了。他责备我不爱惜书籍，我委屈地说不是故意的。就这样，我们不欢而别。几年间，我也没给他写过信。

毕业后，他返回马陵山下的故乡，我执教于洪泽湖边。我常常因失意而感叹流水，也常因寂寞而怅望南飞雁。正当我孤独徘徊之时，用瑞兄来信了。信中充满了对我的歉意和思念，绝无虚言妄词。他一不劝我角逐于官场，二不劝我求利于江湖。"实实在在做点学问，不虚此生，不误人子弟"是他发自肺腑的规劝，这也是所有玩世不恭者所不愿说也不敢说的话。于是，我把这几句话书写在纸上贴于床头，好朝朝暮暮扪心自问。

这次借到淮阴出差之机，我故地重游，一个人孑立在大运河上的水门桥头，悄然独思。想到用瑞兄信中的话，总觉得肩头沉甸甸的。

载于 1989 年 3 月 22 日《淮阴日报》

附注：2005 年 2 月 11 日，用瑞兄不幸病逝，谨以此文表示怀念之情。

思君如汴水

奇山人生的最后一个电话是打给我的，那是 2013 年 2 月 2 日 18 时许。当时他已经躺在县医院的病床上，所说的最后一句话是，他的眼睛看不见了，要马上转往南京治疗。我当时心里一震，可怎么也没想到，那竟是一次诀别的通话。在当天 22 时 30 分左右，我打手机询问情况，他的外甥女婿接电话，回答说救护车已到南京，有什么情况他会告诉我。而当我再次接到电话时，却是一个无须证实的噩耗——他在省人民医院急诊室匆匆辞世了。

第二天早上，我立即赶回城头。车行在老汴河大堤上，时寒雨敲窗，声声叩开我记忆的闸门。我的眼角禁不住噙着泪花，总觉得满车都装载着我的如烟往事。身边的这条河名叫老汴河，即古代的汴水。隋炀帝在位时，曾下令沿汴水达淮水开凿了通济渠，也就是隋唐大运河的一段。唐代诗人白居易也曾买舟南下，写下了"汴水流，泗水流，流到瓜洲古渡头"的诗句。奇山一直生长、生活在老汴河岸边的后钟庄，他的一生都与这条历史河流结下了不解之缘。

我与奇山是高中校友，我比他高一届，但我们在校期间并不相熟，韩奇山的名字直到毕业以后才走进我的记忆之中。1978 年春天，城头林柴场在梁园大队举办理论宣讲学习班，我们的住地距奇山家仅 1 华里之隔。他有时会邀我与何业栋到家中小坐，甚或还饮上几杯老白干酒。小酌在古汴河边，但当时我们都还不了解老汴河，更感觉不出它的历史氛围。同年，业栋考取了南京铁道医学院，我考取了淮阴师专。记得我报名入学时，身上仅带了 30 元钱，其中有 5 元钱就是奇山勒紧裤腰带给我的私人赞助。从那个时代走过来的人都会明白，5元钱在当时是什么概念。

毕业后不久，我便从上塘中学调回城头中学任教，这既打破了我与奇山交往的难度，又加深了我们之间友谊的厚度。多少年来，他一直尊敬地称我为"哥"，我也亲切地直呼他"奇山"，似乎人间的情义都蕴含在这脱口而出的称呼之中了。我们俩还有一个共同之处，就是都喜欢饮几杯。稍有闲暇，我们即到一起小聚，饮悠悠岁月，饮人生感慨，饮天地间真情。已记不清一起饮酒的次数了，更算不清饮酒的数量了，就这般执手相欢地饮、饮、饮，而且他怕我饮醉，我怕他饮多。乃至我在之后的辗转生活中悟出一个真谛：与刁钻者饮酒，那当是一种痛苦；与真诚者饮酒，那当是一种享受。

时代在发展，我与奇山的友情也在延续。他家从茅草房改建成瓦房，去年，那5间敞亮的瓦房又在农村"三集中"的热潮中被拆迁了，但不论是茅屋还是瓦房，都清晰地刻印在我的脑海中。我后来也先后调进了县级机关和市级机关，无论是在县城租赁的张家庭院和江氏小楼，还是个人购买的二轻局小院和府苑小区的套房，奇山都一一到过，并且是不止一次地开怀畅饮。

我曾与一个官场中人开了句玩笑说：你把感情投资在官场，我却把感情投资在民间。我出身于农家，参加工作以后，我也常常体会过农家炕头的温暖，也曾住过湖边蟹塘的庵棚，并且感觉到此中的"真意"，至于真在何处，非同道者莫解。还是我在城头中学执教时，一个秋日的周末，我骑单车到奇山家作访，说是作访，倒不如说是帮他们家打谷扬场。劳动过后，就在茅草房中与奇山对饮。那正是大忙季节，我突然到来令其不备，奇山便打着手电筒到菜园中摘几个青椒，兑着咸菜炒熟下酒。那晚一瓶老酒，一个小菜，恰好。那是在城市宾馆中永远也找不到的真情直播场面。饭后，我又随奇山到打谷场上去看粮食，就在古汴水旁，就在用稻草搭起的遮露棚下，二人在亲密无间之中进入梦乡。今日思来，那是一个多么难忘的小村之夜呀！

交一个挚友，胜过十个俗友；一千个假意，也交换不到一颗诚心。难怪鲁迅先生曾感叹说"人生得一知己足矣"。那是20多年前的一个秋日，我与奇山骑单车从县城回家。一般的朋友说勉励话较多，而说批评话少之又少。那天，奇山针对我平时的不足诚恳地提了几条建议。良药苦口利于病，忠言逆耳利于行。这么多年来，那天的情景依然历历在目，不能忘，也不敢忘。人们啊！即使你可以拒绝千金之贿，也不能拒绝朋友的肺腑之言。

从事业的角度上说，奇山是个新闻工作者，说确切点，是个不在编的新闻工作者。他从20世纪90年代初担任乡通讯报道员，一边写新闻稿，一边种责任田，有时还协助有关同志照看乡政府办公室，整天忙得不亦乐乎。20多年如一日，寒来暑往，风里雨里，相伴他的，还有一辆老式自行车。奇山也有转正的渴望，但由于某种原因，他的希望变成了失望。他在失望中希望，又在希望中失望，他在希望与失望之间一天天一年年地过日子、写稿子。每月几百元的工资，他任劳任怨地干着；他也渴望自己涨工资，但不涨工资他依然任劳任怨地干着。"韩奇山"三个字登上了大大小小的报刊，他的名字伴随他的文字走遍了大江南北。

在七八年前，奇山发现自己血压增高，可他就是不在乎，还是那般写稿，还是那般种田，还是那般交友。我也曾专门买过白果送给他，听说常吃能降血压。而我每次打电话问情况如何，他总是含糊其辞地给应付了过去，最终造成了这样的后果。唉！他对自己的职业负责任，却对自己的身体不负责任。

在奇山去世的前两天，他给我打电话，说是第二天要到市里开会，还将领取一项新闻奖。我把到市区应乘坐的公交车号与下车站点都告诉了他，并嘱咐他开完会留下来住一天，兄弟俩好饮几杯。我在等着他的回音，谁会想到，等来的却是一个天大的不幸消息。在急急吊丧的途中，我特作挽联一副，以寄哀思："勤于事业，勤于家庭，一支妙笔迎寒送暑；善待他人，善待自己，两地深情历雨经风。"

悠悠古汴水，曾是我和奇山友谊的见证。奇山在日，河道已经疏浚，那清清南流的河水多像我记忆的波纹。诗仙李白与诗圣杜甫在山东汶水边作别后，曾写下怀友的诗句"思君若汶水，浩荡寄南征"。他写此诗时杜甫尚在，如今，当我写下"思君如汴水，江海自流长"的诗句时，奇山已经作古，这世界上又少了一个懂我的人。

逝者如斯，汴水长流。

载于 2013 年 2 月 20 日《宿迁日报》

相知"夕阳红"

我一直认为，"夕阳无限好，只是近黄昏"的诗句，对人世的规律感叹得到位。自从与宿豫区老年大学"夕阳红"报道组几位老同志以及宿城区一位文友接触以后，我又想对李商隐的诗句作重新的注释。

古黄河西来，大运河南下，都不约而同地在古宿迁城区绕了个弯，从而也润泽了这块风水宝地。贤者应时而生，文人因地而集，"夕阳红"报道组就是这片土地上文人雅集的范例。不是文学流派，也不是正式社会团体，"夕阳红"只是12位老同志发挥余热的文化沙龙。平均年龄75岁，都对生活充满了激情，足令当今许多年轻人惭愧。难怪王勃在1300年前便感慨地说："老当益壮，宁移白首之心？穷且益坚，不坠青云之志。"

2005年6月，我自市史志办调进市社科联。翌年，《宿迁论坛》创刊，我先后担任常务副主编与执行主编。可以说是天赐之缘，让我有机会一睹"夕阳红"的风采，并时时产生由衷的感动。

"夕阳红"报道组也办了个刊物，名为《宿豫老干部》，历时近10年，办刊愈百期，竟有360余篇文章发表于省市级报刊。心血与汗水换来了他们的成就感，鹤发与童颜又见证了他们的责任感。这责任中有良知，这责任中有无悔。世界太大太大，我们每个人都不过是大海中的一滴水，然而，正是这滴水的汇集，才能有大海的奔腾浩瀚。

我对"夕阳红"这批老同志的印象是：文化功底比较深厚，但都有一个共同的弱点——跟不上这一日万里的信息时代。时至今日，用电子邮箱投稿已属平常事，而他们都是投文字稿，有打印稿，也还有手抄稿，在那 16 开的稿纸上写下端端正正的方块字，已经足足落后了 15 年。15 年，对于这个信息化的世界，是一个什么样的概念？

大千世界，芸芸众生，常人多而贤者寡。贤者与常人一样每天要吃三顿饭，而贤者与常人的根本区别在于，前者更重视人生的价值。我从"夕阳红"报道组几位老同志身上隐隐地看到了贤者之风。

吴云程先生是宿迁市统战部离休干部，他给我来电话次数较多，投稿也频繁。他在电话中有投稿的随想，也有对办刊的建议，而最多的却是对老同事们稿件的关心。他的稿件直面社会人生，有对官场腐败的鞭挞，也有对卑鄙小人的谴责，特别是他那看淡生死的人生境界特别令我折服。前年，吴老因患癌症而做手术，手术后仍然笔耕不辍。有人关心地询问他的病情，他手指胸膛坦然地回答："像我这把年纪，站着躺着无所谓，如果让俺停笔不写，那就受不了。"几句话堪令庸碌者无地自容。记得一天有人问我："你写作能干什么？"我一时不好回答，便随口反问一句："你数钱又能干什么？"他答："快乐每一天。"我趁机也答出四个字："乐在其中。"孔子说过"道不同，不相为谋"。世界上有两种东西最勉强不得，一是感情，一是境界。感情能把人拉得很近，也能让人很疏远；境界能让一对兄弟，一个活在天上，一个活在地下。同样是吃饭穿衣的人，相互悬殊竟是这么大！

在"夕阳红"报道组成员中，来到《宿迁论坛》编辑部最多的是蔡克杭先生。他是位退休教师，每次他进门后，第一句话不问稿件如何，而是要借《辞海》查一下资料。我双手把《辞海》递过去，他双手抖索着从口袋中拿出老花眼镜，坐在沙发上认认真真地翻查，以至我把水杯端到面前，他都没感觉到。去年，蔡老有半年没来，我感觉有点异常，便打电话询问，原来是他骑单车摔了跤，导致粉碎性骨折。今年年初，蔡老又叩开我办公室的门，他是挂着拐杖来的，看到他那蹒跚的步履，我的心不由得为之一颤：多么可敬的老人啊！他不会用电脑，不会发邮件，便把一份手抄稿件递到我的手上。纸上那端端正正的方块字，多么像他的志趣品行。

当我扶着蔡老走进电梯时，大楼中的几个年轻人用异样的眼光打量着我们，从他们那茫然的目光中，我看出来了，那是在猜测我与蔡老的关系。只可惜，他们很难从蔡老那蹒跚的步履上，看到他坚忍不拔的精神。

在我的交往圈中，还有一轮刚刚走出中年便匆匆落山的"夕阳"，他的名字叫杨永杰。如果说，从宿城区文化局长任上退休的杨永杰先生有"情人"，那么，他的第一个"情人"便是文化，尤其是宿迁的地域文化。初识杨先生，是在他退"二线"时，与文化结下不解之缘的他，为奉献余热，便承担起市项羽文化研究会副会长兼秘书长的职责。责任心是一个人事业成功的重要基石，相比之下，责任心比人的天赋还要重要。我调到市社科联负责学会部工作以后，便与杨先生在业务与学术上交往频繁，从而也更深地了解他的为人。从路人到朋友，再从朋友到文友，这便是我们之间友谊的三部曲。

在学会工作上，杨先生从不推诿，无论是写文章编书，还是开会交流，他可谓有求必应。君子之交淡如水，杨先生不胜酒力，而对香烟却有几分感情，这大概与他写文章需要思考有关吧。我们共同参加学会乃至市内有关的文化活动，他总是虚心对待；我们共同编写《中国城市发展丛书》（宿迁卷），几易其稿，不厌其烦，这便是他常常令我敬佩的治学精神。谁想，当丛书出版之时，他这轮"夕阳"却永远地消逝在了地平线的下面。他是在整理宿城文化遗产时，突然病逝在炎热的街巷之中的，当我到他的灵前吊丧之时，只能看到他遗照上的笑貌音容。2012 年新春刚过，市文明办评出了"宿迁十大好人"，杨永杰名列其中。恰巧，我应邀撰写颁奖词。我在杨永杰先生的颁奖词中写道："不是考古学家，却为整理古迹穿行在炎热的街巷；不是文化巨匠，却一生高举着文化的旗帜。朝朝暮暮里，一颗苦苦求索之心谁懂？他用执着的信念，为人们点亮了精神的灯塔。"

旭日的升起，蓬蓬勃勃，那是一种美；而夕阳的垂地，红红火火，也是一种美。每当我目送"夕阳红"报道组那一个个伛偻的背影时，一种莫名的钦敬感便会油然而生。

载于 2012 年 3 月 30 日《宿迁日报》

扫盲班的灯光

    人过中年，喜欢怀旧，独自散步时，脑海中总缭绕着诸多往事；独自饮酒时，许多面孔又会在酒杯中跃动。那是发生在火红年代里一段真实的故事。

    那一年，我 22 岁；那一年，我第一次领取工资，月工资 5 元人民币，职务是大队扫盲辅导员。可不要小瞧了那 5 元钱，在一个劳动日仅挣几毛钱的年代里，它足够一个普通农民家庭一个月的烟火油盐费用。而对于一个抽烟人来说，5 元钱又可以买 3 条半大铁桥牌香烟，或 6 条多经济牌香烟（8 分钱一包）。与今天一样，从抽烟的档次高低上，能够看出一个人的社会身份。那时的县级干部一般抽大前门牌香烟，公社干部一般抽大运河与华新牌香烟，大队干部一般能抽上玫瑰牌香烟就算不错了。我那时是搞一人两制，为了做好工作，在人前掏出两毛三分钱一包的玫瑰烟装潢门面，而背地里只能抽得起经济牌香烟，或者大铁桥牌香烟。

    1975 年是个令我终身难忘的年份。也许是因为在公社年初举办的理论学习班上，我的发言引起了主要领导的重视，当年 4 月，我就被选派到县里参加理论学习班，归来又成为宣讲队主要成员，轮流到各大队和生产队宣讲。不久，一场轰轰烈烈的扫除文盲运动又在全省展开，我又幸运地被选进全公社 6 名扫盲辅导员之一。我白天下田干农活挣工分，晚上打着手电筒到各个生产队检查督促扫盲工作。这样，我在所挣的工分以外，还可以挣一份 5 元钱的月薪。人虽然辛苦点，但收入却与众不同，手头零花钱比社员们要宽裕得多。

    那次大扫盲运动，以革命导师列宁的一句话为推动力。列宁说："在一个文盲充斥的国家里，是建成不了共产主义社会的。"仅就我们大队而言，当时的文盲人数重重地包围了非文盲人数，扫盲班学员绝大多数是农村姑娘，因为那次扫盲在年龄上有所界定，年轻化是其特点。历史上，我国是个典型而又传统的男尊女卑的国度，农村尤其如此。新中国建立以后，国家逐渐重视教育工作。到20世纪70年代，农村基本上实现了每个大队都有一所小学校。遗憾的是，有许多大龄女青年已经失去了上学的机会，在学校就读的也是男生多而女生少，不少女孩子都被家长留在家中干农活挣工分。而她们也大都心甘情愿地支持哥哥弟弟们上学，自己则做了名副其实的文化"牺牲品"。

那时扫盲班的姑娘们，白天下田做农活，辛苦；晚上进夜校学习文化，心苦。生活不止一次地告诉人们，文盲确实是一种痛苦。她们是生活的不幸者，而我则是个有幸者，从村小读到县城，并且拿到了一张高中毕业文凭，道理很简单，因为我是个男孩。

那还是个尚未告别牛车石磙人拉犁的年代，乡村没通电，扫盲班点的是清一色的煤油灯。那如豆的灯光之所以令人难忘，是因为那一盏盏油灯上有工艺、有智慧，还有一种执着的精神。扫盲班的煤油灯有两种功用，即在夜校里可以看书识字，在回家的路上可以照明。为了防止途中的风吹，姑娘们把父亲喝完的空酒瓶子拿过来，用细绳子扎紧，再浇上煤油点火燃烧，当烧到一定的热度时，往冷水中一放，瓶子便戛然断成两截，下部分粗的那一截，正好用来套在由墨水瓶做成的煤油灯上，便制成了不花钱的灯罩。为此，姑娘们还风趣地给它取了个名字，叫"气死风"。

那是一群了不起的姑娘，她们那种吃苦耐劳的精神至今还让我感动。我也一直说不清楚，是什么力量在鼓舞着她们。夜间学文化熬到深更半夜，第二天天刚亮，她们又早早地起身，忙碌在插秧或锄禾的队伍之中了。用文学的语言说，她们是那个时代的脊梁与骄傲。夏日闷热蚊子叮咬，她们从不叫一声苦，反而整天乐呵呵的。每当村村队队散晚学的时候，乡村路上便出现了一条灯的长龙，间或，夜空里还响起了她们清脆的歌声。她们的歌声曾使星星瞪眼，令夜风吃惊。那种乐观的气氛与她们美丽的倩影，组成了那个时代独特的风景。

那又是一个男女"三八线"尤为分明的年代，而我却与这群姑娘们结下了深厚的友情。那在介绍学习经验时临场不乱的王霞英，那在煤油灯下瞪着一对黑亮大眼睛的石明芳，那雨中送伞殷勤关心他人的高万美……不用再去一一细数了，每当我在城市的公园里悠然独步之时，我总会忆起她们那真诚而美丽的笑容。那一段时光耐人回味；那一段故事无邪，但不天真。

贫穷埋没人才，这样一群聪明伶俐的姑娘，只可惜生不逢时。但是，当有些人偏激地彻底否认那个年代之时，我却要说，扫盲是那个年代的成功。那是一群从未进过学校大门的姑娘，她们中的许多人通过扫盲，已经能写简单的书信，还有少数人今天能坐在电脑前点击鼠标，做一些网上的事情。那段生活实实在在苦中有乐。当时，我们大队成为扫盲先进单位，扫盲率达 60% 以上。几年后，我在报纸上看到了一则消息，说是苏北某个县已经全部扫除了文盲。这显然是假话，也是个大笑话，不搞扫盲而报道全部脱盲，何脱之有？一则消息真的让我大吃一惊，因为我对那个县的情况比较熟悉。当年我们真抓实干，花了那么多的人力，吃了那么多的苦，还以留下近一半年轻人未脱盲为憾，而后来者却得来全不费工夫，步伐也太"快"了吧！

我与当年扫盲班的少数学员至今还有往来，如今她们已经成"老姑娘"了，见了我依然是直呼姓名，像老朋友似的。这世界上最珍贵的东西就是真感情，平民之间的交往不像在功利场上，每说一句话，每走一步路，都要察言观色，人与人之间等级森严的，有权者在那里小天小地，无权者在那里唯唯诺诺、唯命是从。后来我才悟出，当官摆谱，那是一群庸人们把低劣的人品与素质展示给别人看。

大扫盲的第二年，我又被调到公社（城头林场）担任扫盲辅导员。再后来，赶上高校招生制度改革，我又考取了淮阴师专，后又由从教转上机关工作岗位。这么多年来，那扫盲班的灯光依然在我的心头闪亮着，当我遇上困难与困惑的时候，只要想起当年煤油灯下那一双双明亮的眼睛，我又会增添百倍的信念和信心。

载于 2013 年 7 月 19 日《宿迁日报》

当我失意的时候

我和朱新华是同窗学友，又是表兄弟。

高中毕业后，我回乡务农，因父亲的"历史"问题，脖子上套着一条"血统论"的锁链。那段时光正是我的黄金之年，也是我的彷徨岁月。参军不成，推荐上大学更是做梦，我戚戚然如时代的弃婴。正当我痛苦失意之时，新华给我送来了春风般的温暖。连接我们友情的第一媒介是读书。从那个时代过来的人都知道，"文革"初期的"破四旧"大潮，曾把许多珍贵的书籍化为灰烬。几年之间，借书如寻奇珍异宝。幸好，新华的一位亲戚曾做过工作队队员，在没收书籍时偷偷地藏了一些。不想，这倒给我们开了方便之门。为了安慰和勉励我，新华每次辛苦地把书借来，我迅速地看，遵"借书不还是小人"的诺言，每每是借书必还的。这样，既解除了烦恼，又增长了知识。1978年我考取了高校，也是与那时的苦读分不开的。

新华为人诚实而直率，他对我的批评也直言不讳。当时，我们都担任生产队民兵连长，言谈时常诙谐地互称"中尉"。我们常常持枪操练于练兵场上，这更增添了我们的交往。一次打靶，他得了"优秀"，我得了"良好"。归来时，他频频地责备我训练还不够认真，用心不专一，我却在心中暗暗地钦佩他。

1973年夏天，我患了急性关节炎。父亲因无钱为我治病而着急。好一个细心的新华！他知道后，便取出自己的"聚宝盆"——葫芦，倾倒出他几年省吃俭用积下的5元多零钱，一把塞给了我。我默默地接过钱，只觉得心跳在加快。在他的帮助下，我的腿疾治好了。

从淮阴师专毕业，我耕耘于咫尺讲台。虽不是平步青云，但生活条件却大大改善了。奇怪的是，面对我的收录机、大彩电，新华和我的交往却渐渐少了起来。我多次责备他忘旧，他总是一笑了之。一次路遇，我半生气半开玩笑似的说："假如我发了迹，你怎么办？"他答："避而远之，但友谊割不断。"哦。当我失意的时候，他百般关心我、帮助我；而当我环境改变之时，他却故意疏远了我，这在那些离官近、距民远的势利之徒看来，确属咄咄怪事。但是，我毫不抱怨他。从他那近于偏颇的处世哲学上，我看到了一个男子汉的美德。

载于 1990 年 2 月 7 日《淮阴日报》

未见过面的忘年交

我的心潮仍在起伏不已，为了一位八旬老人。

那年春天，我首次在《解放日报》上发表了一则格言："容积最大的是贪婪，体积最小的是自私。"数日后，我突然收到一封来自上海陕西北路的信件。信末署名：张式良——一个素不相识的名字。随信还寄来那则格言的剪报与一枚空白书签。信的内容较简单，主要提出了两条要求：一是交个朋友；二是请我把自己的格言写在那张空白书签上寄回。因为他准备制一套由作者自己题写的格言书签。我欣然答应他的要求，在把复信投进信箱的同时，又在极力揣测写信人的年龄身份。张式良，是一位而立之年的教师，还是一位花样年华的工人？

为了答复我信中的询问，不足半月，他的第二封信又到了。看了信，我顿然一惊，他，原来是一位年逾八旬的离休干部。就这样，我们交上了朋友。

凭绿色的邮箱邮包传递友情，我们共同的思念在祝福中花开花落、斗转星移。去冬，他在贺年卡片上贴一片小小的绿叶，从那片小小的绿叶上，我看到了一颗被春风重新染绿了的心。今年初夏，他又寄来一把精制折叠白纸小扇，并亲书郑板桥诗句于其上，借以赠勉。君子之交淡如水呀！千里鹅毛，贵在心心相印。于是，我恭作《老人与绿叶》一诗相寄，并赠上一方绣有老寿星像的手帕。我想：无声的祝福，应该比有声的祝福更虔诚。

暑假期间，我因事途经上海，满带着"与君一席话，胜读十年书"的愿望，打算登门拜访张老。由于公务较急，须立即南下杭州，竟失去了见面的机会。良机既失，悔之何及？返回后，我怀着十分遗憾的心情，给张老写信说明。谁知，他的遗憾远胜于我。他在来信中说："八十已近作古之年，然光阴无情，后事谁知？垂暮之人，得一知己，能晤面一吐快垒，乃三生有幸。"情真意切，字字推心。感慨之余，我在日记中郑重地写道："友谊是人生的桥梁，没有友谊的人生是悲哀的。我为寻人间真情而来，它将给我无边无际的爱。"

多年来，我陆续在报刊上发表了数百篇文学作品。也曾因畏于三更灯火之苦，而产生辍笔之念。我把想法笔告张老。不久，他就寄来回信，信中绝无寒暄之词。随信还寄来一张徐悲鸿的《奔马图》，图下用正楷字书写了曹孟德的诗句："老骥伏枥，志在千里，烈士暮年，壮心不已。"读信，怎不令人赧颜？婉转的批评，也是最严厉的鞭策啊！从某种意义上说，批评也是友谊的基石。

张老还告诉我，他晚年有两项任务：一项是经常到校园里为孩子们讲讲故事；另一项是计划在有生之年编一本《无名者格言集》。多么好的老人！在风云变幻的社会生活中奔波了大半个世纪，晚年，回报于生活的，不是"夕阳无限好，只是近黄昏"的哀叹，而是"满目青山夕照明"的奉献。从年龄上说，他年长我许多，但从志向上说，我又"老"于他许多了。张老，永不衰老的长者。

去年春天，张老的孙子张赤兵从深圳给我打来电话，言张老已于前年去世，享年 90 岁。他在电话中还说，张老在病危时还没忘记我当年送给他的那首诗《老人与绿叶》。我听了，心里好感动。

附注：本文原载于 1990 年 4 月 11 日《淮阴日报》，2002 年编入散文集《乡路弯弯》，编入此集时略有改动。

春风伴我送昌方

昌方同志静静地躺在殡仪馆大厅里，他的身上覆盖着鲜红的党旗，那鲜艳的色彩似乎在证明着，他生前是一名合格的共产党员。

我和胡昌方是同乡、文友，也是亲戚，按辈分我长他一辈，按学龄他还是我的学长。他给我的第一记忆是在泗洪中学高三甲班的男生宿舍。那时，他读高三，我读初一。那年我 12 岁，父亲怜我年小，让我跟昌方的同班同学开许叔住在一张床上。他们班有个叫靳益伟的人，老是拿我的名字开玩笑，见了我就说"不要讲话"。我当时不明其意，就问住在上层床上的昌方，他手中正拿着一本书在看，见我问话，便耐心地给我解释，古人云就是古人说，莫云也就是不要说的意思。我这才恍然大悟，有一种受益匪浅的感觉。

先从军后从文，这便是昌方人生的二重奏。是"文化大革命"耽误了昌方考大学的良机，1967 年，他毅然穿上军装，在山东某部服役。按家乡的话说，他为人很"小巧"，就是有了地位不摆谱、不拿架子，不像有的人当了几天小官，就把尾巴翘到天上去了，见了乡亲装作不认识，而见到上司就亲热得一塌糊涂。昌方当了连长时，我在生产队任民兵连长。每次他探家归来，见到肩扛锄头的我，依然亲切地打招呼，让人感到距离很近。

后来，昌方从营职岗位上转业，任县委宣传部新闻科长。又是共同的爱好把我们的距离拉得更近了。他爱读书，我也爱读书；他从事新闻与杂文创作，我从事业余文学创作。我在乡村中学教书，上县城办事时，我经常抽空到昌方的办公室坐坐，他不仅搬凳子倒茶，还把他的作品剪贴本拿给我看。那是一本 4 开纸装订成的大本子，牛皮纸封面，厚厚的，里面贴满了他大大小小的文章，有豆腐块新闻，也有洋洋洒洒的杂文，每篇文章都贴得那么认真。陋习不可效，良习可为师。从那以后，我也照着做，将自己发表的作品一一剪贴在大本子上，从剪贴原件，到剪贴复印件，敝帚自珍啊，每当将自己那一篇篇小小的成果剪贴的时候，一种成就感与欣慰感便会油然而生。

我与昌方走得最近的是在世纪交接处，他任泗洪县委党史办公室主任，我在宿迁市史志办公室工作。我们经常一起参加省委党史工办召开的会议，无论是六朝古都南京，还是小桥流水的江南，无论是扬州瘦西湖畔，还是太湖边葱茏的惠山，都一一留下了我们的身影。当然，把我们俩感情联系最紧的，还是写作爱好。他在报刊上看到了我发表的文章，会及时打电话告诉我，并加以勉励；我在报刊上看到他发表了文章，也会打电话向他道喜，并把样报样刊郑重地收藏起来。忌妒是人间最丑陋的东西，但忌妒从不属于我们，我们共同珍藏的只有友谊。

我曾问过一个女孩："一个喜欢逛商店的小伙子，与一个喜欢逛书店的小伙子，你愿意嫁给谁？"我出这道考题时，已经含蓄地表达出了自己的观点：我最敬重爱读书的人！昌方是个极喜欢逛书店的人，他把好多时间都投在了书店里。前年夏天，他从县邮政局开的售书店里给我打了电话，说是在《半月选读》杂志上看到了我的文章，他当时的心情就像自己发表文章一样高兴。随后，他还专门买了一本寄给我。原来是我发表在《文化月刊》上的散文《烟雨媚香楼》，被《半月选读》转载了。我把杂志拿在手中，立刻就有一股暖流涌遍全身。

从同乡情到文友情，这就是我与昌方友谊的两大主旋律。我自市党史办调进市社科联，并执编 8 年《宿迁论坛》，这期间与昌方相互通电话也最多，或谈为文之法，或提办刊建议，或论世道人心，他每有深见便毫无保留。昌方是杂文言论高手，下笔千言往往能切中时弊，扬正气而挞歪风，文风犹如党风，文品亦如人品。他除了写出大量的新闻作品外，还留下了《世风微语》《多言多语》与《古今治学方法谈》3 部杂文著作，当《世风微语》出版之时，我还特意写了一篇书评，刊载在《宿迁日报》副刊上。《宿迁论坛》辟有"社会纵横"专栏，昌方是刊物的几个主要撰稿人之一。

昌方为人和气，但也有发牛脾气的时候，他的一句很有特色的话语我至今犹记。20年前，有人在他与某公面前翻嘴撩舌拨弄是非，大概是因为某公为人不够地道，昌方曾出语抨击过。凡事经小人折腾过，情况就不同了，本来没有荆棘的地方都能长出荆棘来。昌方大骂那个挑拨人"简直比某某某还要可耻"，可谓一箭双雕，听后真让人拍案叫绝。

文凭不是一个人学识的根本标志，人的学识最重要的标志是终身读书，这一点昌方做到了。他以一张老三届高中的文凭，与一支生花妙笔，让自己的文章走遍了全国各地，跨越了大江南北，连《人民日报》与《光明日报》上都有他深思熟虑的文章。

感情的深度不仅能决定友谊的深度，而且能增加对一个人了解的深度。陌路者只能知其表，相知者才能知其心。一个懂你的人走了，给你带来的将是痛心；一个你懂的人走了，你又会有一种难耐的孤独感倍增。唯我深知，昌方是个勤奋好学的人，也是个有良心有良知的人。众生芸芸，并不是每个人都有良知与良心的，我在《三省斋呓语》中写过这样一句话："有良心的人珍惜粮食，有良知的人珍惜时间。"昌方二者兼得，这就更加难能可贵了，他关注人生，同时也关注社会，这是具有大境界的人才能做到的事情。听他的夫人老魏讲述，昌方常常念叨着我，尤为感人的是，他在南京住院时，还特地叫家人带一大摞书放在床头，就是在走上做心血管支架手术台之前，他还是手不释卷地戴着老花镜看书，其好学精神前可追古人，后可启今人。

听到昌方不幸去世的消息，我第二天起早让儿子小白开车带我去参加吊唁活动。昌方走在春光明媚的日子里，天气晴和，车窗外春风浩荡，我心急切，风亦急切，心照不宣地伴着我为同乡、文友送行。

春光易逝，挚友难留，这姗姗的春色多像匆匆的人生！

2015年3月15日《宿迁日报》

赵恺老师的语言风格

相识赵恺老师当是一种荣幸，至少我是这样认为的。我敬佩赵恺老师，不仅因为曾读过他轰动一时的获奖诗作《我爱》与《第五十七个黎明》，而且因为他独特的语言风格不止一次地打动过我。

1986年清明时节，原淮阴市作家协会在泗洪县城召开王益山、刘季作品研讨会，时任市文联主席兼市作协主席的赵恺老师既是会议的发起人、召集人，同时又以一个普通与会者的身份出现在诗歌组的讨论现场。那次研讨会组织到半城雪枫墓园参观，我与王耀明等几人因故未能前往，赵恺老师在晚宴上主动离席邀我们共同举杯，他在逐一碰杯之中仅说了"遗憾"两个字。会议结束那天晚上，原淮阴市作协副主席王益山，作为泗洪人设盛宴款待。在开宴式上赵恺老师举杯站立，他首先代表作家的王益山向东道主的王益山表示感谢，然后他又提出了几点希望，三句话，话题都在酒上。记得他指着杯中的双沟山河大曲说："祝大家写出的作品，要有双沟酒的浓度，要有双沟酒的力度，要有双沟酒的透明度。"两个"王益山"，不失幽默；"三个度"的比喻，生动而又形象。

地级宿迁市成立的第二年秋天，市作协举行一次全市诗歌创作与朗诵比赛活动，赵恺老师作为全国著名诗人而应邀出席。在那次活动中，我的诗作《站在古长城垛口》因何爱民与宋捷精彩的朗诵而荣获一等奖。在颁奖仪式上，赵恺老师即席发言，他借宿迁籍大英雄项羽而潇洒地发挥，其中的一句经典语言被我不止一次地写进了《项王故里》等专题片的解说词中。那天，赵恺老师站在颁奖台上，神采奕奕地说："集莎士比亚所有悲剧的总和，也赶不上咱宿迁的一部《霸王别姬》……"明显的夸张，却让人感觉恰到好处，甚至让人许多年后都忘记不了。这就是赵恺老师的语言魅力。

2008年深秋，宿迁举办第一届西楚文化节，特邀叶延滨、赵恺、王辽生等著名诗人到宿迁采风。我以东道主的身份陪赵恺老师参观洪泽湖湿地公园等景点。那天赵恺老师兴致甚浓，一途往来，笑语不断。在吃饭的时候，席间有人朗诵了他的品作《向大海》中的诗句："如果不流向大海，再长的江河又有什么意义？"第二天游览项王故里时，我们几位当年的粉丝与赵恺老师合影。我当时随口说出了一句："如果不同赵老师合影……"没想到赵恺老师随口接上："再长的相机又有什么意义？"一位七旬老人，思维还是这般敏捷，这相声小品式的诙谐，既令人想到了他《向大海》中壮阔的诗句，又把我们引笑得前仰后合。于是大家即景生情，套用"赵恺式"的语言"如果……再"相互造句，为行程中增添了难忘的欢乐气氛。记得在洪泽湖湿地公园，我悄悄告诉赵老师，这里便是我当年割过草、放过牛的地方，因为这里的人夏天都一丝不挂，所以我曾称之为"男人国"，并且想写点东西。他听后随即叮嘱我："男人国，好素材，要写好！"9个字，很简短，却从一个长者与师辈的角度对我提出了严格的要求。

赵恺老师是洪泽湖最执着的守望者与讴歌者，他从20世纪50年代中期被分配到湖东从教，这一住就是50多年，半个多世纪啊！洪泽湖畔便是他的第二故乡。他曾誉称洪泽湖是"人民共和国海军的摇篮"，这是因为，1941年5月，张爱萍将军曾率领新四军四师九旅将士在湖面上剿匪，并大获全胜，为当地人民根除了百年匪患。也正是因为张爱萍有这样水上指挥战斗的经验，当1949年4月中国人民海军在泰州白马庙成立之时，毛泽东主席临阵点将，指令张爱萍担任华东军区海军第一任司令员。诗人的语言就是不一样，出语大气且有文采。

几年前，江苏洋河集团公司在推出"蓝色经典"一期与二期产品"海之蓝""天之蓝"以后，三期高档产品已经研制，但一时未取个合适的名称。据说当时公司打电话向赵恺老师求计，赵老师经过一番思索后，拿起手机果断地回答：比天还要大的能有什么呢？那就叫"梦之蓝"吧！智慧所出，果然一锤定音。

赵恺老师语言最大的特点是简练，古人是惜墨如金，他是惜言如金。前年，我准备结集出版格言警语集《三省斋呓语》，请他作序，他慨然应允。当书稿整理好时，我从手机上发短信邀请，他回答我的两次短信仅有6个字，第一次短信是"明白"，第二次短信是"字字珠玑"。前者是回复，后者是希望。我想，这也许能堪称世界上最精短的信件之一了。

今年春节后，我托人把已出版的《三省斋呓语》带给赵恺老师，他又不厌其烦地给我回了两封短信，第一封是溢美之词，仅10个字，"书很不错，我正在看，祝贺。"第二封是一副楹联："后会有期可定，来日方长未知。"诗人就是不一样，只言片语之间却充满了爱心与友谊。

对于诗人而言，语言就是生命。

载于 2011 年 10 月 14 日《宿迁日报》

往事因你而美丽

这是一封迟到的信，迟到了整整 30 年。

这是一封水远山长的信，信的这一端系着洪泽湖畔，那一头连着乌苏里江边。

这又是一封无须寄出的信，像一只和平鸽放飞在心灵的驿站，信的落墨地守望着我的祝福与你的归期。

我不知道，我手中的笔将从哪儿开头，也许，所有丢失了的今世之缘都应当从故乡的枣子说起。

濒临洪泽湖西岸有一个水村叫莫台，东望老汴河，西傍古溧河。这里的村庄大都称"台"，原因是近在湖边，地势低洼，村上的一代代居民须先用土垫起高高的台宅，然后方可建屋定居。记得你家的台宅上栽了好多棵枣树。"七月枣子八月梨"，这句话是指家乡的农历而言的。那时我读小学，你因家贫且是个女孩而读书无门。每当暑假期间，枝头上那沉甸甸的枣子便诱人垂涎了，我和几个年龄相当的馋小子成了你家枣树的常客。也许是对我读书的羡慕吧，或是另有一种说不出的原因，你对我从来都是慷慨有加，笑脸相迎，以至让生活摄下了一个个令人难忘的镜头：我爬在树枝头打枣，你在浓荫下拾枣，配合默契。家乡的枣子甜啊，一颗颗甜透我童稚的心。有时，我们也带上枣子下田割草、薅猪菜，后来看黄梅戏才知，薅猪菜还有个美丽的说法，叫"打猪草"。你身上有许多传统的美德，诸如：勤劳、善良、厚道。第一个发现者是我，你知道吗？世间事往往是这样：一个人很难看到自己身上的亮点，即很难发现自身的美。如果你身上的美有一天被谁发现了，那么这个人一定是个有心人。人生对异性的第一感觉和印象就是这么重要，有些事情能让人一辈子不容忘记。

在故乡的春风秋雨中，我们都长大了。每个人都有童年，所有童年人都渴望自己长大。从某个角度上说，这似乎又是一种美丽的错误。我常常独自徘徊时竟莫名其妙地发问：人为什么要长大呢？虽然长大了的我见证了童年的渴望，也有些许收获，但总感到失去的东西也很多很多。

在我就读高中之时，家乡掀起了农业学大寨兴修农田水利的高潮。我们这代人是承前启后的一代人，虽然没有像祖父辈那样经历过苦难与战乱，却饱尝过生活的贫穷与艰辛。我曾经向没有饥饿、没有寒冷的下一代人讲述过当年艰辛的故事，却被有些迷茫的眼睛误认为是天方夜谭；我也曾不无夸张地评述过：20世纪70年代，中国农业学大寨运动中的兴修水利工程，是中国共产党领导下的第二次万里长征。那时的水利工程一般都由县里和公社组织，而以生产队为单位去集体劳作。小的工程，队里抽几个精壮男劳力去完成就行了；遇上大的工程，须全队男女劳力一起上。一根扁担一只筐，每筐土一二百斤重，两个人一前一后地抬，起早摸黑，双腿累得酸痛了还要抬，肩膀磨得红肿了还要抬，而一道河工得过把成月才能完成；并且，完成了这道河工，另一道工程任务已经在那里等着呢。

你第一次上河工大概只有十五六岁吧，一个十五六岁的姑娘不去搽粉，也没工夫梳妆，整天与男劳力一起"战斗"在水利工地上。记得那次水利工程是在西湖滩村，学校为了支持农业学大寨特地放了几天假。我见到你时，你只是对我莞尔一笑，那一笑中融进了几分纯善与欢迎，又似蕴含着千言万语。也许就在那一次河工上，我才发现了一个存在于我们两个人之间的秘密：青梅竹马。可你从来没唤过我一声哥，我也从来没唤过你一声妹，许多时候都是在难言的羞涩中欲唤还休。短短的几天，繁重的体力劳动在磨砺着我的心志，也在锻打着我心头的那一份爱意。我每次投过去殷切而询问的目光，都被你的一双明眸悄悄地收下。返校时，在西湖滩的村后路上，我几步一回首，仿佛有一件珍贵的东西丢失在村中。我心里明白，我所频频注目的村庄里，有一个人让我梦绕魂牵。我当时只是在心里默默地轻唤你的名字。

梦醒时，我常常忆起你黑亮的眼睛，如诗如歌，如倾如诉，眸中似有睿智在盈盈涌动，只可惜上帝没给你一个入学读书的机会。我高中毕业后担任生产队民兵连长，那时节正赶上扫除文盲与民兵训练热潮。月黑之夜，你提一盏自制的小提灯上夜校；月明之夜，你又加入基干民兵队伍训练在打谷场上。那次公社集中训练打靶，我作为民兵连长才打了个"良好"，而你作为一名普通民兵却三发三中——打了个"优秀"。碰上我赞许的目光，你美丽的面颊绽开了灿烂的笑容。真的，那一天，你承包了人间所有的美丽。后来，你悄悄地对我说过一句心里话，你说你只要用心去做一件事情，那件事就能做好。说者无心，听者有意，这么多年来，你的那句话时时在勉励我：用心去读书，用心去做事，甚至用心去创作每一篇（首）诗文。

年轮一年年增多，感慨也一年年增多，人类的感慨似乎就是被年轮牵携出来的。如果把万千感慨浓缩成一句话，那就是：时间的脚步太快！不是吗？从童年到青年，再从青年到中年，仿佛大大小小的往事尽在昨天。虽然童心未泯，但毕竟额头上都已是华发初生。是埋怨太阳的匆忙，还是嗔怪月亮的殷勤？今天所有的埋怨与嗔怪，都会化作明天往事中的烟尘。

就在我国实行招生制度改革的第二年，我有幸考取了高校，但我入学行囊中打叠进的依然是贫穷。入学前，我们单独谋过面，那时的青年人不似今天青年人这般开放，腼腆的我与腼腆的你对视，从目光中隐隐看得出，我们之间缺少一个穿针引线人。

天上的白云在飘，地上的人心在转。初吃"皇粮"的我悄悄地在谋自己的"前程"。男大当娶，女大当嫁，我在一位同学的介绍下，终于定下了自己的婚姻大事。我虽然算不上陈世美，但的确做了一个未饮"忘情水"的忘情人。私欲是人类最大的罪魁祸首。那个年代横亘在人们之间的，还有一件奇怪的东西——户口。户口在人与人之间划出了一道道难以逾越的鸿沟。当时青年人在找对象时，首先提出的一个条件就是，是国家户口还是农村户口。一个农村户口的人若攀上一个国家户口的人为对象，那便成为众口相传的传奇故事。因为一对国家户口的夫妇生下的孩子依然是国家户口，一对农村户口的夫妇生下的孩子依然是农村户口。这就是说，找错了对象，连下一代都受影响。我终于在私欲的诱引下做了一回窝囊的人。

入学后，我从没给你写过一封信，说实话，我也没有勇气给你写信。后来听说，你不知为什么远嫁北大荒，八千里路云和月，是为了遗忘那童年的往事，还是为了躲避家乡的贫穷？

去年元旦时，我回村喝喜酒。恰逢你自东北万里来归，并且是10多年的一次还乡。我虽然工作在宿城，回乡方便一些，但我们确实是30年才得一次相逢。你回得早不如回得巧，用古人的话说，这也许就是缘分。那天，表弟新华家的晚宴，好像是特地为我们安排的。你见我时的第一句话是：你是谁？我的回答依然是这三个字，却显得底气不足。3个字连接起人间30年的酸甜苦辣与悲欢离合，30年一面也如石落池，击起了我往事的漪涟。

曾听说，距离产生美。每一次重温你的笑容，不需要距离，也不需要沧桑。屈指我们之间的空间距离，中隔微山湖、大黄河、山海关、长白山……不啻千山万水。人间的美有时来自于大自然的怀抱，有时来自于记忆的殿堂，有时又来自于心灵的隐痛。我在酒杯中斟满了歉意与祝福，端向你，然后举杯一饮而尽。我想，在这时光匆匆的人间，姗姗来迟的歉意也是一种虔诚，也是一种心灵的诠释，也是另一种意义上的负荆请罪。

你大大方方而又不同寻常地干了杯。那一刻，你的胸怀与你的面容同样美丽。人生会有许许多多的遗憾，而刻骨铭心的遗憾也是一种美丽。你问我的童年梦有多远，我问你的乡情有多长。当家乡的枣子再度香甜的季节，我们是否再相约还乡，各自都带回一份童心的天真。

那天我醉了，并且是心醉，为美丽的往事而醉，为深深的愧疚而醉。当然，也有为自己当年的势利而心痛。归来后，友人尹修广登门，邀我为他的摄影作品集作序配诗。打开他的《白鹭之歌》，有一幅照片让我怦然心动：画面上是两只小白鹭立于松枝之上，目光在全神贯注地对视，两情依依，可爱而又无邪。上有蓝蓝的天，天上飘浮着自来自去的白云。我略一构思，提笔便在画面的右端题了一首诗《两小无猜》："我骑一匹竹马／你执一枝青梅／无须说来世报答／也无须说纯洁的缠绵／人间最珍贵的东西／近在咫尺却视而不见／任岁月褪去芳容／唯有两颗童心永远。"

往事悠悠，如歌似泣。当年你告诉了我什么叫纯朴，如今你又告诉我什么叫珍惜。我凝视摄影集，爱不释手。朦胧中那画面上的松枝忽地化成了家乡果实累累的枣树，树上是顽皮的我，树下是诚实的你。

载于 2010 年第 1、2 期合刊《楚苑》

又载 2010 年第 3 期《当代华文文学》

蒲公英开花的时候

我对蒲公英最初的记忆，当是在家乡的田野上。

1960 年是家乡罕见的灾荒之年，不是水灾，而是粮灾。村上人家家靠挖野菜充饥，一般能挖得到的野菜有父目香、七格牙、乔乔秧、婆婆蒿等，谁家能吃得到蒲公英，那便属于奢侈品了。关于蒲公英的学名，我还是在电影银幕上知道的，童年时只能知道它的俗名叫姑姑丁。我更不知道，祖先们为什么起了这样的名字，姑姑丁，这只是我一厢情愿地按音取字，近于蒲公英，但又大相径庭。那个饥饿难耐的春天给蒲公英带来的是浩劫，而蒲公英给家乡人带来的却是灾难中的福音。

20 世纪 80 年代初，我在电视里听到了故事片《巴山夜雨》插曲《我是一颗蒲公英的种子》，演唱者是个小女孩，她伏在爸爸的脊背上，爸爸的双脚踏在弯弯曲曲的山道上，悠扬的童声飘荡在蓝天白云下，飘荡在崇山峻岭之间："我是一颗蒲公英的种子，谁也不知道我的快乐与悲伤。爸爸妈妈给我一把小伞，让我在广阔的天地间飘荡。小伞儿带着我飞翔，飞翔，飞翔。"如今，那个天真烂漫的小女孩早已做了母亲，但她的童声已经定格在我的记忆之中。30年，近三分之一个世纪，我们的身旁又走过了多少个悲欢离合？历史是用世纪计算的，人生能计算得起吗？从那以后，我对蒲公英的认识，从感性上升到了理性，从而也对蒲公英产生了一种神奇感。是当年的饥饿加深了我与蒲公英的感情，又是后来声乐的魅力一天天拉近了我与蒲公英的距离。再后来，又在网上欣赏到了周杰伦的歌曲《蒲公英的约定》，声乐又把蒲公英和切割不断的校园、和同学间朦朦胧胧的情感紧紧地联系在了一起。

20年前，我曾在歌词《还是当年那份情》中写到过蒲公英，因为我已经把蒲公英的名字，与美丽、与春天、与家乡的田野融合在了一起。歌词经过好友孔令法谱了曲，刊登在一份县报上，被我剪贴在剪辑本中睡着了，当我写到有关的散文时这才想起了它。2002年清明节时，我与表弟戚如栋漫步在村西的溧河大堤上，忽然看到了几株蒲公英，那种亲切感简直没有办法形容。记得当时，我一面向如栋介绍，一面摘下一朵成熟的蒲公英，轻轻地捧在手中，那洁白的小球球，看上去很轻盈，而捧在我的手上却像地球那么沉重。那沉重中不但有大自然的馈赠，而且有人类乡情的重量。

我唯一一篇以蒲公英命名的散文，是写在北京万安公墓的戴望舒墓前，那金灿灿的花朵多像诗人那金灿灿的诗句。那是2004年4月，我到北京参加全国党史干部培训班学习，住在国防大学的招待所里，抽一个星期天的下午，我特意到万安公墓去凭吊李大钊墓，原墓已被迁入李大钊陵园，而戴望舒的墓就与李大钊的原墓附近。我对先生本来就崇拜有加，他那首蜚声文坛的诗作《雨巷》，不知曾打动过多少颗年轻的心。那是一次一个人的凭吊，千里来寻，孤身只影，陪伴我的只有那在阳光下含笑的蒲公英，一朵朵，一簇簇，一片片，犹如一首首春天特有的赞美诗。

蒲公英是春天馈赠给大地的信物，春天又是蒲公英的故乡，她开在春天里，也落在春天里。每当阳春三月，也就是公历4月的到来，她们便竞相开放了，带来了春天暖融融的气息。太阳是蓝天的笑容，而蒲公英是大地的笑容，一个把微笑洒向大地，一个把微笑捧给蓝天，天空因太阳而壮丽，大地因蒲公英而美丽。10年前的春天，我在省城南京公干，在省委大院的道旁看到了三三两两绽放的蒲公英，就在那一刻，我蓦然间亲切感倍增，我立马想到了诗人戴望舒那金灿灿的诗句，想到了家乡春天里那金灿灿的原野。蒲公英，她不仅在传递着暖暖的春意，而且在传递着绵绵的乡情。

我所工作的市政府大院里，也是一片蒲公英的圣地。也许是上帝知我的蒲公英情结吧，他在我的上班之所安排了这密密麻麻的蒲公英，早在办公大楼建筑之时，设计者就在大门内的两侧留下了大面积的绿化带，其间栽上了一些不太高的树木，外面用矮矮的黄杨"围墙"保护起来，谁也没有想到，那戒备森严的"围墙"里面，却长满了大片大片的蒲公英。当春乃发，拥拥挤挤。比夜空中的星星还要繁密，比大海上的浪花还要缤纷。

每当有点疲倦之时，我便从楼上走下来，悄悄地走近蒲公英的身边，默默地欣赏，静静地观看，有时还轻轻地抚摸着，只是俯下身去嗅一嗅，却舍不得摘下一朵带回赏看。为了留下蒲公英盛开的风景，我曾不止一次地带上相机取景拍照过。去年，我还用手推车推着病妻，专门在花丛中留影。4月下旬是蒲公英告别的季节，那一层金黄的花瓣凋谢了，代之而起的是一朵朵圆圆的白色的球状的蒲公英的种子。一天，我专心致志地摘下几朵，特意蹭到九层楼顶上，用嘴轻轻地一吹，那一朵朵伞状的种子，便从楼顶上飘下来，像白云在自由自在地飘，又像飞行员从高空凭伞降落。

据文献所载，蒲公英还是中药中的佳品，其功能颇多，如清热解毒，利尿散结，能治疗多种急性炎症，且内含维生素、叶黄素、叶绿素与蝴蝶梅黄素等多种成分，真乃从头到脚都是宝！我对蒲公英还有一种神秘感，这种感觉来自于15年前的一则真实的故事。那是我因伤在泗洪县城住院之时，孩子大舅前来探视，他坐在我的病床边，神神秘秘地给我讲述了一个故事，他说在此之前，他曾在徐州与南京等大医院检查，结论都只有一个：食道癌。这种事他也不便告诉别人，就私下里找个民间医生治疗，那位民间医生干干脆脆地说：就死马当活马医吧，你回家后多吃些蒲公英试试看。孩子大舅严格地遵守医嘱，回家后四处挖蒲公英，加上他平时又有饮酒之好，就每天晚上都用蒲公英梗叶下酒。半年后，奇迹出现了，他到医院复查，身上的癌细胞不知何时飞得无影无踪了，是那一株株苦涩得难以下咽的蒲公英救了他的一条命。前年，我所在的小区掀起了"挖蒲公英运动"，真是身体要健康，蒲公英遭了殃。我真担心有一天蒲公英会绝迹。为了私利而破坏了大自然的生态平衡，这也是人类的罪过呀！

今年4月下旬，正是蒲公英由花结种、由黄转白的季节，我回泗洪访友。两天后正准备返宿，忽听老同学胡修华和韩保来在电话中说，有一个叫朱月兰的当年初中同学，她从皖北宿县回乡省亲，打算在县城体育饭店约一些老同学叙叙旧。这个消息对我们这个年龄的人来说，自是喜从天降，我立马推迟了返程的时间。世界上竟有这等巧合之事，第二天早上我还和胡修华说，我已办过退休手续了，什么时候相约高俊才等，专程到盱眙县铁伏乡去拜访老同学傅家贵。出乎所有预言家所料，当我与胡韩二人到吃饭地点时，傅家贵早已在那里恭候多时了，确实是相见不相识，我们只能用拥抱来表达久别重逢时的感情了。46年，近半个世纪呀！我当时只是在心里说，感谢朱月兰，是她这个有心人给了我们这次重逢的机会。就在当年初一丙班的同学中，有的做到了少将，有的从教于校园，有人经商于市场，都生活在各自的忙忙碌碌之中，一个女同学能在百忙中还乡搭起连结友谊的桥梁，实属难能可贵。同学没有级别，相互之间的心情都心照不宣。饭前，我连忙掏出手机给高俊才打电话，想告诉他这个喜讯。不料，接手机的是他的儿子献忠，他低声说，他爸出车祸住院了。这又增加了饭后老同学共同探视高俊才的情节。同学一场，唯情而已！人间祸与福同在，上帝一手托着福，一手托着祸，谁知福与祸何时何地又会降在何人的头上呢？

人生有逢有别，今人在重复着古人，这也犹如生活中有苦有甜。并不是所有甜的东西都是好的，也并不是所有苦的东西都是坏的，蒲公英便是典型的一例。当年校园中那一张张笑脸，多像一朵朵灿烂的蒲公英，绽放在灿烂的阳光下。毕业后，每个人又都像一颗颗蒲公英的种子，各自打着一把洁白的小伞，孤独而自立地漂泊四方。

相逢又别，别是必然，执手相依，自是寻常事。今日一别，不知又能相约在哪一个春天里。

写于 2014 年 5 月

乡情篇

石　磨

那叮叮当当的凿石声总是在耳边回响，每当回忆起那吱吱吱的石磨声，我的心头依然沉重。

人类从原始的采集与渔猎走进了石器时代，这无疑是一大进步；从旧石器时代进入了新石器时代，人类又经过了上百万年的历程；而从打制石器到磨制石器，这又是人类的一大创造，从时间上说，这个进步也太漫长了。后来，不知是谁第一次发明了磨制食物，使我们的祖先能够吃上了香喷喷的面食。石磨是石器时代的产物，却相伴着人类走过了又一个漫长的铁器时代，直到我们用上了机器和电器的时候，石磨才在人们的生活中慢慢消失。

20世纪60年代，石磨依然是家乡离不开的生活工具。那时的生产劳动以生产队为单位，家乡还没有种水稻，一日三餐都以小麦、玉米、高粱与山芋等农作物为主，许多农作物必须磨成面粉才能做成食品充饥。那么，推磨便成为每个农民家庭的主要农活。按理说，推磨应该是驴子的事情，但是，当时走的是集体化道路，个体家庭如果养了驴子，那就要割资本主义"尾巴"。这样，便出现了农村人力推磨的一个特殊的现象，从而，推磨又成了我人生史上的一段特殊的经历。

教我劳作的第一位老师当是母亲，她老人家不仅教会了我种田、锄地、打猪草，而且教会了我推磨。石磨一般都设在东西偏屋里，两扇圆形的磨盘由一个小小的磨脐连接着，再由畜力或人力拉着逆时针方向转动。上面一块磨盘上有磨眼，磨眼上面放着磨榫，为放粮食而设计的，当磨盘转动的时候，粮食便从磨眼里自动分散到由石匠凿好的磨牙中碾碎，再从两扇石磨的缝隙里淌到特制的磨盘上，然后用箩子把细的面粉箩下来，供人食用，剩下的少部分便是麸子，一般留着喂牲口。石磨与磨盘是连成一体的，磨盘的外围便是磨道，推磨的牲口和人就是循环往复地在磨道上转圈，每推一次磨，至少都要转上几百或几千圈，直转得你头晕呀晕，胸口闷得就像是被什么东西堵住，几乎喘不过气来，还不时地真想呕吐。那两扇沉重的石磨，一个人推起来相当吃力，须两个人齐力推才能正常转动。就是在那沉重而又眩晕的磨道里，母亲给我上了一堂堂身体力行的劳动课。

那时我们生产队养了一头骡子，当队里公差需要面粉时，骡子就用得上了，那头骡子拉起磨来比驴子还要快。骡子拉磨时需用一块旧布把眼睛蒙起来，那是在防备它偷食磨盘上的面粉。生产队公差勤务也比较多，用牲口推磨这个活比下田做活要轻快一些，因为主要是在室内，用家乡话说就是"风不打头，雨不打脸"。这个活生产队长大都派母亲去做，从某种意义上说，这叫照顾。母亲磨集体面粉时用的是牲口，而磨自家面粉时就自己抱起了磨棍，当然有时还要让我与她一起推磨，因为骡子不属于我们家所有。母亲不仅会使用牲口，而且会关心牲口，每当她看到骡子热汗淋漓时，便心疼地早早为之卸了套，拉到水边阴凉处去歇一歇。记得那头骡子后来病死时，母亲还流下了眼泪。

滴水能穿石，而石与石的摩擦又会磨平了石磨的齿牙。解铃还须系铃人，石磨是石匠凿出来的，而重洗磨牙还要请石匠。至今犹记，我们莫台村北面10里处有个王台村，王台村有个王石匠，他的石工手艺远近闻名。当王石匠来我们村做活时，10来岁的我会仔细观察他。他左手持凿子，右手抡锤，随着那铿锵的叮当声，石末飞扬，碎石四溅，伴着那美妙的乐音，他还不时地往刚刚凿过的磨牙中洒水。家乡人把做石磨手工活的人称作"煅磨的"，王石匠煅磨时头总是往左边歪着，因为他的脖子右面长了一个手球大的瘤。当他煅磨时，手中的锤凿在有节奏地脆响着，脖子里的瘤子也在有节奏地颤动着。从那以后，我便产生了一种错觉，只要有人提到煅磨石匠，我总认为是脖子里长着大瘤的，因为那已经定格成我记忆中煅磨石匠的形象。

大约是在 1970 年吧，我们村买来了第一台柴油机，既能抽水，又能磨面粉，这是莫台村史上开天辟地的大事件。于是，本村与邻村前来加工面粉的人络绎不绝。几年间，村里又增添了几台面粉加工机，家乡推磨的历史就是这么在不经意间被打破的，从此，由柴油机那响亮的噼啪声驱走了石磨那千年的吱吱声。

　　石磨，已成为进不了历史博物馆的文物。

载于 2014 年第 2 期《雅集》

船　帆

在人类历史上，虽然没有一个明确的木器时代，却有着灿烂而悠久的木器文明。

当我们的祖先使用木棍对付野兽侵袭的时候，那只是取之于大自然的木棍，只有到了人类用木头制造工具开始，才有木器的出现。古代的木器之大，莫过于车船，而战车的出现又给人类带来了战争的灾难。从赵武灵王倡导"胡服骑射"开始，骑兵成为中原大地上战斗力最强的兵种。骑兵彻底取代了战车，大约自汉初始，可是，用来运输的牛车与帆船却一直延续了两千多年。这一点，我的童年便可以为证。

洪泽湖岸边的居民是农民，但有时又是船民。至今，在我的记忆中或者睡梦里，常常会飘过家乡那洁白的帆影。当年村里那牛车笨拙的木轮依然在我的心头转动着，当年村边那美丽的帆影却给了我无边的流连。车轮碾碎了小村一代代人的辛酸史，船帆却扬起了家乡一代代人的少年情。

我与帆船之间的缘分是在不知不觉之中结下的，从他乡到故乡，从孩提到中老年。大概是在我5岁那年吧，父亲从乡长的位置上转业，担任潘赵高级社主任。随父搬迁，使用的是木船，从安河转道濉河，又从濉河南入汴河，记不清是几日的行程了，只知道在纤夫那荡悠悠的纤绳的牵引下，我们一家人也荡悠悠地到达了梁园村落户。那时的我不懂什么叫名来利往，只能朝朝暮暮地欣赏那往来不断的美丽白帆。我们家所居住的草房，就坐落在历史悠久的古汴河边。从高级社到人民公社，这便是那个时代的步伐。一年后，父亲又调任石集生产大队长，童年的我照样可以朝伴白帆而起，夜伴白帆而眠。

父亲后又因"抗上"而被调回莫台村任副大队长兼生产队长，这也算是一种落叶归根吧，父亲的降级带给我的是生活上的动荡与辗转。我曾在回忆父亲时写过这样的诗句："乡长、高级社主任、生产队长／父亲的名字在一天天萎缩／萎缩成一张慈祥的遗照／故乡的风风雨雨／填写一张坎坎坷坷的人生履历表……"人们常说往事不堪回首，而我的记忆却总是在童年的乡路上徜徉。

我认为，还乡任职那几年是父亲人生最辉煌的时期，因为许多人对社会的奉献并不是以其职务的高低为标准的。由大队长降到生产队长，这看似在走下坡路，其实，父亲正是在他人生的低谷期做出了工作成绩。当时的人们都没有想到，一个雇大工汉子出身的父亲在抓农副业生产上竟还有妙招。为了改变家乡的贫穷面貌，他在农业生产初夺丰收的情况下，又注重抓副业生产，他想出的最先两招，一是烧窑，一是买置大木船。烧窑利用的是离村近 10 里的老河头旧窑厂，队里专门抽出 10 来个强老力，吃住在工地，第一年就赚了近万元。今天的人们一定知道，万元人民币在 50 年前是什么概念。生产队买大木船，既可以搞运输，又可以到洪泽湖中去砍捞水生植物卖钱。曾被先人们称为"日出斗金"的洪泽湖，确有取之不尽的致富资源。几年后，我们生产队成为县里有名的样板队，父亲也因此没少获过县、社与大队的奖状。那时我正上小学，经常跳到我们队的大木船上玩耍，也经常目送那胀鼓鼓的白帆沿着村西的溧河一路向南，渐渐地漂移进母亲湖的怀抱之中。

如果说眺望白帆是我童年生活的主题，那么走近白帆便是我初为青年时的生活体验。我曾在散文《做纤夫的日子里》写下过那段难忘的经历。那段艰苦的生活经历不仅教会了我割麦、扬场、挑担，还教会了我拉纤、掌舵、扯帆。多少年以后，我在电视屏幕上看到有些舞蹈中的拉纤动作，情不自禁地直想发笑。演员们很认真地把纤绳背在肩上，装出很吃力的样子，这让从没拉过纤的人也许会相信那是在拉纤，其实那不是在拉纤，而是在拉石磙子。拉过纤的人就会知道，拉纤是把纤绳穿在用竹板或木板做成的纤板上，纤板由拉纤人放置在胸前，拉纤时双手可以自由摆动，这样拉纤走起长路来才能有耐力，才能坚持长久。

我也曾设身处地地想过，假如父亲在他的乡长职务上平步青云，也许我会成为一个令人讨厌的纨绔子弟。这并不是一个没有可能的假设，而是因为，我将会与当年艰难困苦的教诲失之交臂，从而又将会成为我人生难以弥补的遗憾。

从淮阴师专毕业后，我曾在家乡城头中学任教，校园就在古汴河岸边1华里处，那时还常常能看到往来如画的白帆穿梭不息。倘若要到县城参加什么活动，便可以骑上自行车沿汴河大堤北行，一路陪伴着我的就是那飘然不群的船帆。一次我和王清平陪淮阴好友王耀明游览洪泽湖，表哥蒋建俊执篙一直把我们送到大湖的纵深处。那天我们美美地欣赏到了家乡洪泽湖上的帆影：水面茫茫一望无际，成队成阵的船帆自身边漂过，轻盈潇洒如在空中。鱼鸥陪伴着白帆嬉戏，绿浪推动着木船前行，那情景大有群帆远影碧空尽之势。如今，那水涨风满的船帆早已被轰隆隆的机船声所取代，美丽的白帆只能永远地留在家乡父老的记忆之中了。

告别白帆，是告别一种美丽，也是告别一种文明。

载于 2014 年第 3 期《楚苑》

看　雪

想美美地看上一场雪，却又事与愿违，去年冬天苏北始终不落雪，于是，我只好欣赏起记忆中的雪来。

童年不知赏雪为何事，只记得那时家乡冬日多雪，且多为大雪。雪落在黄淮大平原上，把远近的村庄都染白了，十足的一望无际。1尺多厚的积雪严严地覆盖着土地与田间的麦苗，也覆盖着一个即将来临的春天。

夏天是女孩子的季节，而雪天则是我们男孩子的节日。堆雪人打雪仗自然是家常便饭，但那似乎有点庸俗了，我们的兴趣是从村内走向野外，去雪地上寻野兔、大雁或大鸨等动物。我们都穿着单薄的冬装，瞒着家人结伴向村外走去，脚下是深一脚浅一脚的雪被。在茫茫的雪地上，不时能见到一行行野兔的足印，那足印在美丽的雪景上又绘上了一道美丽的风景：每四个足印一组，像一朵朵不规则的梅花点，有规则地向远处延伸。野兔的足印不同于其他动物的足印，它的排列是前两个足印一前一后，后两个足印紧紧并列，这就很形象地说明，野兔快速行进时不是在跑，而是在跳。是野兔的足印给我们带来了希望，我们都循着一行行"梅花点"奔跑寻找，直跑得浑身热汗淋漓，仿佛野兔的身影与丰盛的晚餐就在眼前。狡兔三窟，古人早就总结出了兔子的性格特征。野兔比家兔更聪明伶俐，它善于将身体隐藏在积雪下面，借大雪来保护自己。聪明反被聪明误，它不会想到，正是它鼻孔呼出的热气在雪被上融化出的洞孔，暴露了自己的形迹。倘若有谁从有野兔呼吸洞眼的雪中挖出一只野兔，我们又会在欣喜中忌妒，在忌妒中欣喜。

雪片在记忆的天空中旋转着落下。家乡的雪花飘白了父亲的鬓发，也飘白了我的成长之路。我的家在洪泽湖边，距县城足有30多华里路程。12岁那年，我考取了县中，第一学年父亲不放心，总是放下手中的农活送我上学。春节过后，父亲背着棉被在冰天雪地中吃力地走，我背着书包在后面费力地赶。那场洪泽湖畔的春雪好像是老天特意为我们父子俩安排的似的，每行走一步都是那么艰难。那时家中买不起靴子，我们都穿着破旧的球鞋，连袜子也穿不起。钻进鞋子里的雪开始融化，我们的鞋子都湿透了，尽管北风迎面呼呼地吹，也阻不住我们的行程。送子上学，希望在心，父亲是不知疲倦的。后来，我才渐渐感觉到，十年寒窗，艰辛岂止在校园？一个学子的成功，流出的不仅仅是个人的心血与汗水。

我独立走上社会以后，又看了一场好雪。1991年冬天，我自安庆出差归来，正赶上飞雪弥漫的天气。当我痛饮热心的东道主为我们饯行的美酒时，安庆城已掩进天地茫茫的雪色之中。登上江汉号客轮，我心头依然暖暖的，所有的孤独感都在大雪中融化。有白雪与美酒壮行，人生历程中难得有这美的享受。不是吗？当年大诗人李白乘舟东下时，也未必能遇上这么好的雪景。

那次我确实是被雪景沉醉了。旅客们大都躺在卧铺上聊天或吃奶油饼干，我却独立在船舷上，手扶栏杆，时而极目远眺，时而低首沉吟。雪片自高天漫无边际地撒下，像蝴蝶，像纸片，又像深秋漫卷的芦花。雪落在甲板上，一片一片地堆积，又一片一片地融化；雪落在江水中，既无可奈何，而又悄无声息。两岸茫茫，时有山峰移过，却被雪片乱舞隐隐遮住了视线。我在看雪，雪亦在看我，情投意合，相看两不厌。眺望大江，更有飞雪助兴，也不枉我多少年的梦绕魂牵。整个旅途中，我在瑞雪的情影中寻找，我在李白的诗句中寻找：天门山，采石矶，凤凰台……家乡的雪亦将飘白我的鬓发，一年年，一年年。看雪是一个美妙的欣赏过程，雪落无声的日子，独自站立在家乡的小河边，让思绪在朔风瑞雪中飞翔，让目光在岁月的河床上穿梭。

雪山也有消融的时候，唯有记忆中的雪花永远不会融化。

载于2004年1月13日《宿迁日报》

2004年选入《古风杯·华夏作家网文学大赛优秀作品集》

听　雨

　　最是冷雨敲窗时，那份凄凉，如果相伴箫声的呜咽、雁声的哀婉，再加上独自听雨，那种孤独感定会让你承受不了。

　　听雨极讲究生活环境与个人的心境，此时此地决不同于彼时彼地，喜事爽你心志，悲伤痛你肺腑，即使你是个心胸豁达的人，也不能完全走出那种境界的束缚。

　　我第一次认真地听雨，是在故乡的茅草屋里。那是一个深秋之夜，窗外风声呼呼作响，夜雨敲打着破旧的房顶。母亲服侍父亲在公社医院治病，家中只剩下10余岁的我。那夜，我好孤独好孤独，父母不在身旁，我立时失去了依恋，一种难耐的寂寞笼罩住了我，独自在昏暗的油灯下听雨，既害怕又凄凉。寒雨像忧伤的淑女在抽泣，风声又像发怒的泼妇在呼号，风与雨一唱一和，似故意吓唬一颗幼稚的童心。我也一阵阵想哭，可在那夜深人静的雨夜，又哭给谁听呢？偌大一个世界，仿佛只剩下一个我。雨停了，但破旧的房顶几处漏雨，滴滴答答，雨点一声声滴在我的心上。我多么盼望父母能在风雨中归来啊！那夜，我隐隐约约地体味出人间什么叫忧愁。

　　初中刚毕业，生产队长便派我到洪泽湖边去放牛，其间，我又惊心动魄地听了一次雨。一天，我受命到河对岸去牵牛盘草。家乡人称用车在路上搬运物体为拉，称用杴（一种农具）在泥水中搬运草木为盘。湖边防洪大堤内的河水深不见底，我脱下衣裳，一手举衣，一手划水，凫到了对岸。湖边空旷无人，我好不容易在牛群中找到了我们生产队的牛。我高高兴兴地骑在牛背上向盘草地点赶去。还未到达目的地，老天便猛地下起了瓢泼大雨。我随着其他村砍草的人们，急忙到附近的庵棚中躲雨。雨前，大片乌云像骏马一样在天空疾驰，风起处，雨随之落下。雨点如柱击打在庵棚顶上，像千军万马的战场上骤然敲起了一阵阵战鼓。暴雨吞没了大地，吞没了庵门外的一切。天地连成一片，如浓烟烈雾，让你无心去想身边的其他事物，心中只有一个概念——雨。雷电也助纣为虐：惊雷在头顶上轰鸣，高峰时山崩地裂，如炮弹爆炸在玻璃堆中；闪电在空中亮成一根根曲折的树干，偶尔还凝聚成一个个火球在地面上疾速滚动。后来才听人说，我们放牛的那一带湖边洼地是多雷区，有不少人在雷击中丧命。这事至今想起还有点后怕。

　　大约是在上高中时吧，我读到了南宋诗人蒋捷的词作《虞美人》，当时总也体会不出作者那种身世浮沉的感伤心境。也许是因为身世的不同吧，时至今日，我依然找不到那种感觉，虽然，我也曾历经过和正历经着人世的不平。有时，看到雨水汇入河中，立刻又随河水东流，便隐约有一种流年似水之感油然而生。

　　21世纪的第二个春天，我站在自家的阳台上看雨。春雨如织，雨珠在明亮的玻璃窗上缓缓滑下，阳台之外，一片朦朦胧胧。街道上，走动着五颜六色的折叠伞，伞下覆盖着游子的归心和情人的私语。往来的马自达运载着下岗工人的渴望。春雨打湿了人类的希望，希望又被春雨浇灌出一片片绿意。我回想，我沉思，我感叹。和许多人一样，我深深地为当今腐败如阴雨连绵般的官场而忧虑，也衷心地为春雨后的万紫千红而祝福。

　　雨是大地的精魂。隔层层晶莹的雨帘，我似乎听到了时光匆匆的足音，似乎听到了故乡吱吱的拔节声。

2006年9月29日《淮阴日报》

卷　鱼

　　家乡是水乡，卷鱼是家乡人的传统活计。祖父卷过鱼，父亲卷过鱼，我也卷过鱼。连我自己也弄不明白，在家乡的诸多旧事中，为什么卷鱼是如此牵动我的记忆？

　　家乡人的捕鱼方法很多，而最笨拙的便是屏鱼与卷鱼。屏鱼是在岸边的沟塘中用木桶和瓷盆屏水，即所谓水干鱼尽；卷鱼则是在一望无际的浅滩湖水中借水草为掩体而捕鱼。卷鱼一般以麦收前后为最佳，原因有二：一是汛期天还没到来，湖水较浅；二是气温上升，人整日在水中干活不感到冷。卷鱼虽然不像扒河抬土和开山凿石那般出重体力，但其中的辛苦程度却不下于这两种活计。试想一下，从早发到暮归，人就没有一点休息的时间，而且身体要一直泡在水里，也许你会想到休息——坐一会儿或躺一会儿，可是身外到处是水，你能躺在哪儿，坐在何处？

　　我十几岁时，家乡非常贫穷。每当卷鱼时节一到，乡亲们为了弄点烟火油盐钱，便相互组合，到村西二里外的湖中卷鱼，向白水求财。组合一般以三四人或五六人为宜，也有 10 余人的，但人太多又不利于晚上的分红。卷鱼时用水草围成一个圆形的水域，从四周往里面一圈圈地卷。每片水域称"塘子"，每个塘子面积几亩或几十亩不等，视人力而定，人多面积可以大一些，人少面积可以小一些。塘子太小了，晚上回家分鱼就会太少，不仅分的财少，而且收获不如别人面子上也过不去。塘子太大了，一天又卷不完，晚上又会徒手而归。那时湖中鱼头厚密，乡亲们晚上回家分鱼，按人头平均分配，少则 10 余斤，多可达 100 多斤。第二天挑着鲜美肥硕的鱼上集市上去卖，真让一些懒汉们眼红。

我常与伙伴们到湖中卷鱼。因为卷鱼组合是很讲究对象的，一般男人与男人组合，妇女与妇女组合，儿童的组合对象当然只能是儿童。我们也和成人们一样，带上"独笼"（篓子）、篮子与镰刀等物，再带上几根木棍，卷鱼时将木棍往水中一插，脱下外衣和干粮系在木棍上预备午饭和晚上更衣，不然的话，在水中浸泡一天，挑鱼回家的路上，不换上干衣服，晚风送给的那份"冷罪"准让你受不了。

卷鱼中也有巧合，巧合得令人欣喜若狂。那次卷鱼的场景至今历历在目：开始，我们用镰刀一圈圈地将水草往中间拉；水"塘子"越来越缩小，塘坝也越来越厚，我们便用双手卷，最后合围时，我们又联合起来用肩膀抗。包围圈最小之时，就是塘定捉鱼之时，厚厚的草塘坝将大大小小的鱼儿围在不足 10 平方米的塘子里，你可以用手抓，用篮子戳（方言），对付大鱼还须用鱼叉去叉。那天，我正聚精会神地捉鱼，忽见一条几斤重的大鲤鱼猛地从草塘坝上跃了出去。我在惋惜难忍中也猛地从鱼塘坝上跃了过去，双手对准鲤鱼落水处猛地抓下去。世上就有这般巧事，我抓住了一条五六斤重的大黑鱼。

卷鱼又是件极残忍的事，捉鱼之后，大鱼们被挑到集市上卖钱了，而小鱼们则被呛死在草塘坝里，那死鱼漂浮的情景，又会让人于心不忍。

今年春还乡，与长了胡子的童年伙伴们谈起往事，方知村上人已经 10 多年不卷鱼了。他们还告诉我，村中原先有几个用木枪打獐鸡、野鸭的，如今也金盆洗手。我当时如有所悟地"哦"了一声。

乡亲们的环保意识增强了，这是我此次还乡最值得庆幸之事。

2008 年 11 月 20 日《宿迁晚报》

插　秧

　　历史上家乡人临水不种稻，原因是地处湖边洪水成患，涝不保收。我这里所指的"家乡"是个狭义的概念，仅仅是指古汴河与西溧河之间的洪泽湖边的低洼地区。祖辈父辈们习惯把汴河以东的岗丘地区称为东岗，把西溧河以西的岗丘地区称为西岗。那时家乡米贵如油，一日三餐以小麦、玉米、山芋及豆类为主，只有到逢年过节时，才由东、西岗植稻区的亲戚送点米过来，吃上几顿打打牙祭。

　　若从广义的概念上讲，家乡古为淮北，纯属水稻产区。大约早在明清时代，家乡人逢庙会或过大年时，便由各村编演龙灯、走旱船、花挑子等民间文艺节目，还有舞狮子和扭秧歌，由一群穿红着绿的小伙子、姑娘们涂脂粉抹口红潇潇洒洒地唱着：

　　　　淮北哎儿女哎爱唱秧歌哎，
　　　　歌声满湖又满坡，又满坡哎。
　　　　……

　　岁月如汴水东流，淮北秧歌唱了一年年、一代代。

　　1955 年，地方人民政府发动民工沿洪泽湖西岸筑起了防洪大堤，于是家乡才逐年摆脱洪水的侵害，淮北秧歌也从东西岗走进了溧河洼。

　　20 世纪 50 年代末，家乡方局部实行水稻改革。那时抽水用的是木制水车，有手摇、脚踏与风力带动的几种。稻改主要用风力水车，借助大自然之力来为人类造福。大风车鼓起圆形的扇叶，像船帆一样在空中转动，声音吱呀吱呀的像唱歌，然后带动地面上的水车呼呼呼呼地抽上水来。初种水稻，产量太低，那次稻改竟失败了，家乡人依旧一日三餐食小麦、玉米、豆类等杂粮。

家乡大面积种植水稻当在 20 世纪 70 年代初。那时村上已有一台柴油机抽水。随之，沿西溧河与老汴河边又相继建起了近 20 个电力排灌站。

淮北秧歌是甜的，而插秧却是苦的，苦在腰酸，苦在腿疼，苦在披星戴月。我高中毕业回生产队担任民兵连长，首要任务除了带民兵训练外，还要带领队里的姑娘们插秧，我成了当时名不副实的"铁姑娘队"队长。

插秧中有苦也有乐，比如甩开嗓子唱一唱秧歌，相互倾诉姑娘小伙子们心头的情愫。以歌传情，比那一声赤裸裸的"我爱你"要婉转许多。最让人忍俊不禁的是"泥秧门"，这早已成为家乡人的一种风俗，看起来比傣族的泼水节还要酷。每当某生产队或某一家的插秧结束那天，村人们都要聚在一起痛饮一场，而且白天插秧时还要闹一闹、乐一乐。当插秧的人们从四周向一起聚拢时，几个有心的便挖起田中的泥团，向自己所预定的对象掷去，于是得到的便是受到同样的还击，直到相互把对方涂抹得只剩下两只眨动的眼睛，各自才在庆贺胜利之中作罢。

古有"江南米苏北面"之说，如今大米也成了家乡人的主食。溧河洼人稻田养蟹，蟹塘中的大米属绿色无公害食品，蟹园牌优质粳米还成为家乡名特产，远销全国各地。水稻从无到有，从低产到高产，连同鲜美的螃蟹，为家乡赢得了"鱼米之乡"的美誉。

载于 2008 年 12 月 25 日《宿迁晚报》

新　居

每天都走过这条小巷，小巷的东尽头是我的新居。

最值得珍重的是 1993 年给我生活上的流离，不过范围极小——在县城。当年 5 月初告别顺河路张家小院，于旧历年前的祭灶日，又自江氏小楼迁进这青阳镇原体育路 1 号二轻宿舍。总算有个安身之所了，真应该感谢上帝。然而，面对被人类共同拥有的生活，我该记下点什么呢？

从县志办到二轻局，完成了我人生史上的又一次转折。回顾走过的路，读书、务农、从教、修志，自戏为人生的"四大里程碑"。做过牧童，做过纤夫，又是插秧手和"水利战士"，苦辣酸甜我心自知。如今，又要与下属企业打交道，无异于大姑娘坐轿——头一回。二轻局又称手管局，是第二轻工业局的简称，大概是因为手工业生产正被机器生产所取代，故更此名。3 年前曾擦身于手管局门前，手指门牌戏之曰："叫脚管局更好。"谁知上帝竟惩罚了我的轻浮，硬把我放到这个地方尝一尝味道。

时至今日，在县城弄一套房子，谈何容易？除非你是大亨，将钞票贴在脊背上财大气粗地炫耀。有幸到二轻局上班不久便赶上了房改，花了 4000 元钱买下了建筑面积 60 余平方米的小院。房屋虽旧，但对于我则受之足矣，因为我常常看到几位没定居朋友羡慕的目光。于是，我常常默默地独诵老杜诗句"安得广厦千万间"。儿时与草庐为伴，更兼几度随家迁徙，东西辗转，生活潦倒，穷困不堪。15 岁，始知世间有刷牙之事。20 岁乃独撑门户，历经诸多艰难，建造草舍 3 间，惜老屋已于前年坍塌于风雨之中。老父早逝，物不在，人

寻不到的故乡
Xun Bu Dao De Gu Xiang

亦非，仅余宅树几十株，伴故乡沧桑风雨。忆旧事，珠泪落，常为苦难而诅咒，但又须感谢苦难，因为苦难是我的益友良师。

近几年县城房价猛涨，土地如金。握钱者得房易，无钱者居之难。像我这等刚释教鞭的农家子弟，能有此一片净土，心愿足矣。

新居有房4间，做饭、就寝、置物、会客，各有其所。饭为家常饭、衣为普通衣，家用电器虽大都置备，但档次较低，追不上流行色，攀不上富贵亲，比上不足，较下有余。唯藏书数千册，每每称富，昼可饱我饥渴，夜可共我枕衾。不管它官痞虞诈巧取，民痞作奸犯科，我依然读圣贤书，作君子乐。旧砖陈瓦，来客甚多，常为忙而忧，亦常为累而喜。来者多为亲族文友，或促膝小忆旧事，或酒后高言阔论，谈社会，论人生，磋文字，抒不平。偶有高朋自远方来，顿使小院蓬荜增辉。

院内分田四方，小不可言，植树、栽花、种菜、点瓜。自食其力中常自我陶醉，田园风光中寓庶民之乐。曾为诗曰："红罢小桃石榴艳，无花果坠葡萄来。迎春唱罢月季笑，菊白瓜黄各自开。"

购房有幸，迁居匆匆，时在1993年民间祭灶节之夕。朝去暮来，就这般厮守着一个糊糊涂涂的人生。也许，清醒便在这糊涂间潜迹藏形。五尺微躯，一介布衣，欲忧国而无缘忧国，欲忧民而不能忧民，更不敢回首那大半个世纪的烟雨风云。

小院不在红尘之外，新居闪烁人间烟火。时闻李某运气大发，拥钱百万，而我则无动于衷，就这般平平淡淡地闲看雁去燕来，就这般忙忙碌碌地相伴万家灯火。感谢新居，给了我生活的心安理得；感谢新居，给了我知足常乐的恬淡平静。

多么想借新居这人世一隅，磨一身宏图之志，悟一种人生高境。同窗张崇德去岁赠我书法一幅——"宁静致远，淡泊明志"，伴我年年月月的充实和欢乐。

2005年编入散文集《乡路弯弯》

老　井

　　故乡是游子的根，老井是故乡的根。谁也说不清是先有故乡，还是先有故乡村头的那口老井。

　　记得我很小的时候，老井就是那副模样，它像一头老牛一样静卧在那里，一脸漠然，面对八方来风，面对酷夏严寒。已数不清老井的年轮了。父亲说，他小的时候，老井就是那副模样。父亲的父亲说，他小的时候，老井也就是那副模样。

　　人之称老，凭的是年轮与皱纹；井之称老，凭的是岁月与沧桑。故乡村头的那口老井，水下古砖上那层层青苔与井口石台上那道道绳印，就是它的资历。

　　家乡地处洪泽湖边、古汴河西岸，地势低洼，洪水泛滥成灾年复一年。听老人们说，原先，这里本无村庄，待冬天洪水退落后，有勇敢者不远千里迁徙至此，先用两个肩膀挑土，在平地上垫起高高的台形宅基，然后筑土为墙，苫草为顶，盖起了泥草房定居。因此，这里的村庄大都取名为"台"，高氏建村地点即为"高台"，胡姓建村地点即为"胡台"，我们莫台村的村名就是这么来的。仅仅解决住的问题还不行，还得解决吃的问题，吃饭的基本要素就是水。祖先们又动起了脑筋，在地上挖一个很深的土塘，又买来砖头与石块，一层层地砌起来，四周填土，中间留下圆圆的井口，水随井生，从地下泉眼中生出的水甜润而又清洁。当然，井台也要垫得高高的，不然就会被泛滥的洪水淹没井口。

　　老井哺育了我们村一代代人——祖父的血管中有它的乳汁，父亲的细胞中有它的养分，那清澈如镜的水面，有我顽皮的身影。童年，我和小伙伴们打猪草归来，便用绳子系上酒瓶子在老井中打水喝，看谁喝得多，看谁能一口气把一瓶子水喝下去。完了，我们又互相用瓶子里的水洒向对方，打水仗玩。老井不动声色地摄下我们的笑容，录下我们的笑声。

我长大以后，便和家乡的父老兄弟一样，用亲身经历与切身感受去诠释唐代诗人"汗滴禾下土"的诗句。那时生产队出工是统一行动，在队长的铃声中上工，又在队长的口令中下工。夏日里，炎炎烈日直往地上泼火。由于农民的行业所局限，我们只得在如火的烈日下锄田、拔秧草或打玉米叶。打玉米叶那份罪最不好受，偌大一片玉米地就像一个大蒸笼，不透一丝风，没有亲历过的人绝对体会不出那种滋味。我们右手打玉米叶，左胳膊抱着玉米叶，天和地都被阳光连成一体，闷得让你透不过气来。还有，锋如刀刃般的玉米叶，不留意便会划破你的手臂。更有汗水助纣为虐，不停地浸入伤口处，疼得让你直想流泪，像针扎，像虫咬，又像是被钳子拧破皮肉。当我们还在田中打玉米叶时，队长便派人回村，挑来了两桶清凉的老井水。一趟玉米叶打到头，我们才能见到清风、喝上井水，此时每个人都来个猛喝，让那份唯一的享受去驱赶炎热和疼痛。啊，那清凉而甜润的故乡的老井水。

父亲告诉过我，在革命战争年代里，老井曾救过他的命。那时，父亲是中共领导下的洪泽湖西岸陶滩武工队队员。一个月黑之夜，他在回到村上执行任务时被敌人追赶，情急之中，父亲跑到老井边，他不慌不忙地顺着村人淘井时在砖石缝上踩下的不规则的脚蹬，潜伏在井中。当敌人慌乱地追向远方时，父亲又从井里爬了上来，大大方方地回到了武工队驻地，从而胜利地完成了那次侦察任务。是那口曾朝夕相伴的老井，使他躲过了一场劫难。

经过农村艰苦生活的磨炼，后来我终于考取了高校。就在我赴县城参加高考的那个早上，我带上了母亲用故乡老井水煮出的鸡蛋。当我拿着录取通知书走进校园时，当我拿着一张毕业文凭走上工作岗位时，目送我的都是父老乡亲与村头的老井。工作在外，我常常在睡梦中见到老井。去年，我让在市环保局工作的侄儿爱青，回家给我带一瓶老井水来。令我失望的是，老井已封存，村里已经使用上了自来水。

老井是该"退休"了，但令我遗憾的是：我再也喝不上故乡的老井水了。因为，走遍四面八方，哪里的水都没有故乡村头的那眼老井水清甜。

2005 年编入散文集《乡路弯弯》

小 油 灯

　　还是在 20 世纪 80 年代，我写过一篇题为《故乡的灯》的散文，刊载在《淮阴日报》上，那是写莫台村通电时状况的；时隔近 30 年，我坐在电脑前用键盘敲击这篇散文，写的是往事，可谓万千感慨涌于心头。

　　在人类漫长的旅程中，曾经是一盏盏小油灯划破那一个个孤寂的夜晚，给贫瘠的乡村带来星星般光明。不知是哪位作家用"油灯如豆"来形容当年那乡村的灯光，只有豆粒那么丁点大的灯火，却相伴乡村一代代人的生息繁衍，多么微小而又伟大的灯光啊！毋庸置疑，那灯光下也曾经走出过一个个文学家、艺术家与科学家。乡村那如豆的灯光与后来城市的华灯初上以及霓虹闪烁形成了巨大的落差，我在这巨大的落差中寻找着，寻找那不堪回首的往事，同时也在寻找我童年丢失的梦想。

　　听老一辈人说，家乡人在没使用煤油之前，点的是麻油灯，也叫素油灯。至于"故烧高烛照红装"诗句中用来比喻的蜡烛，我想那当是富人家使用的，穷人家大都只能望烛兴叹。记得我们家使用蜡烛是在后来我工作以后，有时突然停电，家中只好买一些蜡烛来应急。我对蜡烛的记忆线是那么短暂，而对油灯的记忆线却是那么漫长。

　　我之所以名之以小油灯，不仅因为它所发出来的光亮微小，而且因为它的体积也小得不堪入眼。那时农家通常点的油灯大都是学生使用过的墨水瓶，小小的口，圆圆的底，口上是旧铁皮土制成的灯管，中间穿过用棉花捻成的灯芯。使用时将空墨水瓶里倒进煤油再点上火就行了。那时的煤油被家乡人称为

"洋油"，就像人们把火柴称为"洋火"，把香烟称为"洋烟"一样。

我的童年大都是在小油灯昏黄的光晕中度过的，直到考取县中时，才享用到了昼思夜想的电灯。在我幼小的心灵里，"楼上楼下，电灯电话"是父亲那一代人的梦想，也是我们这代人早年的梦想。初中毕业后，我又回到了被命运定格在乡村的家，相伴我一个个寂寞的夜晚的依然是那一盏泛出昏黄光晕的小油灯。

乡村的夜晚有明月当头时，也有月黑不堪时，加上文化生活的极度匮乏，已经过了玩耍期的我除了寂寞还是寂寞。我那时驱除寂寞最好的方法就是读书，而伴着我长夜苦读的就是那盏我亲手做成的小油灯。正是"破四旧"最严酷的那年，许多书籍都成了戴着"封资修"高帽的"政治逃犯"。即使在那种环境下，头脑清醒的人还在，良知未泯的人还在，渴望读书的人还在，而我就是那渴望读书的人中的一分子。我当时也不知道为什么要读书与为什么读书，只知道读书是我人生的需要，正是有一种求知的饥渴感在怂恿着我，才使我在一天的繁重体力劳动之余，晚饭后坐在油灯下，认认真真地读我所喜欢的书。书从哪里来？主要是从同学与朋友圈子中借，借来了就要抓紧时间看，看完了就还。借书时我才知道，是当时还有不少人冒着政治灾难的危险，才让一本本知识厚重的书籍"虎口余生"。那时与我读书交往甚密的有同在县中上学的族侄孙广连，还有相邻顾台村的杜广忠等人。

1973 年，我到芦沟公社大江村亲戚许尔亭家挑运粮食，晚上休息时发现床头放着一本长篇小说《多浪河边》，想借走又不好意思说，于是就在异村的油灯下，我一夜囫囵吞枣地将全书读完。那时我的体力与精力都很充沛，第二天，我照样挑着百多斤粮食，穿越 30 多华里的乡间土路，一路挥汗回到了莫台村。

春种夏锄秋收冬藏，这是农家世世代代的作息制度，年年代代，代代年年。每当秋收完备时，公社兴修水利的任务就到了。种不完的庄稼扒不完的河，那时的河工任务太多也太苦，好在凡是上河堤的民工都有一个好听的名字——水利战士。我高中毕业回乡担任生产队民兵连长，这在当时是个典型出苦力的"官"，夏天带领民兵参加拉练，经常半夜三更听到号声就起床，跑上几十里路再回家下地干农活；冬天还要带领民工"战斗"在水利工地上。白天汗流浃背地抬土，晚上全队男男女女几十口睡在一个临时搭起的大庵棚里，共同点一盏小油灯。所不同的是，我在家看书点的是"私油"，扒河用的却是"公油"，就是用生产队公款买来的煤油点灯。

我平时爱看书，这是队里人大都知道的，没想这却给我带来了麻烦。河工上白天的时间好打发，出苦力就行了，晚上大家伙在一起就人多嘴杂，你一言我一语说个不休。后来就有几位年长一些的叔伯们指定叫我讲故事，说是在故事的情节中好睡觉。我最怕拒绝别人，就把自己阅读的那些书中的故事讲给他们听，以打发一天劳累后的时间，也是填补大家的精神生活所需。先讲古典小说《水浒传》《西游记》《三国演义》，后又讲现代小说《红岩》《三家巷》《林海雪原》《铁道游击队》等。有一次，我讲冯德英的长篇小说《迎春花》，讲到书中有个二流子叫江任保，他在夜晚偷庄稼时困了，便让人高马大的老婆把他连赃物一起挑回家。讲到这里，我忽然发现大家都笑了，回味一下才知道，原来是因为我们队有个副队长叫蒋正保，他与故事中的人名谐音，恰巧也有一个身材较高大的老婆。于是我也被大家逗笑了，笑声飘进深不可测的夜空，与我们共同欢笑取乐的，还有挂在灶台边的那盏即将耗尽灯油的小油灯。

在春风唤绿的夜晚，队里的农技员常常把马灯挂在麦田里，那茫茫春夜中的灯光会引来成群结队的飞蛾前来展示、前来观光。在利欲的诱惑下，连人都会上当受骗；在光亮的诱引下，飞蛾扑火那当是必然之事。我在散文《扫盲班的灯光》里，曾经写过油灯的故事。那也许是扫盲班的学员们受到农技员的启发，便将空酒瓶子上半截用火绳子锯掉，下半截套在墨水瓶做的小油灯上，这样手提着灯在上下学的路上走，油灯就不会被风吹灭。不知是谁，还风趣地把这种小提灯取名为"气死风"。

家乡的小油灯旁，有母亲慈祥而辛勤的身影：那是寒夜母亲为上小学的我烤棉鞋，那是母亲为扒河归来的我补上衣，那是母亲为准备相亲的我赶做千层底布鞋……也就是在家乡的那盏油灯旁，母亲的两鬓生出了白发，母亲的额头长出了皱纹。

全国高考制度的恢复是在 1977 年，我因故第二年才参加高考。我高考考试是在县城悬挂着日光灯的教室里，我复习迎考却是在乡村茅草房中昏暗的油灯下。我终于考取了高校，是小油灯引着我走出那片狭小的天地，是小油灯改变了我人生的命运。

20世纪80年代中后期，家乡的水村全部通上了电灯，那映照夜空的光线在无声地宣告：油灯的时代已经一去不返了。但是，我们又不能忘记，正是家乡的小油灯才把乡村生活引进了今天的大世界。

写于2016年6月

花 园 口

　　我笔下所写的花园口，不是中国现代史上与黄河密切相关的那个灾难的代名词，而是泗洪县城的地标，也曾是全县上百万人心灵的故乡。

　　20世纪50年代，是新中国开创之始，也是泗洪县建县之初。一个多么响亮的地理名词，一个多么美丽的地标！从无到有，泗洪县是在古泗州本土上崛起的后起之秀；一元复始，花园口是一座城市数十年历史的见证物。泗洪，建县于1949年4月，恰好与中华人民共和国同龄，县名取古泗州的"泗"，与洪泽湖的"洪"合之而成，既有历史文化的神韵，又有大湖母亲的通灵。初属安徽省辖，1955年划属江苏省。大约是在20世纪50年代后期，开国领袖毛泽东在呼风唤雨之中说出了一句话，"不是东风压倒西风，便是西风压倒东风"，于是东风便成了革命陈营的代称和吉祥的象征。泗洪县人民政府设在青阳镇，原古镇位于汴水之东、濉河之南，泗洪建县以后，镇中心始逐步南移。应时而命名的东风路大街四通八达，花园口位于东风路的中间，因当初在十字路口的交汇处植花园而得名，花园虽不大，而名气却很大，至今仍在全县几代人心头烙下了深深的印记。

　　建县不久，县人便有了一个口号式的奋斗目标："楼上楼下，电灯电话。"为了这八个字目标，泗洪全县几代人付出了不可数计的心血和汗水。那时的县城只有3座楼，一是在花园南侧的东风饭店二层小楼，二是花园口西侧200米处的县邮电局二层小楼，三是花园东南500米处县人民医院的三层住院楼，后者也可以说是泗洪县城的地标。说是楼，也许会被今天的后生们笑话，但在当时县民的心中已经很了不起了。因为，在那战乱结束后的经济恢复时期，坐落在世世代代人期盼中的3座楼房，当是泗洪人民敬献给新中国的丰厚礼品。

花园口没经历过战争年代的腥风血雨，却历经了和平年代的一场场政治风雨；花园口没有见到过苦难，但却目睹过贫穷。从抗美援朝保家卫国，到"三反""五反"运动，从农业合作社的兴起，到人民公社化运动，从社会主义教育运动，到史无前例的"文化大革命"，从改革开放的滚滚洪流，到建设社会主义新农村的新时代，花园口见证了父老乡亲的悲欢离合，也听到了当年那疯狂的政治口号声，花园口见证了生活的坎坎坷坷，也见证了家乡脱贫致富的脚印。至今犹记，那一片片栉风沐雨的绿叶，那一个个含苞待放的蓓蕾，那一朵朵临风绽开的花朵，点缀着家乡的春夏秋冬。

我心中的第一瓣文学幼芽便萌发在花园口。记得10岁那年夏天，我随父亲到县城大姐家小住几日。一天吃午饭时，大姐一家人久等我不回，急得他们四处寻找，最后还是在花园口东北角的连环画书摊上找到了我。原来是我看连环画入了迷，便利用自己平时积攒的两角钱硬币，一个人坐在书摊边看1分钱4本的连环画。就是在那短暂的几天时间里，《水浒传》《岳飞传》《三国演义》等一套一套的画册，几乎被我翻了个遍，如饥似渴，当年我竟是那般入情入境。那是一个乡村孩子一次最为难得的"补课"机会，也就是在那一年的暑假，我与文艺女神第一次握手在苏北的汴河岸边。

几年以后，当年摆书摊的地方也建起了三层小楼，那便是全县唯一的文化馆所在地。1977年冬，我又第一次在那座三层小楼上参加了全县文学创作培训班，那也许就是我人生第一个文学梦的开始。20世纪80年代初，县文化馆办了个文艺小报《泗虹》，我的第一篇文学作品就发表在那个不起眼的小报上。今天，当我200余万字的作品变成铅字时，我心悦诚服地说：《泗虹》小报是我文学的摇篮。那时各地组建文学社蔚然成风，我与王清平在城头中学组织了湖柳文学社，我们也常常利用星期日骑单车到县文化馆参加各项文学活动。当我一次次站在县文化馆的阳台上深情地打量着花园口时，便会产生一种难以言传的亲切之感。

花园口还是我人生友谊的见证。1991年夏，我从城头中学借调进县城，是年祭灶节，因不是周末我不能回家团聚。在县广电局工作的好友江士伦见我孤独无绪，特邀我到他家过节，他就住在县文化馆宿舍楼四楼。那晚我们举杯对饮，几道小菜，一瓶双沟酒，窗外虽是天寒地冻，但我心中却暖融融的。临窗可见到花园口闪烁的霓虹，像一双双为友情而祝福的眼睛。这情境不禁使我产生联想：这世界上最大的孤独者就是那些缺少真实感情的人。

进入21世纪，泗洪县城建设突飞猛进，不仅城区长"大"了，而且楼房也长高了，到处楼群林立，红绿灯纵横，来来往往的公交车用它的载客量在证实着城市的重量。历史上的青阳镇竟在10年间悄然不见了，代之而起的已是一座现代化的新城。令人遗憾的是，与家乡父老情牵梦绕的花园口也在人们的视野中"消失了"。原来的东风东西路改成了泗州大街，东风南北路更名为人民路。奇怪的是，人们依然把那段十字街心称为花园口，不仅公交车站台这么标着，而且在几代泗洪人的心中烙着，挥之不去，招之即来。

海可枯，山可移，永远不会干涸的是人类的感情之海，永远搬移不动的是人类的感情之山。这又是一种文化情结，在上百万泗洪人的意念中，花园口已经成为一种文化，而唯有人类巨大的文化力才能产生永恒的亲和力。新落成的高楼一幢连一幢，还有几幢高达30多层的大楼也已破土动工。对于这些，人们似乎已司空见惯，并且不大在意，而一个已经失去了花园的花园口，却成了泗洪人心海上的一艘永不沉没的情感之舟。

载于2012年2月8日《宿迁晚报》

西　大　沟

　　记忆是人类的画廊，失去了它，所有的人都不可能重温昔日的美丽。

　　在我的记忆中，莫台村原有四条沟，一是莫氏宗族最早的根据地圩里与后台四周的老圩沟，二是草坊到前台门前的南沟，三是前台与沟西台中间的西大沟，四是沟西台门前的圩沟。儿时，我们将成人统称为"大人"，也把圩沟俗称为"大沟"，因为在一颗颗童心中，那二三丈宽的圩沟就觉得好大好宽。正所谓：未经世面，不知江海之阔；未出远门，不知世界之大。

　　西大沟实际上是一个长方形的大池塘，南有引沟可与沟西台门前的圩沟相连，北有源流可汇入村后的小河——卫沟，再由卫沟注入西溧河。十几年前，我曾写过一首诗，题为《西溧河之歌》，主题是歌颂家乡一位英雄少年，如今，那少年已经远去，西溧河之水却年年长流。难怪孔子云：逝者如斯。

　　1960年春天，我家自石集迁回莫台村，就在前台原小学校舍的西山头搭山墙建了三间草房。1973年，老屋破旧不经风雨，又在西大沟南面重建了3间房屋，依旧是土墙草苫，房前栽椿柳，房后植桑榆，那便是我高中毕业回乡务农时的旧居。年年庭前燕，日日见炊烟，不亦乐乎？那春天时的对对归燕，那晚风中的袅袅炊烟，还有西大沟的落霞余晖，至今仍铭刻在我的记忆深处。

　　我的童年属于西大沟以及紧邻沟边的老井。从拎菜篮的孩子到抬大土的汉子，从提水罐的儿童到挑水桶的小伙，沟边不知留下了我多少脚印。然而，在童年的往事里，身影最多的还是顽皮，因为顽皮是儿童的天性。那时，我与小伙伴们最喜欢踢毽子与打老球。踢毽子大都是在门前的空阔地上，西大沟的南面紧靠第四生产队的队屋，在宽阔的打谷场上踢毽子还真有点天马行空的感觉。打老球一般选择在打谷场上或学校门前的小操场上，一旦到了冬天，西大沟上严严地结了一层冰冻，我们有时便脱下棉袄在冰上活动，奔跑抢球时，一不小心便会摔个大跟头，有时头上还会被硬硬的冰面撞出个大疙瘩。在冰上打球，跑起来像滑冰运动员，而打起球来又像是曲棍球运动员。所谓的"老球"子，不过是木棍锯成的圆柱形小木块，球棍下端须弯曲些，否则便不能带球和打准球。打老球是民间的俗称，多少年后看世界运动会才知，我们那时所打的老球，就近似于今天的曲棍球，这种运动是从父辈们的手中传过来的，至于曲棍球什么时候传到这洪泽湖边偏僻的水乡，那便不得而知了。

人类的感觉有时是那么奇妙，像西大沟水面结了那么厚冰的现象，今天已经极少见了。当年气候是那么寒冷，我们身上的衣服单薄，却并不感觉到冷；如今整个地球的气温普遍增高了，而每到交冬数九的时候，我们却感到很冷很冷了。

西大沟中长了一些水草，有的水草还开着芬芳的小花。沟边长着一片片芦苇，我们常常赤足到其中寻找鸟蛋。深秋的芦花开放，像柳絮，也像雪片，让一片片轻盈的身影飘落在水面。西大沟是我们男孩子的浴池，同时又是村姑们的梳妆镜，那时村上户户家贫如洗，姑娘们连一面镜子都买不起。清晨起来，对着明镜般的池水梳妆，那画面真还有仙女落凡时的意境。

西大沟也帮助我们做过假，那是在我和小伙伴们下湖薅猪菜之时。每次到田野里，我们先是大忙一阵子，当薅了半篮或大半篮子野菜时，我们便开始玩了起来。童心很天真，也很幼稚，谁知我们一玩便玩到了正午。半篮野菜回家怎么向母亲交差呢？于是我们便动了脑筋，走到西大沟边，大家便停了下来，不约而同地把菜篮子放进水中。被太阳晒蔫了的野菜，经水一泡，便很快地蓬松起来，再经我们的小手松动，貌似满篮子的样子。回到家，母亲们自然心里有数，知道这是在忽悠她们，也不打骂我们，大都是鼓励下次多薅一些。儿童的心理就是这么简单，常常会掩耳盗铃般去推测成人的心理。

往事如饴，很甜很甜；往事如烟，渐行渐远。人到中年，乡情甚切，每次还乡，我大都伫立于西大沟的东岸，凝视它那因堵塞而混浊的水面。我在寻找一个佝偻的身影，那便是外婆的身影。那是一个和煦的春天，父母外出未归，外婆领着我来到西大沟边，她手中拿着一个高粱秸编的小匾子（俗称小鳖盖），打起裤腿在水中舀青蛙籽。中午回家，她把青蛙籽洗净倒在锅中，没有油，只放点盐，这便是我们祖孙俩的一顿"美餐"。如今那个喝青蛙籽充饥的岁月已经一去不返了，外婆也早已离开了人世，但当年的往事却历历在目，不容忘记。

徘徊在沟边，我又想起了童年的小伙伴们，他们也大都华发增生，其中有的已远嫁他乡，还有的不幸英年早逝，西大沟也似乎不是旧时的模样了，它与岸边废弃不用的老井在孤独与寂寞之中相依为命。

早年的西大沟之所以清澈，那是因为它流向大河大湖；今天的西大沟一天天干涸，又是因为它隔绝了江河大湖的浩瀚与磅礴。

载于 2011 年 7 月 15 日《宿迁晚报》

后 大 墩

后大墩的名字有两层含义：从方位上说，它在莫台村后；从地形上说，它是高于四周地面的大土墩。

在我幼小的记忆中，莫台村大致分为几个部分，从东往西排，即小圩外、圩里、后台、草坊、前台、后大墩与沟西台。相传，元朝末年天下大乱，莫氏家族的先祖为避战乱，而从河北莫州镇迁居到洪泽湖西岸。那时的洪泽湖没有现在这么大，因湖边地势低洼与土匪出没，湖畔居民须做两件大事：一是起土垫台，方可建屋而居，这是为了防水灾；二是开挖圩沟，水深沟阔，这是为了防匪患。

相传，先人在开挖圩沟之时，遇上了刘伯温前来捣乱，他趁人们回家吃午饭之机，便偷偷地用铁锹往沟底一铲，地下立即涌出血来。原来，这后大墩的下面潜伏着一条卧龙，龙体被铲伤了，那条卧龙疼痛一惊，猛地从地下窜走了，从此莫台村的风水就给破坏了。那条卧龙跑到 10 里外的柳山村又伏了下来，后来柳山就长出了一座山，而莫台村的后大墩依然还是一个大土墩，年年如是，不增也不减。

20 世纪 50 年代，莫台村第一次办学，校址就选在后大墩，3 间茅草房为村中培养出了几十个读书人。我想，当年那个主张办学的人，无愧是村中的圣人。几年后，村中人又出资在前台盖了 6 间砖打腿草苫顶的校舍，5 间做教室，1 间做办公室，一、二年级合班，三、四年级合班上课，泥土垒砌的课桌，自带小板凳，这便是莫台村开天辟地的第一所初级小学。后大墩虽然被读书声冷落了，但它又被改成了第三生产队的队屋与打谷场。直到我的父亲任生产队长时，才将队屋与打谷场迁到了村前。后来，父亲因脾气不好而被免去了队长职务，他曾利用后大墩土肥水近的资源，在这片仅有四五亩的土地上种蔬菜，那一年，瓜果飘香。至今，村中一些中年以上的人还依稀记得，当年成为全县致富样板队的莫台第三生产队，不仅麦粒壮、山芋大，而且萝卜粗、菜蔬美。后大墩的上空荡漾着丰收的欢乐。

听老人们说，后大墩又名"后大灯"，是因为与一个灯的故事有关。大概是在80年前吧，莫台村兴过集，曾一度取名为三河集，这是因为三岔河而得名，因村北有卫沟西流入溧河，南北东三水相汇。莫台村临水而居，且人过千口，为当地大村之一，村民世代务农。就在那个时候，村上出了一家用船户，南行江淮，北走黄河，其走南闯北的经历，一次次为偏僻的水村吹来了文明之风。那个用船户每次夜间归来，月黑之夜，总有一个火团在他的前面引路，而每次到达后大墩时，火团便自行消失。船户经常出外，视野阔、见识多，一个夜里，他悄悄地在灯火消失处做了个记号。第二天，他带来工具，在做记号的地方挖呀挖，竟挖到了一盏金灯。这便是后大墩又一个名字的来历。世上再聪明的人也有失误的时候，后来，那个船户把那盏金灯带到扬州去问价，没想到在一家金店中了店主的掉包之计，生意未成，他却带回来一盏假灯。村上的知情人都埋怨他丢掉了族中的传家宝。

早年，后大墩近旁住了4户人家，那小日子过得还不错。族中有一位长者，他一次无意中说了这样一句话：你们胆子真不小，能经得住灯头火烤吗？也许是说者无心，而听者却有意，不久，那4户人家都先后迁走了。此事真让人难以理解，经过两千多年封建迷信思想感染影响过的村民们，宁信其有，不信其无，他们都有一个共同的心理：认命。

后大墩三面临水，唯南面与村庄相连。莫台村是个水村，村中大人小孩子都识水性，儿时听说，村上一位族兄能肩扛一大笆斗粮食而凭两只脚就可以泅渡飞流湍急的淮河。自小耳濡目染，就是在后大墩北邻的小河中，我学会了游泳，并且一次次地敢于向深水挑战，以致在一望无垠的大海边，也敢到风口浪尖上去试一试。一个见过大江大海的人，不会忘记他家乡的池塘，正如我不会忘记母亲般的后大墩，是她教会了我人生的第一步路。

考取县中的那年暑假，我在后大墩西边的沟边玩耍，恰巧捉到了一条斤把重的鱼。拿回家后母亲没舍得吃，她把鱼给腌制晒干，再用油盐烧制好，让我带到学校吃。当我吃到那香喷喷的鱼肉时，便想起了后大墩及她的馈赠。

那是新中国成立后的第二年吧，地方人民政府决定，从洪泽湖边的居民中，迁移一部分到皖西霍山县定居。那是一次地方性的大移民，父亲就在那批移民之列，他与母亲含泪离家之时，为他们依依送别的便是后大墩。那时村人出远行，大都乘船，后大墩是许多村人走向三岔河口的必经之地。父亲在移民期间，常常站立在山头上远望，他心中始终揣着一盏灯，那是后大墩的乡灯，夜夜照着他的乡心、乡梦与乡情。一年后，移民们大都因水土不服而陆续归来，父亲在归来之前也患了一场病，医生说：那叫思乡病。

1976年春天，我已高中毕业回乡务农。当时流行着一个谣传，说是洪泽湖西岸的城头、石集等几个公社，将成为蓄水库，这个地区的所有居民将迁往大别山区，那将是家乡历史上的第二次移民。听到谣传后，我竟信以为真。一天，我收工时走到后大墩，只觉得心里酸酸的，想到自己即将告别家乡的一草一木，我竟抱住一棵白杨树而潸然泪下。谣传渐渐过去了，我的一颗悬着的心也才渐渐归于平静。

我每次还乡，只要有时间，我都要到后大墩去走一走、看一看，尽管她今天显得非常冷清。村中的草房都变成了瓦房，村民们也一批批地外出打工赚钱。历经洪泽湖畔的风雨沧桑，不知后大墩是感慨万千，还是痛定思痛。如今，后大墩已经成了一片废墟。它在深情地回忆着往事，也在执着地守望着明天。

载于 2011 年 4 月 22 日《宿迁日报》

枣 红 马

我的心依然为故乡那匹枣红马而沉重。

那是我们村中唯一的一匹马，高大的身材，宽厚的背脊，紫红的鬃毛，粗壮的四蹄。它鸣叫时，长鬃倒竖，令人畏而远之。那非同一般的嘶鸣，如鼓如号，声震云天。当年，我与小伙伴们对枣红马每每仰视其姿、竦听其鸣。听成人们说，枣红马四岁口正当年。刚买回来时，它因人地两生而性情暴怒，村里人大都不敢骑在它的背上。好多年轻的汉子不服气，轮番试一试，结果不是捂着屁股跑开，就是摔在路边一时爬不起身来。有个绰号"大炮队"的族兄，曾在陈毅部队当过骑兵。那日，他趁枣红马不介意，便凭着娴熟的骑技，一跃蹿上了马背。枣红马见状，便竖起前蹄猛地直立起来。"大炮队"紧紧地抓住马鬃，双腿稳稳地夹住马腹。枣红马见摔他不下，便就地卧倒，连连在地上打滚。"大炮队"又极敏捷地伏在马腹下，等马站起时，他又随之翻身坐在马背上。枣红马终于服了，但它只听"大炮队"一个人的使唤。

童年的我喜欢捉云雀。其方法是：用马尾毛打好活扣子，偷偷地拴在云雀窝门前的粗草根上，当云雀归巢时，一般都能扣得住。可是，取马尾毛倒成了一大难题。伙伴们慑于枣红马的威风凛凛，不敢冒犯，总是怂恿我去马尾拔毛。我那时初生牛犊不怕虎，一次悄悄靠近马的身后，迅速地拔下一绺尾毛便跑。枣红马扬蹄欲踢，疾转头发现是一个七八岁的小孩，突然收住了后蹄，发出异常温情的轻鸣，定定地望着我，投过慈祥的目光。我的心忽地涌过愧意，从此不再去侵害它。

枣红马规规矩矩地为村里拉了几年车，既勤快又听话，做活一个顶仨。后来，族兄"大炮队"不知因何事被打成了"八种人"，无缘再与马为伴。枣红马的生活中像失去了什么，一度没精打采之后重犯前"科"，村里再没有人能制服它。有几次它竟把满载的粪车拉进了路旁的深沟里。因此，枣红马被村人视为"废物"，整天被拴在马槽上，食低劣的草料，与孤独寂寞为伴，即使发出撕心裂肺的鸣叫，除了身不由己的"大炮队"之外，没有人能理解它。

有一天，枣红马突然挣断了缰绳，呼啸着狂奔而去。数月后，它回来了，比原先瘦了许多，不过那无可奈何的嘶鸣犹带铜声。村里人靠近不得，便找来长长的绳子，网出层层绊马索。枣红马被捉住了，并被吊在大树上，身上留下了道道鞭痕。

不久，生产队长想出个"良策"，干脆写个申请，把枣红马当成老残马淘汰完事。屠宰那天，我们都去观看，只见枣红马被捆绑着躺在地上，眼角噙着泪花，深情地望着我们，发出一阵阵绝望的叫声。马之将死，其鸣亦哀呀！那泪花像针一样地直扎人心，那叫声至今忆起，仍似阵阵怀才不遇的呻吟。枣红马终于变成了马肉，填塞了村人的饥肠。人们在吃其肉时甚至感觉到——与其他马肉没有什么两样。村中唯有一个人没吃枣红马的肉，这人就是"大炮队"。从那以后，我们再也听不到枣红马那声震云天的嘶鸣。

多少年来，我时时想起那匹枣红马，也常常发出这样的感叹：假如枣红马在战场上……

载于 2011 年第 8 期《雨花》

寻不到的故乡
Xun Bu Dao De
Gu Xiang

黑 布 鞋

我是穿着母亲为我做的黑布鞋走上人生之路的。

母亲生前有一个玲珑剔透的杞柳条编成的针线匾，里面盛满了针头线脑，那是她打着沧桑印记的"聚宝盆"。那个针线匾已经在母亲过世时与花圈衣物一起烧化"送行"了。然而，烧去的是遗物，烧不去的是绵绵的记忆。

首先走进我记忆中的是与母亲针线匾有关的一双大口黑布鞋，那是 30 年前农村较常见的一种布鞋。我在离村约 5 华里的半边圩小学读书时，穿的就是母亲做的黑布鞋。每年冬天，我们农家孩子没袜子穿，只能光着脚穿上黑布鞋坐在教室里上课，上学路上积下的脚汗在鞋里结了冰，空让一双小脚在严寒中冻得钻心地痛。下了课，我们便迅速蹿出门外蹦蹦跳跳，或踢踢毽子，或扛扛肩膀，好暖和暖和脚板。放学后，我又与伙伴们顺着乡间小路往回跑。跳与跑是布鞋尤为忌讳的事，崭新的灯芯绒鞋帮，几跳几跑便会绽开一道大口子。这样，我们回家后又会遭到母亲的一顿呵斥，因为，贫困忙碌中的母亲做一双鞋好不容易呀！

上高中时，我已经长得和成人差不多高了。母亲又夜夜坐在昏暗的油灯下为我纳鞋底，那密密麻麻的千层鞋底，铺垫着我坚实的人生路基，那千针万线织成的不规则的图案，就像母亲额上被岁月挤出的皱纹，那长长的麻线也长得像母亲永不休止的牵挂。

我第一次相亲，母亲又为我赶做了一双松紧口黑布鞋，棉线纳的底，二六公呢布的帮，穿起来合脚而又舒适。那时的农村见不到皮鞋，能穿上松紧口布鞋就够"帅"的了。就是那双鞋为我平添了许多勇气，它和我共同抵挡住那一双偷偷送过来的陌生而又羞怯的女性的目光。

后来，我走进了高校的大门，继而又执教于讲台，脚上穿的大都是母亲亲手做的黑布鞋。不知是那一年，也不知是那一天，我脚上的黑布鞋才悄悄地被黑皮鞋所取代。

再后来，母亲老了，而那只杞柳条编成的针线匾总是不离她的身边。我调进机关工作以后，小妹宝侠善解人意，特意为我做了双松紧口布鞋。一次我打乒乓球时，不慎在鞋面上绽出了一道口子。母亲看见了，她蹒跚着端出自己心爱的针线匾，戴上老花眼镜，歪歪斜斜地在鞋帮上打了个小小的补丁。多少次凝视那块补丁，我的眼角便痒痒的，似有虫似的东西在蠕动。

母亲去世以后，我把那双打上补丁的松紧口黑布鞋，特地带到办公室里留着换脚，上班的路上穿皮鞋，坐在办公室里穿布鞋，这不仅是为了换脚，而且是为了一种怀念。尽管有的同事开玩笑说我土气，但我依然我行我素。

今年春天，我到北京参加全国党史干部培训班，又特意将那双黑布鞋打进行囊之中。20天，我就是这么穿着它在国防大学窗明几净的教室里上课，在风光秀丽的京密运河岸边散步。"儿行千里母担忧"呀，带上那双黑布鞋，总觉得母爱还在我的身边。

载于 2008 年 11 月 6 日《宿迁晚报》

老 汴 河

如果说洪泽湖是我的母亲湖，那么老汴河就是我的母亲河。

老汴河自泗洪县城青阳镇南流，注入洪泽湖。洪泽湖曾被一位诗人称为"共和国海军的摇篮"。1949年4月下旬，人民解放军刚刚解放南京，毛泽东主席当即点将，时任三野前敌委员的张爱萍将军停枪勒马，暂不随征，留下来组建华东军区海军，并担任首任司令员兼政委。这是因为，张将军曾于1941年5月率领新四军四师九旅将士们，在洪泽湖上用木船打败了使用钢板划子的诸路土匪，从此根除了当地的匪患。那次剿匪战斗的起点，便在临淮镇附近的老汴河口。

第一次随父母移家汴河岸边，是在我四五岁的时候。全家人从朱湖乘船经濉河转汴河，遂把家安在梁园村。那时家乡第一次实行旱改水，在汴河东岸试点种水稻，母亲常常乘渡船到对岸去做农活。稍有闲暇，母亲便挽着我在河堤上走走。有时母亲还逗趣说我是牛角从河堤中砍出来的。于是，我竟信以为真，认为所有孩子的出生都是牛角的功劳。汴河堤，是我童稚意念中的母体之堤。

我考取县中时，父亲送我上学就是沿着汴河堤上的土路赶往县城的。我当时所居住的莫台村距离学校近40华里路程，学校就在县城的汴河东岸。那正是一个贫穷的年代，我们基本上每个星期都要回家一次，带点山芋或玉米面饼等食物到校填补饥肠。每月4个星期，每个星期往返一次，3年的初中生活硬是用我们的一双小脚一次次丈量着汴河大堤的长度。

后来，我在家乡的城头中学任教，每天生活、工作都在老汴河畔。我常常要求学生背诵古典诗词，当诵到白居易词作《长相思》时，意不知其中的汴水还与家乡紧密相连。

我真正认识老汴河，20世纪90年代初，我被抽调进县城修《泗洪县志》之时。我从南京到北京，从江苏到安徽，四处查阅地方旧志，从而才更多地了解到老汴河的悠久历史。当时我在县城汴水南岸租赁了两间房子，夜晚常被河面上往来船队的汽笛声唤醒。春日天长，每天下班后我总是带上一本书，到岸边停泊的一艘旧轮船上认真地看，让身影倒映在河水之中，直到黄昏时才恋恋而返。秋月撩人之夜，我也曾独自徜徉在河边，让长长的思绪缭绕在老汴河那令人骄傲的经历之中。

在两岸一代代父老乡亲的眼中，老汴河只是一条河；而在我的眼中，老汴河却是一种文化，是华夏民族精神文化的守望者。实际上，老汴河又是件珍贵的文物，已被收藏进祖国璀璨的文化宝库之中。

却看《辞海》对老汴河的记载："隋开通济渠……故唐宋人遂将自出河至入淮通济渠东段全流统称为汴水、汴河或汴渠。北宋亡后，南宋与金划淮为界，此渠不再为运道所经，不久即归湮废。今仅残存泗洪县境内一段，俗名老汴河，上承濉河，东南流注入洪泽湖。"

老汴河有其辉煌的历史，它曾作为世界最长最古老的运河之一段，而留存于世。自隋经唐至北宋，浩浩500余年，老汴河为我国的南北漕运事业立下过汗马功劳。泱泱大唐王朝称盛于四方，而大运河则倒映着大唐王朝建功立业的光辉形象。弹指千年，人间巨变，当年功成名就的通济渠的滔滔流水，已经在岁月中凝固，凝固成世界级的文化遗产。沿岸的风雨吹打了一回又一回，沿岸人群的面孔更换了一茬又一茬，老汴河依然是淡妆轻抹，不事张扬，依然无声无息而又不舍昼夜地流，流走了人间的悲欢，流走了匆匆的时光。虽然今天的人们已经渐渐淡忘了通济渠的名字，但老汴河终日不倦的流水声，宛如一首尘封不住的歌，为两岸父老乡亲唱出了心中虔诚的祝福。数百年的冷遇，老汴河几乎成为"被爱情遗忘的角落"，它的辉煌时代已经成为遥远的过去，代之而来的是朝朝暮暮的寂寞。这也亦如地球上的一个个人生，有起也有落。这也恰似一位曾经门庭若市的官员，一旦离职之后，便永远与恭维奉承告别，与前呼后拥无缘。老汴河成为一只昔日的凤凰，然而，它又是一条不可小觑的河流，它虽然流淌在人们的脚下，但它足以与高天上的星群相媲美。

漫步在堤顶的柏油路上，清粼粼的流水会带给你联翩的浮想。夕阳垂照在水中，晚霞把河床映照得通明透亮，那微微闪动的水波轻轻摇曳着水底的霞光。昔日的白帆已被机船取代，昔日的津渡口如今大都架上了宽广的桥梁。河边停泊的船队，组成了一个个庞大的水上村庄，河床中布满了蟹塘塑料网与农家养鱼的网箱。这里的养殖户是农民，也是渔民，种庄稼与养螃蟹两相不误。老汴河在奉献自己的余热。

人生如露珠闪过，而悠久的民族文化却如江海纵横，源远流长。我在老汴河的经历中，寻找月亮、星星与太阳。

我曾在开封清明上河园中的"汴河"码头边观看"杨志卖刀"小品表演，所遗憾的是，那条汴河已不是当年的汴河，而只是为招徕游客而重新打造的旅游景点，当年的汴河与汴梁城一道，已被深深地掩埋在黄河岸边的黄沙下面。

我每次返乡，都尽量抽空到老汴河岸边转转，或伫立在泗州大桥上放眼，或踱步到桥下水边沉吟。我在寻找老汴河的千年神韵，我在寻找自己童年的身影。我此时的举止，引来行人异样的目光，甚至连我自己也莫名其妙。那是一个冰雪未融的冬日，父亲乘到县城开会之机来学校看我。临走时，我依依不舍地把他送到老汴河上的南大桥头。扬手之中，父亲一次次回身看我，我站立在寒风中，全神贯注地目送父亲远去，直到他的身影消失在目光的尽头。当此时，汴水亦含情，满河波光粼粼，多像我眼角的泪花在闪动。人间的每一次回忆都是对情感的复习，人生的每一次回首都是对往事的重温。面对清清的汴水，我真想唤一声"母亲"。

从青阳镇至洪泽湖边的临淮镇，相距仅60余华里，这便是今日老汴河的长度，但不是历史与现实的距离。老汴河一手牵着重岗山的灵慧，一手牵头洪泽湖的圣洁，依然在日日夜夜守护着这片精神的家园与人文的圣地。隋炀帝龙舟曾述说过千古兴亡，鲁肃子敬泉映照着历史的倒影，洪泽湖湿地保护区的鸟声啼啭出五千年的人间沧桑。

因为战争的摧残，通济渠早已不再通航，乃至逐渐湮废，仅留下沿岸丰富的文化遗层与厚重的人文足迹。直到京杭大运河河道北移之时，老汴河始终也没有忘记手中那支人文的接力棒。金兵南下时，汴水没做贰臣，更不愿做奴才，从这一点讲，老汴河比中国历史上那一个个劣质的文人还要有骨气。中国的文人自古有两种类型，一种是有骨头的，一种是没骨头，没骨头的往往能饮高档的好酒，有骨头的却往往饮人世的凄凉。

那是一个明月之夜，我独自徘徊在老汴河边，用心灵去倾听唐代大诗人白居易那脍炙人口的歌吟："汴水流，泗水流，流到瓜洲古渡头，吴山点点愁。思悠悠，恨悠悠，恨到归时方始休，月明人倚楼。"这首词是白居易于公元839年为爱妾樊素赴杭州送行时所作，诗人把万种风情凝于笔端，老汴河两岸洒满了人间的爱恋与诗情。

那是一个朝霞初升的黎明，我独倚泗州大桥桥栏，我又一次用心灵去俯身寻找当年欧阳修与苏轼船行处留下的波纹。那大概是欧阳公被贬滁州的途中吧。欧阳公幼年丧父，其父欧阳观曾任泗州州判，因此，他在这片土地上寻找父亲的足迹，在青阳镇与泗州逗留，并写下散文《先春亭记》。苏轼后半生江海漂泊，曾数次下榻泗州，写下数十首诗作与散文《泗岸喜题》。两位前贤都是有骨气的文人，他们途经家乡这片土地时同样是身遭贬谪之中。古今凡有骨气的文人，大都生不适时，甚至成为悲剧的主角。这是文人的不幸，却是文学的有幸。老汴河珍藏下他们的诗文。

近些年来的一次次居民拆迁，历史上的青阳镇已不复存在，代之而起的是一处处楼群林立的居民小区。又是一个春光明媚的早晨，我来到老汴河岸边的世纪公园，看一群老人们正在那里晨练，有人跳扇子舞，有人打太极拳，还有人对着旭日放歌。其中有一位年逾八旬的老人，他曾经参加过朱家岗战斗，与日寇浴血奋战。当时他是小鬼班战士，年仅十四五岁，小鬼班的战士们硬是用大刀片守住了圩门，打退了敌寇的进攻，维护住了民族的尊严。如今，他练身在人群中，已很少有人知道他的名字，更很少有人知道他英雄的经历。

不是人们故意淡忘英雄，而是岁月太无情，它能尘封住世界上许多许多的闪光体，就像云雾尘封住日月星辰。不信？身旁这老汴河就是最好的见证。

载于 2010 年《大湖徐风》

茑 萝 花

　　昨夜，我又见到了茑萝花，那是在梦中。

　　1993年隆冬时节，我结束了在泗洪县城的几年辗转流离生活，迁进了二轻宿舍新居，门牌为体育路1号。体育路，就是现在的五台山路，名字改了，连原来道路两旁浓荫匝地的法桐树也不见了踪影，当年的青砖小院，如今已变成了五层楼群的居民小区。

　　人类衣食住行的推陈出新是一种进步，而对于一个性情中人来说，向旧生活告别又会牵起莫名的一怀愁绪。我曾在散文《园栽四物》中对旧居有过描述，今天看来，那又是一种疏忽与势利，因为，我只把目光盯在高高的无花果树与果实累累的葡萄架身上，而忽视了墙角那一株株纤细弱小的茑萝花。

　　有些事说来惭愧，我先与茑萝花相知，只赏其华而不知其名，直到15年后，我才知道了它的名字。不会忘记，当年那小院中头顶上树叶密集的葡萄架，与东墙边那近乎天然的石桌。葡萄树是我亲手所植，而石桌却是小院原主人留给我的赠物。倘若有朋来自远方，端坐在石桌旁下棋，或是煮一盆龙虾，围在石桌边小聚，再摘下几串葡萄下酒，那情景如临仙境，不仅仅是怡然自乐，还有几分超凡脱俗。

　　小院多花，有凤仙、石榴、秋菊，还有墙角边牵藤引蔓、年年自开的茑萝花。作为藤本植物的茑萝花，兼有绕龙草、锦屏封、五角星花等名字，名字与其花蕊同样美丽。看到它纤纤的藤、细细的叶，你会立马联想到窈窕缠绵的淑女；见到它朱红五角形的花瓣，你又会深情地联想到中华人民共和国国旗。唐代诗人皮日休在描绘茑萝与梅花交织时写道："共月已为迷眼伴，与春先作断肠媒。"见其花，品名句，又总会勾起我对往事的缱绻。

搬进新居的第二年，小院中便长出了几株茑萝，初生时相当不起眼，以至于在每天的进进出出中，我从来都没把它当回事。有一天，妻把院中的一株万年青分栽在两处，栽毕顺便欲把墙边的茑萝铲去。我见状一把拉住她的胳膊，说："它也是一个小小的生命，留着吧。"于是，寂寞的小院中才有一年一度的茑萝花开，同时也才有我与茑萝花之间的相知与默契。那是一道美丽的风景线：当一根根纤细的藤蔓顽强地向墙外探望之时，一朵朵红艳艳的茑萝花便怒放了。那鲜红的五角花，多像当年为老百姓打天下的红军战士头上红星闪闪的帽徽，闪闪的五星给人间带来了火红火红的希望。一枝枝，一串串，花开得多了，散放于绿叶丛中，多像满天的云霞与着了色的星星。上班出门，玲珑的茑萝花举起小手为我欢送；下班归来，又是可爱的茑萝花笑脸相迎。春夏秋冬，雁去燕回，寂寞的小院不再寂寞，它因茑萝花而绚丽多彩。

最是人生失意时，那种身处逆境的消沉，那种对月兴叹的孤独，那种怒对权贵的不平与难耐，更向何人倾诉？多少回小院徘徊，茑萝花都给我以笑容可掬，给我以温馨与慰安。对花一笑解千愁，那红彤彤的五角花正向我眨动着微笑的眼睛。每当此时，我会慢慢地蹲下身，双手轻轻地抚摸那小小的花瓣，凝视那一根根奋发向上的茑萝藤蔓，心灵不禁为之倾服、为之震颤。

茑萝花，谦卑的花，它没有牡丹的富贵，却自有其独特的价值。它位卑不自卑，低调而不低格，谦恭而不媚俗。它常常使我想到一种人，他们甘于做平常人，揣一颗平常心，用小眼睛去看大世界。

茑萝花，朴质的花，它没有芙蓉的妖艳，却自有其独立的品格。它从不把自己悬挂在高高的枝条上炫耀，也从不混进百花园中去装腔作势、附庸风雅；它从不择地势，不鄙贫贱，也从不奴性十足地去攀求豪富，去追逐那功名利禄的奢华。为此，我曾写下一首咏叹茑萝花的小诗，以示钦敬之情："藤牵蔓绕叶无华，夺眼五星笑彩霞。生来不喜攀权贵，开在寻常百姓家。"

茑萝花，慈善的花，它淡笑在月圆时，粲笑在阳光下。含笑是它性格的本能，也似乎是它生命的全部内容。不为乌云而移志，不为狂风而敛眉，亦不为暴雨而生畏。它从来不知什么叫疲倦，给人的印象就是永远的微笑。但是，它也有哂笑的时候，笑人间所有的可笑之人。它用笑声给人类以启示：自以为高贵的人其实并不高贵，自以为聪明的人其实并不聪明！

时间从我们的身旁悄悄走过，从不打一声招呼。一晃十几年过去了，昔日单门独户的小院已被社区密集的楼房所取代，小院中的茑萝花也因之而失去了它的繁衍之所。多年来，身居异地的我总想寻几粒茑萝花的种子，点种在阳台上的花盆里，并期待着它的吐蕊绽放，以此当作是一种怀旧与念想，让那不起眼的茑萝花时时点燃我深情的记忆。

是的，世间有许多美的东西就常常靓丽在人们的一次次不经意之中。

载于 2012 年 9 月 14 日《宿迁日报》

云 雀 情

洪泽湖畔是我的故乡，也是云雀的故乡。

你听，那云霄里有一串串铜铃在响。一只只小巧玲珑的云雀，抖动着美丽的双翅，驾清风，驭白云，嘹亮的歌声飘向四面八方。你看，那枫林里，草莽间，小云雀们张开镶着黄边的嘴巴，等待着母亲的哺食，构思着明天的翱翔。

童年的我极爱云雀，哺养云雀简直成了我的"职业"。20世纪60年代初，家乡人民在湖边的土地上，植下了一望无际的枫杨林。云雀啼晴之时，在那蓝天白云之间，阵阵清脆的鸣啭，汇成了一曲曲使人流连忘返的春之歌。

最愉快的是放学之后，我和四林、阳怀等野小子结伴同行，钻进那浓密的枫杨林中寻找云雀窝。寻找来的小云雀被我们视若瑰宝，像保护自己的眼睛一样保护它们。我们用柳条编成了精巧的鸟笼，把云雀小心翼翼地放进去。笼子得高悬着，不然，猫们便会伺机把心爱的云雀当成美餐。第二步便是捉飞蝗来哺食。炎炎烈日之下，淅沥风雨之中，苦和累算得了什么？替鸟忙碌，乐在其中。后来才知道，我们那是好心办了坏事，云雀习惯飞翔在蓝天下，不喜欢被关在笼子里。

一天，父亲因怕我喂云雀影响学习，或是关心云雀的生命，竟偷偷地把笼中的云雀放了。我知道后，大哭了一场、大闹了一场，并且一连几天没理他。

20世纪70年代掀起了"农业学大寨"高潮，家乡毁林造田，云雀也因此迁徙他乡。从那以后，我极少听到云雀们清脆悦耳的歌声。

近几年来，家乡改变了面貌，片片葱绿的树林又遍布湖边的原野，云雀也成队结伴地飞了回来。去年春天，儿子铮铮捉到了两只小云雀，羽毛光滑而美丽。我一见，如故人久别重逢，那感情用语言是难以表达的。入夜，我披衣而起，拉亮了日光灯，把云雀捧在胸前，千瞧百看，百看千瞧。突然，我的心一热，悄悄地走到门前，把云雀给放飞了。为什么？连我自己也说不清楚。第二天，铮铮醒来，难免也大哭一场、大闹一场。

细细想来，我儿时捉云雀，与铮铮今天捉云雀，其景是何等相似！父亲当年放云雀，与我今天放云雀，其情又是何等相同！"捉"与"放"本来是一对反义词，但在我们祖孙三代心中，却凝聚成共同一个字——"爱"，同时，也饱含着人类与鸟类的深情。

当云雀又一次啼绿了洪泽湖畔的春天，我仍在惦念着那两只放飞的云雀。

载于 1990 年 4 月 19 日《淮阴日报》

二胡情缘

　　还是在读初中时，我便和二胡结下了深厚的情缘。

　　那时学校搞武斗，贴大字报，上不起课来，我们这些初中一年级的娃娃兵就只好"解甲归田"了。十三四岁的我在当时还算不上劳动力，有事没事就摸起二胡学着拉。开始时，手不应心竟急出了一身热汗。渐渐的，像孩子咿呀学语，那音调也有些像了。谁知，这一学便成了瘾，于是《黄梅调》《泗州戏》和一些当时流行的政治色彩较浓的歌曲也会拉了。琴声虽不悠扬，但那是我的爱好，同时，也能填补一个孤独学生精神上的空虚。

　　记得是在1974年冬天，城头林场搞民兵训练，打靶结束的前一天晚上开联欢会，人武部长安排每个大队都要上文艺节目。我们徐台大队的民兵营长发愁了，因为大队宣传队因故没参加训练。那时，故事片《青松岭》刚刚在农村放映过，我趁一次上县城的机会，买到了该影片插曲《沿着社会主义大道奔前方》的歌谱，几天后便拉会了这首歌。于是，我便用二胡独奏来填补我们大队的空白。那天晚上没有月亮，也没有麦克风，只有一盏大电灯泡在头顶上闪亮着。当我坐在凳子上手把弓弦的时候，我从手下的琴筒中听到了影片《青松岭》中那欢快的歌声，也听到了老车夫"张万山"鞭下那嗒嗒的马蹄声。

　　1978年，我有幸考入了淮阴师范专科学校。毕业时，我特地买了一把二胡。可以说，我的10年讲台生涯是充实而丰富的。不知何时，我懂得了这样一个生活道理：人们在充实物质生活的同时，也必须相应地充实精神生活。每当宿鸟归巢、农夫收锄的傍晚，我坐在校园外的小河边，左腿夹着琴筒，右手拈着琴弓，专心致志地拉了起来。看流水哗哗，我拉《边疆的泉水清又纯》；对明月当头，我拉《十五的月亮》；感慨生活，我拉《少年壮志不言愁》。心音与琴音相汇，情感和艺术相融，一时间，竟忘记了忧愁与烦恼，觉得天地间的一切都美不胜收，我的畅想和希望，也在爱的大海上遨游。在我看来，这哪里是在拉二胡，那简直就是一种享受，一种无法言状的享受。这种享受，只有身临其境的人才能体会到。

这几年，室内又添置了收录机、彩电，生活更是五彩缤纷，但我仍没有丢掉那把二胡。课余饭后拉上几曲，助助雅兴，陶冶情操，不是更有无穷的乐趣吗？

载于 1988 年 8 月 20 日《淮阴日报》

上塘水塔

　　人到中年喜欢怀旧，双眼一闭上便是二三十年前的旧事旧物重现，比如上塘水塔。

　　在淮阴读书，入学通知书上写着"南京师范学院淮阴分院"，因学校中途更名，到毕业时却拿到一个盖着"淮阴师范专科学校"的红封皮毕业文凭，心里老大不高兴，再加上被分配到家乡最贫穷的乡镇上塘任教，这在我的心头又压上了一层薄霜。然而，人是感情动物，任何一方水土都会滋养你的情感。我曾自撰一联曰："两年塘上人，一介秋风客。"不承想，当调离上塘中学的时候，我竟是那样依依不舍。我留恋那里的校园，留恋那里的冈丘，更留恋那校园中的人群。

　　当年的上塘有两件事物给我的印象最深：一是水塔，一是农业体制改革。水塔结束了上塘人世世代代吃土井水的历史，土地联产承包责任制结束了上塘人年年岁岁的贫穷史。那次大改革被称为"春到上塘"，后来被列为地级宿迁市新中国成立以来三大亮点之一。正是在上塘大改革蓬蓬勃勃兴起之时，我执教于上塘中学，如果说上塘是我的第二故乡，这话一点儿也不算过分。

　　水塔是上塘的地标，它大约建于改革开放之初。它兀自矗立在中学西北角的食堂门前，为本来就被称为"西南岗"之一的上塘又增加了一点地理高度。那时的上塘中学没有院墙，名义上的西大门实际上只是一条土路连着校园外的乡路，师生们出入校园都要经过水塔边，因为东南北三面都无路可走。每天，那滴答的水声，便是水塔为学生们上学与放学时所作的欢迎词与欢送词。低头

寻不到的故乡
Xun Bu Dao De Gu Xiang

不见抬头见，从教室的窗口可以看到水塔，走出宿舍门槛便可以看到水塔，到食堂买饭便可以看到水塔，连毕业班的大合影照片上也留下了水塔的背影。至今，我的相册中还珍藏着几张黑白照片，其中一张是教师们的合影照，十几个教师分成两排，把光辉形象庄严地留在了水塔下。那是1982年暑假前夕，我怀中抱着干女儿夏静静，她圆睁着一对机灵的大眼睛。如今，她已经相夫教子了，不知她还能否回忆起当时的情景。

我的老家莫台村距离上塘的直径距离不足40里，中间隔着一道西溧河，总给人以"隔河千里远"之感，而从县城绕道须行近百里。西溧河原为溧河洼，因20世纪50年代初县人民政府在溧河两岸远远地筑起了两道防洪堤，遂使水面宽约四五里。我每次还乡须从周庄东渡口乘渡船过河，欣赏船工一篙一篙撑船的美姿。最有意思的是，一道西溧河隔成了两个世界，当上塘人实行包产到户时，几年间我的老家城头依然守着大锅饭。记得我还写过这样一首诗："单车晓渡溧河湾，乡路坎坷心自闲。西岸家家禾独种，河东万亩一家田。"两年的上塘生活在不知不觉中转换了我"家"的概念，每一次外出归来时，我总能在相距六七里路远的地方，亲切地看到校园中的水塔，当时，一种家的感觉便会涌遍我的全身。

上塘还是儿子小白的第一故乡，他在县人民医院出生的第二天便被抱回了上塘中学，迎接他的有邻居大姨，还有绿树环绕的校园与水塔。母亲天天在水塔北面的水沟中给孙子洗衣衫，我也经常抱着儿子在水塔边漫步，口中还哼着一首不知名的儿歌。儿子的第一次户口安在上塘，他3个月时，我调回城头中学任教。那时搬家非常简单，表弟朱新华开着手扶机，全部家当都装在拖斗里。手扶机已经离开老远了，我还总是频频回首痴痴地盯着那远去的塔影。

儿子大学毕业那年，我们一起自南京返宿，中途顺便绕道上塘吃个中饭。饭前，我匆匆带着儿子到当年我居住的宿舍旧址处流连一番。此时，上塘中学已经拉起了院墙，并盖起了教学楼。虽然今非昔比，但我的情感依然追逐在当年的塔影下、校园中。如今，儿子已经成为一名边防军人，我想，他不会忘记，他血管中最初流动的是上塘大地的血液。

时间的脚步快得令人惊叹。一晃快30年了，那教室里的读书声，那白杨树上的知了声，那水塔中有节奏的抽水声，无不时时在我的耳边回荡着。

　　我回过上塘几次，每次都要到校园里去看看，似乎是为了了却一桩心愿。看到那陈旧的塔身，我又为之感慨，水塔老了，它与身边崭新的教学楼已经不相衬。去年深秋，我与侄儿艾青回了一次上塘。令我大失所望的是，四处寻找不到水塔的身影。从弟乃军告诉我，上半年镇水利站搞建设，水塔被拆了，塔下那深深的水井也被深埋在高高的楼基下。事实证明，水塔已经被镇上家家户户的自来水管所取代。

　　上塘水塔是一种文明的象征，它曾经取代了一口口土井，如今它又被另一种文明所取代了。我调离上塘时，与水塔是一次告别，如今重回上塘时，与水塔却是永远的诀别。

　　我心头笼罩着隐隐的惆怅。当我作此文时，忽然有一个声音在规劝我，何怅之有？与落后诀别乃人类的幸事，人类就是在一次次诀别的过程中前进着的，正如我们诀别石磨与白帆一样，上塘水塔的消失，再一次见证着社会新的进步与文明。

载于 2012 年 3 月 23 日《宿迁晚报》

寻梦故乡

故乡，这个令游子热泪盈眶的名词，融进人类的千辛万苦，汇聚祖先的天涯漂泊。

当我们旅居异乡的时候，故乡的概念便会一天天萦回在魂牵梦绕之中。你也许不会忘记故乡何处，但故乡的故乡在何处，又成了你心中难解的一个谜。

我土生土长于洪泽湖畔的莫台村。儿时常常听人这么答问："你的老家在哪里？""在山东喜鹊窝。"村人都这么说，邻村人也这么说。于是，我确信喜鹊窝便是我们族人的故乡。上学之后，我很想了解一下故乡的情况，可是，祖国的版图上没有喜鹊窝，地理老师的讲述中，也从未听到喜鹊窝这个名字。

家乡人寻找喜鹊窝，就像华夏民族寻找黄土高坡与太行山西面的老槐树，家乡人对喜鹊窝的感情，就像中世纪的基督教徒们对圣城耶路撒冷的感情。在贫穷的岁月里，家乡人逃荒到山东，一边沿村讨饭，一边还在饥饿中打听喜鹊窝的地址。改革开放以后，家乡人到山东经营或观光，准会悄悄地问上几句喜鹊窝的消息。多少年，多少代，山东喜鹊窝成了家乡父老心灵的圣地。

几年前，一位堂叔到胶东经商，归来他告诉我：打听到了，我们的老家喜鹊窝在高密县。说这话时，他很认真，而认真中又有些喜形于色。记得在一本县级刊物上看到一个资料，有位作者侃侃而谈，说喜鹊窝在山东诸城县，并说泗洪县上塘镇一带居民都是喜鹊窝人的后裔。此话是否有案可稽，我未作考证，但在我心中一直是个疑团。我曾这样想：所谓喜鹊窝，不过是家乡人世代相传和崇拜的图腾或偶像罢了，人们借助它来寄托对故乡的亲近与怀念。实际上，喜鹊窝究竟在何处，有无其地，谁也没有找出准确的答案。

去年，村中几位好事者计划续修莫氏家谱。他们从众多的口碑资料中偶然翻出一个古董，发现莫台村的堂号为"巨鹿"。这又给族人带来了寻找故乡的新线索，这样，几代人的"山东喜鹊窝之说"便不攻自破。关于家庭姓氏的堂号，有多种命名方式，有以祖籍命名的，如李姓的"陇西堂"，则表明自己是西汉飞将军李广（陇西成纪人）的后裔；郭氏的"汾阳堂"，则表明自己是唐代中兴主将郭子仪的后裔。又有以祖先的典故命名的，如刘姓的"青藜堂"，便是根据"西汉学者刘向读书点灯"这一典故而命名的。还有以求知与劝勉子孙命名的，如杨姓的"四知堂"、张姓的"百忍堂"等。莫氏堂号的命名来自于前一种，这就意味着，河北巨鹿是我们莫台村人的故乡。这又给莫氏家族带来了骄傲，因为巨鹿是破釜沉舟这一则成语的故乡，也是黄巾起义这一场农民战争的故乡。

人之重乡情，自古而然，亦可说是一种天性。人们之所以对故乡这么重视，除了血缘与感情的因素外，还有一个重要原因，那便是源远流长的传统意识使然。从浩瀚的史海中，我忽然发现一个问题，一个人为的规律性的问题：为什么我们的祖先大都从北方迁徙到南方？其中的罪魁祸首恐怕要首推战争了。中国战争史的天平大都是倾斜的，历史上较大的战争，除了西汉、明初与太平天国是自南向北外，其他大都是自北向南，从蒙古高原推向黄河流域，或从黄河流域推向长江流域，因而也出现了世界上最大最长的人工屏障——万里长城。特别是北方少数民族的入侵，虽然促进了民族与民族之间的融合，但是也严重破坏了社会经济的繁荣，同时也制造出一个个经济与文化观念上的"故乡"。历史上遇到几次战乱，造成士族避难与灾民流落他乡，这又从很大程度上增加了"故乡"的数量。

梦，年复一年，代复一代。梦境似的寻觅，寻梦似的故乡，这便是祖辈、父辈们一种感情生活的主旋律，寻觅中有微微的自豪与隐隐的安慰。寻找喜鹊窝成了家乡人世世代代的梦幻。

时代在发展，故乡这个概念也在发展。一部漫长的中国古代史，以浓重的封建色彩禁锢了国人的思想与观念。20世纪的科学运动，又解放了国人的胸怀与目光。别梦依稀，我从故乡的沧桑变迁中，看到了祖先们跋涉的足迹与奔波的背景。我们的故乡是祖先们奔波与跋涉的硕果，凝重而又悠长。我们又将是艰辛的跋涉者。历史为落荒者而痛，为跋涉者而歌。从漫长的历史烟海中，我忽然发现：跋涉者的每一个足迹都是通向故乡醒目的路标。

　　天体在运行，人类在前进。也许有一天，我们的子孙都会成为地球的移民。那时，他们会站在外星体上骄傲地说："地球是我们的故乡。"

载于 2000 年 2 月 26 日《泗洪日报》

2002 年选入《中国当代文学作品精选》（中国文联出版社）

乡情无际

我这人自小就没出息，对许多事物每每割舍不下，天生重感情，尤其是重乡情。

12岁那年考入泗洪县中学，第一次离开家、离开母亲、离开生我养我的洪泽湖边水村。过惯了胳肢窝里日子的我，根本谈不上什么生活主观能动性。望子成龙心切的父亲亲自送我报名入学，把我安排在高中部的一位族叔那里，叮嘱了几遍之后才回。他每次来校看我，我都送他老人家到街头，父亲频频回首，我则久久站立，目送他远去，直到望不见身影才罢。每当此时，目光的那一头，总是出现柳绿花红的莫台村。

寒假刚结束，父亲严肃地说："这次你自己上学吧，你开本叔在孙园读书，让他伴你一段路程。"上学那天冰雪在地，我背上布棉被，跟在开本叔的身后。行至老河头渡口，开本叔说："我要过河向东去了，你就沿着这老汴河堤一直走，晌午就能到洪中了。"我恋恋不舍地望着开本叔上了渡船，在竹篙的吱吱声中掉头北行。只记得当时步子迟迟，三步两回头，思绪总驰骋在西南方那承载家的地方。走不上二三里路，心头实在不是滋味，直想哭但又掉不下泪来，然后干脆来个向后转，自韦庄西下一路回村。到家后被父亲狠狠地训了一顿，但我宁愿挨训，也不想孤独地上学。生来天性，没办法。

1976年春天，我已高中毕业回乡务农。时防震抗震正值高潮，家家搭起防震棚，村村昼夜设岗放哨。突然一个极不令人高兴的消息在乡邻中不胫而走，说的是洪泽湖西北岸的沿湖村庄居民，全部要搬迁到皖西南大别山区定居，家乡将变成一片汪洋的水库。乡亲们信以为真了，谈及此事时，老年人每每欲当众落泪。听说要离开祖祖辈辈繁衍生息的地方，离开这相濡以沫的土地，我的心也很沉重，此情此心，可以想见。我多么希望这一消息成为子虚乌有啊。一天早晨收工后，我徘徊在村后的乡路上，扶着路边葱绿的白杨树干，望着村中的排排草舍，眼角直发酸。大别山那新乡的影子朦朦胧胧闪过，这故乡的草木又真真切切在目。浮想至极处，我抱住一株白杨树，久久地舍不得松开，仿佛在作一次情深意长的道别。

谣传一阵风似的过去了，一场虚惊带走了乡亲们心头离乡别井的沉重。后来，我走上了工作岗位，虽与家乡相距不远，但心中总时时漾荡着无边无际的乡情。随着成熟的一年年加厚，我越来越迫切地想读懂故乡，也越来越明白一个道理：只有具备真挚感情的人，才有资格对"故乡"这个概念作完美的注释。

我如饥似渴地拜读故乡，但从未做过衣锦还乡的梦，因为我始终生活在老百姓的行列里，拥有一颗普普通通而又平平常常的心。我并非红尘圈外的超人，亦非忠诚于上帝的基督教徒，我极想读懂人间那一个"真"字。早年读《大风歌》，只知诗中隐约升腾出一种豪气，感触与体会还停留在浅显的层次里。今天再读《大风歌》，我似有所悟，从汉高祖还乡时那如痴似狂的舞姿中，我仿佛看到了一颗返璞归真的帝王之心。就在我写这篇短文之时，脑际又涌起刘邦载歌载舞时的诗句：

> 大风起兮云飞扬，
> 威加海内兮归故乡。
> 安得猛士兮守四方！

许多年前，一代伟人毛泽东返故乡，他与乡亲们同餐共饮、促膝交谈，并满怀深情地写下《到韶山》一诗。其中有许多细节，看似小事，却表现出了伟人的素质、胸怀与风范。你看当今有些比芝麻粒还要小的"官"们，手中有了一点权力，便不知天高地厚，便把昔日情感渐渐淡化了。这些虫子似的人们其实不懂：忘记故乡者，谈何为人？世上一个人一种活法。上面这种人就这种素质，就这种活法，他心中只有功利，只有自己，你把他的脊梁骨骂断又能如何？说不定，在人们切齿的指责与叫骂声中，他还坐在轿车里恬不知耻地自高自大呢！

我常回莫台村，每次都总想多逗留几日，多与乡亲们痛饮家乡酒、谈谈心里话。因为那里是我的根，我只有在那里才能更好地寻找到做人的感觉。从历史的角度看，功利的显赫只能一时，绝不能传家。我中华古国上下五千年，一个个王朝都有兴亡，而故乡却能走进世世代代人的希望与怀想之中。

无论你走到哪里，你总不会走出故乡的期待；无论多么大的政治风雨，也撕毁不了故乡的形象。你看，乡情多像那蔚蓝的天幕，我们都是故乡天幕上片片的流云。

乡情无际，乡情无际。对于故乡，我们永远都是孩子。

1999 年 6 月 26 日

2002 年编入散文集《乡路弯弯》

还乡纪事

　　我是在唐代诗人杜牧那首微带感伤的诗意中，回乡为父母亲扫墓的。清明落了一天雨，晚上方雨住天晴。入夜与堂兄乃生同榻而眠，那种感觉在城市的空调房间里永远也找不到。

　　第二天上午，应侄孙广明之邀，我和如栋沿着村后泥泞的堤埂，到西溧河大堤上去小聚话旧。身边是不甚宽阔的卫沟，又名二城沟。顾名思义，卫沟即为古汴水与古溧水的"卫士"，它一手牵着汴河，一手牵着溧河。早年东西与二水相通，后来为防汛所须，两头均被防洪大堤严严地堵住了。

　　洪泽湖沿边的防洪大堤是新中国的杰作。站在堤顶上远眺，溧河洼像一个大喇叭筒，自县城青阳镇西迤逦南下，秋冬时湖光潋滟，绿水微波，夏日涨水时浩浩荡荡，如海潮涌泻。堤内绿色的田野曾留下祖父辛勤的背影与父亲嘹亮的号子声，堤脚下也曾留下我做纤夫时的脚印。

　　我们一边走，一边忆起往事。时令已是万绿争荣，眼前时而闪过几朵金灿灿的蒲公英。我深情地蹲下身去，摘一朵蒲公英的种子，轻轻地捏在手指间，随口一吹，一群精巧玲珑的"伞盖"便随风慢慢地从堤顶上飘下去，像飞机舱口滑出的一队队伞兵。这是家乡的蒲公英，但愿它的种子自洪泽湖畔飘向四面八方。我此时此刻的感觉，和在江南水乡、长城脚下看到蒲公英绽放时的感觉，似乎有所不同，不同在何处，一时也说不清。

　　农历阳春三月，万物复苏，西溧河畔，满眼生机盎然。忽然，一只云雀在头顶上叽里呱啦地叫唤，在铜铃般的啼啭声中，我们看到一只双翅不停抖动的云雀，在白云间翱翔。这是久违了10余年的天籁之音，这声音将我的思绪带回到儿时的天地之中——那一望无际的枫杨林，那夕阳下的炊烟与母亲晚归的呼唤，还有那夏日捡鸟蛋打水仗时一丝不挂的小伙伴们……如今，我的眼前已没有了昔日的景象，枫杨林大都变成了农田，芦苇丛变成了一方方排兵布阵的螃蟹塘，家乡人也由世代专事农业而转变成半农半渔。在这信息化时代里，他们可以沿着高速公路到浙江、山东等地去进蟹苗或卖螃蟹，还可以躺在蟹塘边的庵棚中手握移动电话与远方的老板谈生意。毋庸置疑，是洪泽湖边轰隆隆的机器声取代了昔日那云雀的大合唱，是经济开发的步履破坏了湖畔的生态平衡。同时，这又是人类与大自然的失调，是生态与发展之间难以避免的矛盾。

云雀啼晴，这已不是今人的发现。在云雀的呼唤声中，太阳才慢慢地从东天的云层中探出头来，金黄的光线射得湖水熠熠生辉，也把头顶上的云雀声照得更加嘹亮。然而，最透亮的还是堤内外那银光闪闪的玻璃钢围栏，光天映日，千态百媚，一道道阳光射在湖水中，似情人的秋波。满脸沧桑的洪泽湖恢复了往日的青春。

西溧河东岸有柳山与毛山，因地方建设，两座山都在一年年铁锤与钢钎的敲击声中变成了田塘。有水无山是大自然的遗憾，有水有山才是人间赏心悦目的完美。大自然经过了千万年的苦力才营造出的两座山，竟被家乡人用30多年时间使之消失了踪影，这不能不算是家乡西溧河美中不足的缺憾。

西溧河边的养蟹人生活中似乎永远没有寂寞，他们白天伴着两轮太阳，夜晚伴着两轮月亮，那水中的太阳与月亮，在湖波的摇动下，闪闪烁烁，朦朦胧胧，可谓美不胜收。还有那些被仙女们偷偷撒在湖水中的星星们，多像洪泽湖那美丽的眼睛在夜幕下悄悄地眨动；或者更像远方那闹市的灯光群，为辛勤的养蟹人彻夜不眠地照明。

山中的隐士依山而居，湖边的隐士伴水而眠。养蟹人恰似湖边的隐士，除了乡镇收特产税给他们带来一年一度的些许烦恼外，其余时间，都完全自由自在地掌握在自己的手中。忙碌过后，便是打扑克、下象棋，或者看看电视，与鱼蟹朝暮为伴，与希望风雨同舟，那小日子你说多潇洒！他们绝不像官场中人，整日在诚惶诚恐中生活，在恭维奉承中生活，在急功近利中生活。记得有篇小说对官场如此调侃说：仕途就像一根长长的竹竿，一群群猴子瞪着眼睛欲往上爬。待锣声一响，猴子们便争先恐后地爬了上去。锣声对于猴子们是如此重要，而西溧河边的养蟹人对此却充耳不闻。

广明与我是高中同学，午饭便安排在他的家中，所谓的"家"，实际上是临时建在三叉河防洪堤上的护堤庵棚，砖墙草苫，居高临风。坐在门前的树下弈棋，远可眺望潋潋湖光，近可赏听鸡鸭对鸣。西溧河古为溧河洼，今宽五六华里，属洪泽湖西北一隅，有似天鹅身上突出的一根羽毛。历史上的西溧河原名蕲水，远远没有今天这么阔，蕲水发源于河南省东部，原先的河道已没于水中，碧水流沙送走了两岸一代代人。追溯时间的海岸线，我回望西溧河的历史轨迹，万千感慨尽随清波浮沉，我的一颗涩涩的心也在时间的河床上沉浮。

养蟹人的中午是闲暇的，早晨是他们生活中的黄金时段。广明准备了一条近 10 斤重的大鲤鱼，等着我们美美地下酒。当然，更加鲜美可口的下酒物，还有洪泽湖肥蟹与湖边的风情。庵棚中拥挤，小桌矮凳，连床沿上都坐着人。所邀非亲即邻，同乡音、熟面孔，把酒放歌，偕饮成趣，更有话不完的旧事新情。不觉之中，桌下已空瓶狼藉。直到夕阳把湖水映红之时，我们方相携回村。

载于 2010 年 6 月 18 日《宿迁晚报》

今夜星光

秋夜露冷如水，我与如栋弟自前台村访友归来。踏着酒后的醉步，我们缓步在十里长堤上。十里长沟只是村上人的习惯说法，20世纪60年代初自莫台村至刘台村开挖了一条排水沟，南北长恰好约10华里，堤随沟而成，于是在家乡人的语言中便出现了这么个名称。不过，比起长江、黄河的防洪大堤来，此堤称"长堤"实在是件惭愧之事。

乘着几分酒意，我们静静地躺在堤边的秋草上聊天。难得这么个好夜，兄弟俩一边观星一边谈天说地。我们都在寻找儿时的感觉。沟东是林区，一条沟划分出了农与林的界限，可谓泾渭分明。小时候，我们常在杨树林中割牛草，渴了就饮沟中的清甜水，热了就跳进沟中洗洗澡。四处无人，我们便一丝不挂地躺在堤边晒太阳，或排成队喊着"一二一"口令，学成人们搞民兵训练。民兵训练，是那个"备战备荒"时代的一大特色。夜，万籁俱寂。我们就这般孩子似的躺着，所谈的话题也如头上的星空一般无边无际，几次错觉之中，我仿佛又回到了从前。

今夜星光特好，仿佛是上帝专门为我们安排的。时而有唧唧的虫声趁机干扰凑个热闹，深化了这夜的静寂。秋夜如水一般冷，清冷是秋夜的本色，不知那些丹青高手们是如何描画这秋夜的原色的。天上撒满了星星，有大的，有小的，有明亮的，有暗淡的，密密地排满了目光的尽头。也许是我们只顾闲聊，把星星们给忘记了，满天的星星都好像刚刚冒出来似的。不信，有谁能说得准星星是怎样生出来的？我们从小就喜欢站在家门口看星星，看了几十年，竟不知星星从云幕中走出时的姿态和神情如何，看样子，星星钻出天幕倒成了地球上一代代人无须说出的秘密。

夜渐渐深了，秋气在慢慢驱逐身上的酒气。在我看来，星星也显得是那么清冷，冷得使人感到陌生，冷得似乎拉长了它与大地的距离。这就是秋婆婆与春姑娘的不同之处。春风温柔而多情，她所走过的地方，总是留下万紫千红或生机盎然；秋风严厉而无情，她的身后又总是留下草木摇落或万物萧瑟。秋露与春露也有所不同，春露轻而秋露重。伸手摸一摸身旁的草叶，你顿时便会感到凉冰冰的，甚至湿漉漉的。明朝，所有草和树的叶子上又会滚动着晶亮的露珠，将打湿农夫的双脚，打湿乡村的清晨。哦，原来露珠是星星悄悄洒下的多情的清泪！

天上的星星有密有疏，正像地上的人群有绸有稀。天上有银河，地上除了江河湖海之外，还有高山、平原与沙漠。星星是水世界的宠物，不属于高原与沙漠。你看，那莽莽银河的两岸，不就是广袤无际的大平原吗？

童年的夏夜，外婆喜欢教我数星星。她还告诉我：天上有一颗星，地上就有一个人；天上落下一颗星，地上就要死去一个人；天上有文曲星、武曲星，它们都是地上的文臣武将。那时，我认为外婆的话就是真理。长大后，我渐渐产生了怀疑：地上死一个人，天上就落下一颗星星，那么地上生一个人，天上就应该增加一颗星星啦！据有关资料记载，全世界1804年的人口是10亿人，而到了1999年竟增至60亿人。难道，今天我们头顶上的星星比200年前人类头顶上的星星密度要增大6倍？按照这种说法，那么两千年前，我们祖先所见到的星星就少得可怜了。难道他们头顶上所笼罩着的，竟是一个贫瘠的夜空？

我们缓缓地踏上归路。远近的村庄静悄悄的，偶尔传来三两声狗吠。长堤西面是村民稻田养殖的蟹塘，蟹塘周围的玻璃钢围栏，在璀璨的星空下熠熠闪光。路边排列着一个个农家看蟹塘的庵棚，此时，所有庵棚中的灯火都早已熄灭了。我在如栋家的庵棚中就寝，伸出头来就可以与蟹塘中的星星对话，这就是在城市楼群中不可遇的佳境。

今夜，满天的星光都洒在家乡的蟹庵顶上了。

载于2010年11月23日《宿迁晚报》

王台大桥

  王台大桥并不大，它只是一座 10 多米长的小木桥。大概是因为我的家乡自古地处偏僻湖边的缘故吧，历史上洪泽湖西岸地区河道多，但桥却少得可怜。从我记事时起，家乡只有县城的南大桥和北大桥，再就是我们莫台村东北角两华里许与王台村接壤的王台大桥。也许是因为物以稀为贵，家乡人在这 3 座桥名的前面，都加上了一个"大"字。这也是一种口头习惯，家乡河面上的渡口比较多，却从没有人称其为什么大渡口。

  我不知道王台大桥建于何时，只知道儿时到石集与县城赶集，必须经过这座桥，而这个桥名好像约定俗成，村中的大人小孩都这么叫。王台大桥南北纵跨在我们村后的小河卫沟上，卫沟又叫城二沟，这个名字还是我后来从事史志工作时，在《泗洪县水利志》上看到的。村上的多少代人在河中摸鱼、捞草、洗澡，却从不知道河的名称，有时要到河边做活，就对别人说：我到后河底去了。这在我们家乡并不奇怪，比如有的人娶了媳妇，过一辈日子，却从不叫媳妇的大名。

  我对王台大桥印象最深的是在我考初中的那一年。大约是阳历 7 月的上旬吧，我到县城参加升学考试，回家途中在石集街上遇见了父亲与同村老表哥王庆龙。也许是同情我年龄小又考试辛苦，老表哥慷慨地买了 1 盒饼干塞到我的手中。父亲和他客气了一会儿，最终还是让我收下了。今天的孩子不会知道一盒饼干在那个时代的分量，那是一个农村孩子一年都难以吃上一回的奢侈食品呀！记得那天，我们一路同行到王台大桥，还在桥东面的河水中洗了个澡。在炎热的夏天里，我一面吃着饼干，一面沐浴在母亲般的河水中，在我看来，那是一次刻骨铭心的享受过程。一个月后，我接到了来自泗洪中学的录取通知书，于是，我3年半（因"文革"延误）的初中生活，一次次经过王台大桥，往往来来，人物情深，特别是从县城返家途中，一步步丈量那30多华里的路程，双脚累得实在受不了了，就一屁股坐到桥墩上歇一歇，既能解一解疲劳，又会有一种亲切感。

我高中毕业后回村务农，老表哥是贫协代表，我们相互间心照不宣，他依然关心我，我格外尊敬他。1973年夏天，老表哥突然生了重病，我和队里的其他3个人用凉床把他抬到县医院治疗，一路匆匆，当然要经过王台大桥，累是累一点，但我总是怀着一颗感恩的心，却不觉得累。当年秋天，老表哥不幸去世了，我虔诚地参与了他的葬礼的全过程，还为他写了一副不成熟的挽联，挽联的内容已记不清了。老表哥留下两个尚未成年的儿子，每当秋天队里分山芋的时候，我都会主动帮他们家挑几担，也许是为了那一盒饼干，也许是为了我与老表哥之间的那份情谊。

王台大桥也经历过血与火的岁月。在全国解放前夕，父亲任中共领导下的石集乡乡长，他当年手提一杆七九式步枪，从坚持"洪泽湖上58天"艰难困苦的斗争中刚刚走出来，就一个人从容地面对复杂的斗争环境，一次次化险为夷。国民党还乡团从青阳镇下来进攻时，他有时在情急之中就独自提着枪越过王台大桥，退回到老家莫台村临时躲一躲；当得知敌人撤退的信息时，他又越过王台大桥，照样地回到自己的岗位上，组织群众支援中共地方部队大反攻，后来又组织民工支援淮海战役与渡江战役。当父亲对我讲述了这段故事后，我对王台大桥又增加了一份敬仰之情。有一年，我到县城参加民兵训练，与城头林场武装部的孙部长路过王台大桥，他当时右手举着冲锋枪对空射击，有一颗弹壳落在了桥面上。子弹壳，我们小时候都称其名为"铜管子"，是和平年代的稀罕之物，也是我和小伙伴们少见的玩具。我连忙俯身捡起，拈在两指间看了又看，然后装进了口袋里，那枚弹壳至今还收藏在我的一个旧铁盒子里，是珍藏，也是对往事的珍惜。

我读初中的时候，家乡还没有大面积种水稻，王台大桥两岸的土地上，种植的大都是小麦、玉米和山芋。在洪中，我们每月的口粮是 32 斤，再加上菜肴也少，每顿饭总觉得到嘴不到肚，每天老早就饿了。学校为了照顾学生能吃饱，专门让食堂备了几口大锅和蒸笼，我们可以从家里背一些山芋，放在笼里蒸熟了吃。我和邻村的同学，每次经过王台大桥上学，都是迈着沉重的脚步，或者是坐在水泥桥墩上，欣赏着一个个红色、白色的山芋们。我们背着家乡的老山芋，行走在家乡的土路上，数着一路的村庄高高兴兴地上学去。那几年的校园生活，我们究竟背了多少山芋过桥，这个神秘的数字也只有王台大桥知道。

人有衰老的时候，物有残朽的时候。伴随着村上人一个个逝去，王台大桥也渐渐毁损了，先是桥板一段段坏掉，再是桥墩一块块脱落，终于有一天，曾经牵携过两岸几代人的木桥也走到了它的尽头。随着洪泽湖边防洪大堤的增高，也导致卫沟的断流，王台大桥也有了桥之不桥的时候。21 世纪初，代之而出现的，是在原有桥身的基础上，铺成了一条纵贯南北的水泥路。随着家乡经济的发展，路面上行走过自行车，行走过手扶拖拉机，也行走过各种品牌的国产或进口轿车。地球村的距离变小了，王台大桥两岸乡亲们的视野却变大了，传统的家乡人也融入了随着改革开放而带来的新潮之中。

前几年，家乡又掀起了大拆迁之潮，远近村庄上的房屋被一批批拆掉，农民兄弟们被一批批"赶"进了楼房。王台大桥，它见过家乡祖祖辈辈的茅草房，也见过改革开放带来的红瓦房，在它消失了多年以后，家乡的土地上又矗立起一幢幢五六层高的现代楼房。

我每年都要回家几趟，而每次坐着轿车路过王台大桥的旧址时，总又会情不自禁地感慨万千。北岸石集乡的村庄已经被拆迁完了，放眼望去全是一望无际的田垄，那祖祖辈辈生长于斯、劳作于斯的村落消失了，而且将是永远地消失了，那我们曾经沿路数过不知多少遍的村庄，如今只剩下一串熟识的名字了。南岸城头乡大大小小的村庄已经被拆迁了三分之二。我们莫台村还幸存着，但谁又能说得准它明天会怎样呢？

站在静静的卫沟岸边，在茫然地举目四望之时，我的心头忽然涌上了一种莫名的流连，同时也有一种难以述说的怅然。

载于 2015 年第 6 期《楚苑》

园栽四物

　　刚搬进县城体育路 1 号二轻宿舍新居，环境生疏，孤独凄凉。更兼屋瓦缺而门窗残，墙头圮而中庭荒；鸡声扰邻，苔痕惹眼，杂乱而无章。三省斋主人不嫌室陋，随遇而安，修墙更户，重整旗鼓，作植木移花之构想。初从城郊运土几车，垒砖圈地为园，苦心经营，以遣雅兴。

　　方志敏曾以一联为座右铭："心有三爱，奇书骏马佳山水；园栽四物，青松翠竹白梅兰。"我虽不敢斗胆与名人比肩，却情有独钟，心有所爱。于是园中亦有四物相映成趣，伴我暮暮朝朝。

　　原主人留下无花果一株，我不忍伐之，借其浓荫，取其品性，点缀小院一景。翻阅《辞海》。无花果一条注文是：桑科，落叶灌木或小乔木……花隐于囊状总花托内，外观只见果而不见花，故名。中医学上取其果干入药，功能开胃止泻，主治咽喉疾病。无花果真可谓浑身是宝。它根深叶茂，果实累累，且不择环境，生命力极强。儿子放学归来，常缘梯而上，食其果而品其味，津津乐道。此果还是一种美德的象征，从不以花艳而诱人，不以叶绿而惑众，不事炫耀，朴实无华。

　　迁居的第一个春天，友人送来两株葡萄树，其牵藤之时，我弄来一架旧钢梁，截为两段横于墙头之上，再辅之以长竿、铅条，共同组成一个美丽的葡萄架。一年后，藤叶满架，串串果实碰头。架下置一块水泥板，炎炎盛夏，邀友于浓荫处弈棋，或采几串葡萄下酒，别具一番韵味，既有隐士居于山林之情趣，又具仙人修于洞府之妙境。将甜中微酸的葡萄送入口中，耳边会立时响起关牧村的歌声，甜美的歌声与甜蜜的葡萄一样甘甜。眺蓝天，心境与蓝天一样明澈；望飞鸟，希望与飞鸟一样翱翔。整枝打药，捉虫匀枝，用自己的汗水创造出来的果实，吃起来的味道，与用人民币、美元、卢布购买来的果实相比，总有一种非同寻常的差别，感情色彩也会随之而截然不同。

物质可使人饱腹，精神可使人年轻。若想环境幽而增雅，斋室陋而不俗，人们还须择境而居。古人梅妻鹤子，我望尘莫及。前年夏，友人赠我白菊一束，我认真地插于西窗之下。秋天，菊花盛开，洁白夺目，如星星闪烁。天高气爽，花前读书，每每怡然而自乐。也许世人笑我痴，而我却笑世人俗。若不是独辟蹊径，我绝不会有如许多的精神享受。菊香与人相融，人与菊香共鸣，其本身就是一篇不可多得的作品。

族弟荣军善解我意，去春热心移竹根两条，帮我植于院中，虽十指染泥，但乐趣横生。一年后新竹如画，两根春笋偷偷地钻出地面，但不知何故，竟一枯一荣，惜之余，亦有欣喜。秋去冬来，竹高过人，虽霜压雪欺，但竹叶青青。我常常徘徊于竹边，内心之乐，孩童不解。苏轼说："宁可食无肉，不可居无竹。"此之谓矣。苏公能知后人之心，更为我师。难怪他几经贬谪，亦能百折不回，完善其高风亮节之一生。但愿今年：小竹繁枝增节，代我吊忆前贤。

在熙熙攘攘的人群中安贫乐道，打发岁月，时生寂寞之感，但园中有此四物，我功利之心日淡，常居高临下于世俗之上。人生更有何求？

2002 年编入散文集《乡路弯弯》

夜宿姬楼村

这就是我记忆中的姬楼村？

十几年前，我曾在这个村"蹲过点"。如今，那村庄茅屋破旧、人们衣衫褴褛的景象全然不见。

正是秋收时节，友人烹鸡沽酒，热情地招待了我，持蟹话旧，兴趣盎然。饭后，伴着阵阵尚未停歇的手扶拖拉机的轰隆声，我进入了梦乡。

夜半，我突然被一阵"救火"声惊醒。友人领着我急忙向现场奔去。到近前才知，原来是马大娘家的房子不慎失火了。于是，一场水与火、人与自然的搏斗开始了。

到处都是人，连老人、孩子们也来了，嘈杂声四起。我和友人二话没说，也投入到救火的人流中。"到房上去！""到房上去！"许多张嘴争着喊。还没等我反应过来，只见一个人影已蹿上了房顶，以极敏捷的动作，把一桶桶水泼向火焰升腾的地方。不料，他脚下一滑，从房上滚了下来。人们刚把他扶向一边，又有几个人蹿上了房顶。此时，在人们的心中，一切私心杂念早都逃之夭夭。这哪里是在救火，分明是在奏一曲团结互助的赞歌。

火终于熄灭了。从房顶上摔下的那个人却负了伤。村长立即派一辆手扶拖拉机，把他送往乡卫生院。

回到住处，我和友人相视而笑。一场火竟把我们化装成了"张飞"。我向友人打听那位负伤者是谁，友人告诉我，他叫姬进之，"文革"期间，与马大娘家还有隔阂呢！哦！我忽然想起，蹲点那阵子，"割资本主义尾巴"，在一次批斗姬进之的大会上，打先锋的就是马大娘的儿子。

洗罢脸和脚，友人呼呼睡去。一股莫名的感慨左右着我，使我久久难以入眠。

啊，姬楼村是变了，不仅在物质生活上。

载于 1989 年第 3 期《党的生活》

家乡的小河

　　许多地方的小河都是在村前，而我家乡的小河却是在村后。

　　我们莫台村后的这条河有一双深情的手，东牵古汴水（即通济渠），西牵西溧河（即古蕲水），它自己虽然不算古老，却与我国东部的水文化有着深厚的渊源。这是因为，古汴水与古蕲水都在南流数十里处注入淮水，而淮水又是我国古代的"四渎"之一。

　　我们村后的那条河仅有3公里长，30多米宽，论长度比世界上最小的河——热河还要超出2公里。儿时不知这条河的名字，问村上的老人，他们也不知道。我高中毕业时写过发生在这条河边的革命斗争故事，标题只好定为《无名河边》。进入中年，我参加编修《泗洪县志》，才知道这条河的名字叫卫沟或者城二沟，也许是因为我们乡的驻地古代名为城二头的原因吧。它东与芦沟交汇于老河头，与古汴河形成一体两翼。两条支流又是那般的对称，就像一株植物茎上的两片对称叶。

　　河水一年年流淌着，浇灌着两岸的土地。小时候从老一代的口中知道，莫台村西有西溧河，村后有卫沟，经过千百年河水的冲击，才形成了这肥沃的红沙淤土，而村前那大片的土地，却是较为贫瘠的黄泥土，红沙淤长出来的庄稼就茁壮，黄土地长出来的庄稼就一般。改革开放初那阵子村民分地，要把村前和村后的土地搭配开来分，这才能公平，公生和谐，平生友爱，这已经成了千古不变的真理。

　　家乡地势低洼，是历史上常见的水患频仍地区，卫沟也曾助纣为虐过。河边的红沙淤土虽然肥沃，但每年只能种一季麦子，等到收割过后，汛期便到了，那浩浩荡荡的洪水铺天盖地而来，村前村后白茫茫一片，轻则秋天颗粒无收，重则村民离乡背井。年年如是，悲剧在一代代乡亲们的记忆中重演着。1955年，地方人民政府发动民工沿着西溧河到洪泽湖边筑起了高高的防洪大堤，并先后兴建了几座电力排灌站，家乡的土地才能旱涝保收，卫沟也不再兴风作浪。

家乡的小河边有我童年的故事。卫沟是我和小伙伴们天然的游泳池，我的游泳技术就是在那夏日朝夕相伴的河水中学会的。会游泳在我们家乡叫"会水"。那是怎样一种快乐的情景啊！——一轮炎炎的烈日当空照着，一群10来岁的孩子，身上一丝不挂，扑通扑通地跳进水中，或凫水，或踩水，或打漂喷，或扎猛子，各自显身手，有时还沿着河道游，来个长途竞赛。生长在水乡的孩子，一般游上二三华里那是寻常事。今天，即使手捧着计算器，也无法算得清，卫沟究竟给了我多少童年的欢乐？

小伙伴们也曾有过"狗脸栽毛"的时候。那次在河边薅猪菜，这在黄梅戏上又叫打猪草。我们五六个孩子不知因什么事弄翻了脸，结果四林子带着四队的几个去踩踏路东我们三队的麦子，我和国平子是三队的，见此状就到路西四队的地中去拔玉米苗，那时竟不知道这是一种有违良心的破坏行为。第二天，当我们被老师重重地批评之后，才各自承认了错误。长大后才知，那是一种本位观念，而人一旦有了本位观念，他的目光就不会长远，他人生之路也就不会走得太远。其实，本位主义也是一种自私，是比个人主义危害还要大的自私。

那一年，我们生产队在卫沟边种了几十亩籽瓜，还在瓜地里套种上了稀稀拉拉的芝麻。这不仅是想让社员们能吃上甜甜的瓜，更是想通过瓜籽搞一些经济收入。这正合我们的意，那圆圆的籽瓜是难得的美餐，那粗壮的芝麻是得天独厚的屏障。看瓜的是两位年近七旬的老人，他们的眼睛往往没有我们的脚步快，当篮子里的猪菜满了，我们便像当年北方青纱帐中的游击队员一样，以飞快的速度窜进籽瓜地里，美美地吃上一顿。那时的村民好贫穷，队里分的粮食常常不够吃，能吃上水果那简直就是一种享受。

家乡的小河边有我艰辛的往事。卫沟不但为家乡父老奉献她的乳汁，而且奉献她的储存。每当春夏时，河中生长着许多水生动植物，如鱼虾、螺蛳和芦苇、苲草、光光亭子之类。鱼虾给乡亲们以美食之餐，芦苇给乡亲们以苫房之草，芦花给乡亲们以造纸之物，或编织冬日暖脚的毛窝。三年自然灾害侵袭之时，正是卫沟与溧河中光光亭的梗叶救了乡亲们的命。1973年我高中毕业，那时搞农业学大寨，冬天修农田水利，夏天割青草、捞苲草沤绿肥，卫沟中的苲草派上了用场。一天中午，我独自到河中捞了一担苲草，足足100多斤。不知是在水中碰上了毒物，还是体内患了疾病，我的右腿膝盖处猛地肿疼起来。我硬撑着把一担苲草挑到队场上。下午膝盖内侧肿疼得更厉害，我一瘸一拐地挪到大队医疗室。张培林医生看后大吃一惊，他连忙叫卫生人员用一支大号针管，一连在我的肿疼处抽出了两针管黄水。张医生还说，如果不及时医治，就有引起败血症的危险。他很负责任地为我治疗，药品用的是青霉素和链霉素。两个星期过后，我的腿痊愈了，我又能投入到那抢沤绿肥的生产运动中去了。

家乡每隔10来年就要发一次较大的洪水，世代相传，这已成为规律。因此，我们大队于20世纪60年代就在卫沟南岸兴修了一道小型防洪堤。1974年大水，西溧河的防洪大堤挡住了淮河上游滚滚而来的洪水，没想到，与我们城头林场划卫沟交界的石集乡沿边农民，有时会偷偷地到河这边来掘堤放水。那时公社之间各自为战，为了保住卫沟南岸的近万亩良田，大队党支部决定让每个小队日日夜夜派人巡逻，并带上工具加固堤坝。我是民兵连长，这种任务就责无旁贷地落到我的肩上。这类事白天还好干，夜晚就太难了。连日阴雨，天上看不见一颗星星，黑灯瞎火的对面看不见人，加上生活贫穷得连一把手电筒也买不起。到处都是泥水，连个睡觉的地方都没有，还有那成群结队的蚊子也趁火打劫，嗡嗡嗡搅得人满心地不耐烦。等到洪灾警报过去之时，我们每个守夜值班人都要瘦掉几斤肉。现在回忆起来，我也不知道那日子是到底是怎么熬过去的。

家乡的小河边还有父亲衰老的身影。父亲做过新中国的乡长，后因脾气"抗上"而被免职。他老人家的晚年还算有幸，族姑父朱怀德曾与他是几任同事，而当这位族姑父担任大队书记时，他还很重感情，就安排父亲看管卫沟南岸几条道路上的树木。这看似委以重任，实际上是在照顾他能拿上工分度个晚年。父亲在他所从事的任上也多有政绩，当年他所领导的第三生产队成为全场（相当于公社）的样板队，在县里也小有名气。莫台村后距卫沟几百米处有一所小石桥，那是全村第一座石桥，建于1965年，桥面是村中几个废弃的碾盘做成的，桥栏是从数里外的柳山运来石头砌成，上面用水泥泥平整了，无论是晴日还是雨后，村上的人都可以坐在桥栏上放牧或小憩。

父亲看护村后路边的树木时，常常坐在小石桥上，或与村里人拉呱，或独自坐在那里沉思，也许是在回忆往事，也许是在计划着为儿子做一件新衣。直到多少年以后，我每次还乡路过小桥边时，总会想起父亲那孤独而蹒跚的背影。父亲特爱家乡的水、家乡的土地与家乡的树木。他老人家在临终前还嘱咐，要把他安葬在绿树成林的地方。我遵照他的遗嘱，将他的遗体安葬在莫台村东，北可以眺望卫沟，东可以与林场的大片树林为邻。

前些时候，我回乡来到了卫沟岸边，心头忽然感到一片荒凉。儿时看卫沟很宽很宽，今日看卫沟却很窄很窄，并且水波也缺少当年那般浩荡，水生动植物也没有当年那般丰富。我在四处寻找，啊！父亲精心看护的防洪堤上那郁郁葱葱的绿树哪儿去了？当年村民细心栽植的河滩上的芦苇哪儿去了？当年那清清的河水中轻轻飘移的白云哪儿去了？询问村人才知，30年前分地时，这堤上的树也分给村民了。土地分到户时产量猛增，而树木一旦姓了"私"，就没法统一管理了，不到几年间，堤上堤下那长龙般的树林，就毫不费力地给毁掉了。还有，水质环境的污染也把河中美丽的白云给吓跑了。

据说，莫台村不久也要拆迁了，伴着农村"三集中"土地使用权流转的潮流，农民将被一批批地"赶"上楼房。这也就意味着家乡的村庄也将不复存在，莫台村也将结束它的历史。村民们将要和世世代代相依为命的土地告别，这不禁让人产生一种难分难舍的土地情结与故乡情结。家乡的村庄将会消失，但相伴莫台村数百年的小河还在，卫沟将成为父老乡亲们唯一的精神坐标。

载于2015年第6期《楚苑》

远去的村庄

离开洪泽湖西岸那故家乡的水村已近 30 年，虽然也"常回家看看"，但睡梦中都时时会忆起当年那村庄的影子。

家乡给我印象最深的是秋天傍晚的景色：圆圆的红日从翠柳簇拥的溧河岸边的防洪大堤上滚落下去，红彤彤的火烧云从头顶上直向东天烧过来，微光中一片片云朵变作一个个人或山似的形状，随风飘向远方。一群群宿鸟归飞，在村头的树梢头嬉戏，时而用翅膀拍打着足下的斜枝。茅屋顶上的炊烟袅袅飘起来了，与落日后的云霞交相辉映，似在着意地迎接那三三两两从田野中晚归的人群。这幅美丽的乡村图画正渐渐地走进了我的记忆之中。

莫台村南望洪泽湖，西傍溧河，东依老汴河，老汴河即隋炀帝年代开凿的大运河——通济渠。在我十几岁的时候，家乡流传着一首民谣："萧台葱，刘台蒜，不如莫台打纸一少半。"意思是说，萧台的村民大都种葱卖钱，刘台的村民大都种蒜卖钱，但是，两村副业上的收入，还比不上莫台村民造纸收入的四分之一。

新中国建立以后，家乡逐渐走上了"集体化"道路，人民公社三级所有，大合拢在一起以农业生产为主，至于什么种蔬菜、逮鱼摸虾和造纸等副业，都被列入了旁门左道。那时农民特别穷，囤里没粮，身上没钱，连鸡屁眼中还未生下来的蛋都得算在家庭开支小账上。我们莫台村有个祖传手艺——造粗纸，俗称"打纸"，就是把麦穰放进池中浸泡，然后放进碾盘中套上牛或驴拉碾子反复地轧，直到轧成细沫，再放进清水池中沉淀，接着用长方形的帘子慢慢地从水中将细沫托起，成纸状，一张张地揭开放到阳光下晒干，便制成了粗纸。下一步便是将粗纸摞在一起，用利刀切开，再用麻匹扎成一帮帮的烧纸，留着卖出去在祭祖时用。四乡八邻，用纸的人太多，而造纸的只有莫台一个村，那利润可就大了。"打纸"在当时叫作乡村作坊，到了20世纪80年代，改用机器造纸，规模渐渐大了起来，便被称为"乡村企业"。可以这样说，莫台村的"打纸"作坊，开苏北乡村企业之先河。

记忆中的家乡只有弯弯曲曲的小路。1964年，当时任大队党支部书记的是族姑夫朱怀德，他卓然不群地搞了一个道路规划，从村南端的大战沟，到村后的卫沟，每隔500米铺一条土公路，两旁栽上杂树。几年间，我们村田成方树成行，道路通畅；"文革"后期，我们大队又因连年丰收，被树立为全县的先进典型。民以食为天，乡亲们一旦温饱解决了，便会产生一种万事大吉之感。

那时村上人吃面粉靠的是石磨，但转动石磨靠的是人力。沉重的石磨在慢悠悠地转动，推磨的人把磨棍放在肚皮上，一步步用力地走，一圈一圈地转，走来转去，总也走不出那窄窄的磨道。乡村的石磨磨面粉，本来是驴子们的活儿，但集体化那阵子，生产队只养牛耕田、打场，从不饲养驴子。于是，人就变相成了牲口，白天下地做活挣工分，晚上还得抱磨棍推磨填饱肚子。我放学归来时，也随母亲一起推过磨，几圈转过，胸口便闷得很，直想呕吐，可是为了生活，还得一圈圈地转下去。成人推磨用的是肚皮，而儿童推磨用的却是胸口。后来，莫台村有了第一台柴油机带动的面粉机，乡亲们才从那阴暗而窄狭的磨道上解放出来，告别那非人的推磨史。如今，有些村中长大的后孙们看见了废弃的石磨，还会惊奇地说：啥东西？

今年夏天，我原来曾从过教的学校编了一本地方乡土教材，书名叫《可爱的家乡》，我在序中写下了这样几句话："我儿时的最初记忆，是生产队有一辆牛车；儿子辈最初的记忆，是家中有了一辆自行车；孙子辈最初的记忆，却是家中有了一辆轿车。"当年骑自行车的人笑话牛车的笨拙，如今开轿车的人笑话自行车土气。从那个时代走过来的人，谁也不会想到生活的步伐竟是这样飞快。那牛拉石磙的时代已经成为过去，那木制的牛车已经被手扶拖拉机所取

寻不到的故乡

代，早已走进了家乡人记忆的博物馆中。

儿时的生活显得是那么有趣。我常常与小伙伴们到田头去挑野菜，坐在高高的防洪大堤上观赏往来的白帆。人类经历过漫长的白帆时代，那洁白的船帆倒影在水中愈加美丽。然而，生活带给人们的并不都是美丽的画面，也有辛酸的场景。湖畔农民的细胞有一半属于渔民，他们会种田，同时也会捕鱼、拉纤。顺风扬帆，逆风拉纤，这是船民亘古不变的规则。我们生产队有一条大船，夏天可以到湖中去割牛草，冬天可以到湖中去捞烧草，那是农民生产与生活的需要。我拉过纤，我深深地知道，舞台上的"拉纤"是艺术的再现，非常潇洒，而生活中的拉纤却是苦难的折射，异常艰辛。人不拉，船则退，家乡一代代拉纤人，不仅拉出了汗水，而且拉出过泪水。有一次在电视屏幕上，看到舞蹈演员在表演拉纤动作，他们把双手放在肩上，装着吃力的样子。我不禁大笑，这哪是拉纤，那是在拉石磙。其实，拉纤是不需要双手放在肩上的，因为我们的祖先很聪明，他们在实践中发明了纤板，纤绳穿在纤板上，纤板斜挎在拉纤人的胸部，紧紧的，你只管拉就行了，两只手可以自由地挥动，可以做游戏，也可以看书。如今，那溧河上早已看不到白帆了，只能听见往来机船在轰隆隆地响。因为，现代文明工具已经向原始人文明工具作郑重的道别。

每次回村，我都要到老宅上去看看，仿佛只有到那里才能找回我的童年。老宅绿树浓荫、杂草丛生，总会给我一种陌生的感觉。唐代诗人岑参在《山房春事》诗中有句："庭树不知人去尽，春来还发旧时花。"物不是，人已非，此情此景，令人伤怀。我也曾在一个还乡之夜写下过"寒鸟亦知旧窠暖，一轮明月照乡心"的诗句。乡心依旧，但明月却不知。

这些年我还发现，村中年轻力壮的男女劳力，大都到外地打工去了，留下老人与孩子们在留守着。经济发达的地方，让外地人来打工；经济不发达的地方，村民只好到外地去打工。这是多么大的思想观念与经济实力的落差呀！在经济禁锢的年代里，莫台村的人观念却能超前；而在经济政策开放的年代里，乡亲们的观念却落伍了。这又不能不算是一种遗憾。从茅草房变成了瓦房，这是社会在进步；从土路变成了水泥路，这是社会在进步；村民住进了高大宽敞的社区楼房，这也是社会在进步。

前次还乡时谈到土地流转，即为了建设康居示范村，将成片流转农村集体土地使用权。本乡已有许多村庄被集体拆迁，村民住进了新建的社区。这也就是说，几百年前，祖先们在辗转漂泊之中苦心经营的村庄将从此消失了。听说莫台村将要拆迁，不少村邻眼睛都湿漉漉的。从乡亲们的目光中，我看到了一种故土难离的乡土情结，那是世世代代家乡人用心打造出来的情结。我曾在报上看到一则报道，某村农房全部被拆迁时，全村举行了一次告别晚宴，摆了好几十桌。席间村邻竟抱头痛哭，泣不成声。这人间的情感呀，就是这么深厚！村庄的整体搬迁乃至消失，世代居住的房舍将变成一片绿野良田。人非草木，岂能无情？向祖祖辈辈相依相恋的家园告别，这是一种含泪的庄严的告别。

　　家乡有句俗语，叫作"旧的不去，新的不来"，如果用一个成语来注释，就是推陈出新。我们曾经告别苦难和贫穷，如今又迈开了建设新农村的步伐。那童年时代的村庄真的渐渐远去了，家乡已越来越向城市靠近。

载于 2012 年第 4 期《楚苑》

水牛冲之夜

世界上美好的东西最让人难以忘怀，比如我曾经拥有的那个小村的月夜。

1981 年秋天，我从教于上塘中学，那是一个被誉为"春到上塘"的年代，也是上塘人实行土地大包干的第三个丰收年。一个星期六的晚上，我应说书艺人胡志林先生的邀请，骑单车到镇东南六七华里处的水牛冲村去做客。

上塘改革时较为突出的就是花生大丰收。当金色的秋天来临之际，满湖是成熟的花生秧，满湖都是起花生的人群。行人路过田头，顺手抓起一把花生尝尝，不但不会看到主人的白眼，相反却会受到欢迎。苏北农家田中的花生堆，就像湖南山民家秋天的橘子堆，门前树下，一堆一堆的，行人吃个橘子，那是决不收钱的。

胡家主人的门前也堆满了银堆似的花生。进屋落座，一边饮茶，一边剥食他们从地里刚收下来的鲜花生。那时客人到家没有现在这么一大桌的菜，花生一条龙，另外主人还杀了一只小公鸡，和新鲜的豆角一起烹煮，味道甚美。菜不用买，都是土产，酒饮 8 角钱 1 斤的老白干散酒。晚宴上还有胡先生刚收下的 3 个小徒弟，两男一女，主客相邀，酒饮得十分痛快。

我与志林先生算得上忘年交，他年近 50 岁为兄，我刚 28 岁为弟，他的大孩子也都 20 岁左右了，但是都亲切地喊我叔。当然，他们这么称呼我也是有来由的，十几年前，志林兄在我们村说书，曾认我的堂侄绪杨做干儿子，此时我年轻为叔，这在家乡叫骨头重。

酒酣情浓，志林兄频频与我碰杯，还不时地让他的徒弟们敬我酒。我也酒兴倍增，正合古人"酒逢知己千杯少"之说。古今饮酒，唯情而已，缺少真感情的酒，总让人难以下咽。

那次做客水牛冲之所以让我难忘，是因为席间我们每个人都沉醉于两个字——平等。后来，随着年龄的增长，我渐渐感悟出：给人类带来不平等的最大原因是等级与权势。法国的民主主义大师卢梭曾说过：等级制度是人类不平等的最大祸首。

回忆当年，我又想起了另外一个饮酒的故事。一次，某单位有个领导调动工作，单位全体员工为之饯行。就在酒宴上，那位领导突然动了真感情，他自酌了满满一小碗酒，欲和在场送行的下级共同"干杯"，那气势大有梁山好汉之风。谁知，这件好事都让一位"好心"的部下给办坏了，他为了讨好那位领导，竟将原来的满满一碗酒换成了白开水。本来很平等的事却被他弄成了不平等，那位领导的真情也被他换成了假意。

连接我与志林兄感情的，当是我国传统的民间艺术，每当我参与组织市民间文艺家协会活动的时候，我便想起了志林兄，也想起他那娴熟而动情的说书艺术。记得志林兄在我们村说唱的第一部书名叫《薛仁贵征东》，这部书也正是我后来走上民间文学创作之路的启蒙之物。那一年，志林兄在我们村连续唱了数十场，一部唱完了再添一部，乃至将《薛家将》三部曲的其他两部《薛丁山征西》与《薛刚反唐》也一并唱完。

那晚，志林兄为了尽兴，还伸出手热情地与我划拳，并且当场献艺，专门为我唱了一段以重温旧情。他的徒弟们也相互击鼓扬板，为我们饮酒助兴。让我这个当年的听书迷实实在在地饱了一次耳福。那夜在志林兄家住宿，相伴我进入梦乡的，还有水牛冲夜空那一轮明月。

离开上塘中学之后，我又相继调到县直机关与市直机关工作。13年前，我在古黄河边的书摊上，特地买了一部《薛家将》，打算与堂侄绪杨一起，到水牛冲去访志林兄，终因整天忙忙碌碌而未能成行。谁知，这一耽搁就成了终生的遗憾。志林兄与绪杨都先后离世了，给我留下的只能是朝朝暮暮的念想。岁月也太无情了，连人类的情感也有被搁浅的时候。

我下榻过南京的高楼，也曾住宿过北京的大厦，唯有水牛冲那个醉意蒙胧的月夜，确实让我难以忘记，也不敢忘记。

载于 2012 年 3 月 9 日《宿迁日报》

穆墩岛月夜

　　那是 1995 年秋天，正是家乡洪泽湖畔蟹美鱼肥的时候，我应邀为泗洪电视专栏"鲜红的党旗"撰写解说词，撰写对象就是上一年度县委组织部评出的优秀领导干部。我们摄制组的行程是先到朱湖、陈河两个乡，然后从陈河乡乘船至穆墩岛。

　　穆墩岛在泗洪县境内，是洪泽湖西岸唯一的岛屿，也是远近闻名的旅游风景区，相传还是穆桂英居住过的地方。定居在穆墩岛上的"螃蟹状元"王锦秀，既是村干部，又是致富能手，他也在撰写名单之列。那天晚上，我们一行在王家吃上了鲜美的螃蟹，每只都在三四两以上。我虽然不是美食家，但也能从渔家的菜肴中体味出些许美处来。那又是个明月之夜。难得在这美丽的渔岛上住一宿，怎样安排今夜的时光呢？早早地休息，定会月夜无眠；打扑克牌吧，又浪费了如此良宵。还是田广琦老师想出了个好主意：我们划船去吧！主人家有双桅大船，也有蚱艋小舟，我们当然选的是小船。等到我与尹继良、张道彬、田广琦上了船，主人还站在岸上一再叮嘱：要注意安全。

　　穆墩岛的夜空摇晃在水中，水中还有倒映着的月亮和星星。沿着岛南面的一条水道，我们打起桨一路东南行。一弯上弦月挂在西天，淡淡的月光把湖水映照得亮盈盈的，月光又好像一块透明胶布，把水与天悄悄地粘在了一起。湖面上万籁俱寂，鸟儿也不知躲到什么地方去了。不知划了多长时间，小船在不知不觉中划进了一片荷塘。虽不是荷香莲壮的时节，但还能借着月色摘得到几近衰老的莲朵，在手中摇一摇，还能听得到莲籽撞击莲朵壳的细微声。莲朵在家乡人的口语中又叫"莲蓬头"，是莲花凋落后的果实部分。鲜嫩的莲籽可以生吃，咀嚼起来甜香可口；长熟了的莲籽可以熟食，还是清爽去热的药材。家乡是水之乡，也是莲之乡，烟波浩渺的洪泽湖西岸就是莲的故乡。

洪泽湖素有日出斗金之称，是家乡人世世代代的母亲湖。上午，我们从成河乡政府所在地尚嘴出发，任机帆船在一望无际的湖面上踏浪而行，每个人的心头都有一种莫名的舒适感。途中路过一大片荷塘，绵绵延延十数华里，虽然是荷花凋落的季节，但那一片片苍劲的绿叶，仍在传输着莲的余香。那是我第一次穿越大湖而行，也是我第一次见过这么大的莲塘。我想，古人诗中所描述的莲塘，一定没有它那么大气，天苍苍，水茫茫，它依傍着母亲湖浩瀚的胸膛。

我高中毕业时在村中撑过船，但没划过船，特别是两个人划船，那需要某种程度上的配合与默契。我和广琦一人打一只桨，由于力量不平衡，船头总是左右摇摆着，这又不禁带来我们不约而同的笑声。那夜深人静时的笑声漂在水面上，真脆。广琦与我都曾教过中学语文，他突然想起了李清照一首过莲塘的词："曾忆溪亭日暮，沉醉不知归路。兴尽晚回舟，误入藕花深处。争渡，争渡，惊起一滩鸥鹭。"我问：你知道"争渡"二字该如何解释吗？他回答：就是"划呀划，划呀划"。他一面说话，一面还弯下腰摇着桨比画着。我也凑趣说：好，那我们就一起来"划呀划"。好一幅莲塘划船的场景与图画，至今还在我的记忆中挥之不去。看来，欢乐并不都是儿童的专利。

月牙渐渐西沉，湖光也随着月色渐渐暗淡下来。不禁让人感慨万千：人生如月，有升起时也有降落时；人生亦如花，有绽放时也有凋零时。这也正如身边的荷塘，春天里四处小荷尖尖嫩绿，夏日时满目粉荷妖艳夺人，秋来时只有碧叶老气横生，冬季里风吹残荷凄凄凉凉。小船在秋天的荷塘中穿行，船舷划在荷茎上，不时发出轻微的"吱吱"声，夜静风寒，听起来声声在耳，仿佛那声音是故意划在我们的心上。月儿还在渐渐下落，落得很无奈、很凄清，给偌大的荷塘披上了几许冷意。

归途，桨声仍在"吱吱"作响，在不经意间却在我的记忆里打上了深深的烙印。广琦又提起了李叔同，尤其是他那首《送别》，其中的几句歌词让人听起来也像月光一样凄凉："天之涯，地之角，知交半零落。一壶浊酒尽余欢，今宵别梦寒。"古人说"叶落知秋"，我说"月落知寒"。不知道为什么，从古至今，那临空的一弯冷月总是给人间带来莫名的忧伤。

时间如白云悠悠飘过，一晃近20年，其间，我也因事几次到穆墩岛，或穿岛而行，或乘游艇兜风，或在码头宾馆进餐，但是总找不到那个秋夜荷塘月下划船的感觉。十几年前，尹继良先生已因病去世了；如今，我因调到宿迁市级机关工作，也和田广琦、张道彬失去了联系。其间，一些亲朋好友也在不当去世的年龄走了，留下的只能是回忆和思念。独坐窗前时，我总是想起一些老朋友的面容和身影，总是想起那穆墩岛的月夜。甚至每当耳畔飘过李叔同的《送别》之时，心空真的就会翻起潸然欲泪的愁云。

写于 2013 年 10 月

我与小人书

连环画又叫小人书，是我童年亲密的伙伴。

大概是在我读小学三年级的一个夜晚，父亲从县城开会回来。他刚推开门，我便飞步迎了上去，目的只有一个，就是想从他的手中接过玩具或糖果之类。令我失望的是，那时我们家生活比较拮据，父亲用身上仅有的钱币，给我买回了一本连环画册，书名是《林冲雪夜上梁山》，而他自己却是从数十里外的县城步行回村的。不给儿子买食品和玩具，而选择买书，这也许就是父亲与其他家长的不同之处。童年时，对于糖果饼干之类，真是我们生活中的奢侈品，我们几个小伙伴有时在一起推测说，恐怕那些大干部天天都吃小果子。童年的心空就是这般狭小而又幼稚，在我们看来，小果子便是生活中最高档的食品了。当然，这也取决于当时那贫穷的生活环境。

在那个星光璀璨的夜晚，是父亲给我带来了人生的光明。一个人儿时的兴趣，有时可能来自于一句话，有时可能是来自于一本书，有时也可以来自于一个故事。现在回想一下，我后来对读书有兴趣，可能就是来自于父亲亲手交给我的那本小人书。

至今犹记，那时的连环画册分单行本与系列本，而《林冲雪夜上梁山》就是系列画册《水浒传》中的第四集，全套《水浒传》从《九纹龙史进》到《梁山泊英雄排座次》，共21册。其他如《岳飞传》从《岳飞出世》到《风波亭》，共15册；《三国演义》从《桃园结义》到《三国归晋》，共60册；还有现代的《铁道游击队》，从《血染洋行》到《胜利路上》共10册；《红岩》从《山城风暴》到《黎明时刻》，共 8 册。看过连环画的人都会知道，当你打开画册的时候，"内容提要"开头一句话就是介绍上集的书名，而在"后记"中则说出下集的书名。也就是说，当你看了系列画册中的某一册时，就必然想看其上下两册。这便是我对小人书上瘾的原因，其中的一些情结连我自己都常常感到难以解释。

今天，我闭着眼睛也能说得出，《林冲雪夜上梁山》的上集是《野猪林》，下集是《杨志买刀》。儿童自有儿童的心理，儿童自有儿童的乐趣，我那时的乐趣就是迷恋小人书。而满足乐趣的方法只有两种，一种是借，一种是买。我高小就读于离家 5 华里左右的半边圩小学，同学中的小人书大都被我借阅过，下课的时间读，放学的路上读，晚上在煤油灯下读，甚至吃饭的时候也边吃边读，为这，我还不止一次地受到母亲的训责。我那时小小的年纪，就知道"有书不借非君子，借书不还是小人"的道理，尽管我还不知道"君子"两个字的具体注释。有一年暑假，我随父亲到县城大姐家去，他们在吃午饭时，怎么也找不到我，最后还是"知子莫如父"的父亲，硬是从花园口的书摊上把我拉了回去。

我这个习惯一直从小学带到了中学，每当星期天不回家时，我大都要准备点零钱，跑到县城东大街的地摊上，坐在地上看 1 分钱 4 本的小人书。从古代的读到现代的，从战争题材的读到反特题材的，大有不读穷地摊不罢休之势。小人书在我的意识里形成了一个朦朦胧胧的主题：崇拜英雄。说起买书就有点寒酸了，我每次到县城，总要将自己好长时间积攒的几角钱拿出来买上一两本小人书。这也不是因为我舍不得吃零食，而是因为吃零食不是我们那个年代儿童的习惯。

读初中时，我又对读长篇小说上了瘾。慢慢地我才发现，许多系列连环画都是同名长篇小说的缩影，如《西游记》《林海雪原》《烈火金刚》《野火春风斗古城》等。连环画是长篇小说的缩写，反过来说，而长篇小说则又是系列连环画的扩写。二者对照着读，不仅相得益彰，更能记忆犹新。

1978 年，我参加高考的作文就是缩写方毅副总理的一篇报告，那次我得了个满意的分数，我心自知，应该说得益于童年的小人书。今年高考前，我以前的学生陈洪祥来找我，想请我为他即将参加高考的女儿写一篇扩写的范文，并带来了几篇扩写的素材。我知道这是义不容辞之事，但那几天手中的事太多，我就答应他过几天一定写一篇让孩子举一反三。我皖南之行回来后，便打开了电脑，以兑现我的承诺。世界上就有这般巧合的事情，高考过后，在一次与朋友的交谈中，我了解到，今年高考作文就是一篇扩写。当听到这个消息时，我心里猛的一震，但又一种心理在左右着我，我竟不敢打电话问洪祥，孩子今年作文考得怎么样。

往事可堪回首。饮酒有酒瘾，抽烟有烟瘾，读书有书瘾，而后者是人生的灯塔，绝非前二者可相提并论。我深知，小人书中也有大千世界，它曾经使我从中看到了善与恶，看到了美与丑，同时也看到了人间的悲欢离合。可以这样说，当年的小人书，还是我走上文学之路的启蒙老师。

载于 2015 年 7 月 20 日《宿迁晚报》

我的城中情结

城头中学是我和我的学生们共同的母校，这是因为我曾在城中读书，也曾在那里从教。

城头中学原名城头农中，创办于20世纪60年代初，校址先办于小严台，即现在的二分场，1968年始迁于城头街西孟沟河畔。1969年秋初设高中部，我是母校的第一届高中毕业生。那时办学比较混乱，因"文化大革命"的延误，六六、六七、六八与六九届的初中毕业生经大队推荐合在一起，由原先的学兄、学弟变成了同学，文化水平也参差不齐。

至于城头中学校名何时而更，我已记不清了，只记得在高中班学习时，学校的许多活动大都体现一个"农"字。这似乎与一种历史传统有关，早在抗日战争时期，淮北苏皖边区政府创办的淮北中学就组织师生来到这里开荒种地，这又是因为城头地处洪泽湖边，历史上是个人烟稀少的地方，成片多余的荒地无人耕种，这种现象一直延续到我们进校读书时。

城中高中班初办时，只有教室没有桌椅，也没有固定的教材，上课时老师站在黑板前讲，我们都围坐在墙边听，垫着膝盖记录。开始没有食堂，我们都早上从家中带点干饼，中午到校园南1华里处那一片桑树林中采摘紫红的桑果子下饭。后来学校盖起了一间食堂，我们中午才能吃上一大碗玉米面夹山芋干稀饭。

城头中学迁校时没有院墙，院墙到20世纪90年代初才建起来。校园的北面是一大片荒滩，学校便组织我们带上铁锨开挖土地，种粮、种蔬菜。这样我们都能吃到 1 分钱 1 碗的冬瓜汤。我们一铲一铲地挖，终于开垦出了 100 多亩农田。学校在四周植上了几排小松树，校园里遍植梧桐与白杨树。多年后，树木成材了，学生也一批批成才了，一个在荒滩上建起的校园站立起来了。城头中学的树木之和可以说是全县其他中学的总和。

城头中学以"农"为中心，还体现在"学农"上，那时提倡学工、学农、学军，我们都曾集体到生产队去挑过土、插过秧，我也曾背上干粮，到周台大队孟沟村去向贫下中农学习。没经过那个时代的人也许会认为这是在开玩笑，但我们可以与历史老人共同做证，这是千真万确的事实。在高中班读书两年半，我学到了一些文化知识，母校也培养了我吃苦耐劳的能力，以至于在后来几年的农业学大寨运动中，我学会了许多播种收割的农田技术。

重回城头中学从教，那已是 10 年以后的事情，其间，我砍过草、拉过纤、扬过场、插过秧，也扒过几年大河。是 20 世纪 70 年代末高考制度的恢复，才给了我进入高校深造的良机，从学生变成了教师，从坐在讲台下变成了站在讲台上，位置转换了，但我对城中的感情却没有改变。城中是我的母校，也是我的工作单位。这一次回来任教，一待就是 10 来年，当我调到县城工作的时候，蒙校长与教师们的关照，家人们一直在校园中居住着，直到 1997 年冬天，才先后搬进县城与宿城。

忘不了那朝朝伴我背诵唐诗宋词的小松林，忘不了那暮暮与家人浇水施肥的小菜园，更忘不了那年年月月给我带来无限乐趣的读书声。

虽然，我少年时候喜爱上了文学，但是城头中学却是我真正走上文学之路的起点站。1984 年，学校调来个王清平，他的文章曾在《新华日报》上获过奖。不知是"臭味"相投，还是前生有缘，我们于第二年春天在城中创建湖柳文学社，还办了个油印文学小报《湖柳》，与当时归仁中学的新芽文学社、县城路边草诗社等遥相呼应。城头中学左邻老汴河，南依全国第四大湖——洪泽湖，既有深厚的文化底蕴，又有美丽的湖畔风光。湖边之柳，不但根深叶茂，而且生命力极强，我们的文学社以"湖柳"命名，即是对未来的希望，也是对学生们的祝福。《湖柳》小报创办几年，共有数十篇学生的作品走进了省市县级报刊。那师生们共聚一堂畅谈文学的热烈气氛，至今还留在我的记忆之中。

古人云，教学相长。我对这句话体会颇深。是城头中学那片肥田沃土，让一批批高才生遍布祖国的大江南北，也让我们这些做老师的从中受益匪浅。当年，我们在教学生们知识的时候，同时也提高了自己的知识，也就是在我们反复提醒学生温故知新的时候，同时我们也从中学到了许多新的知识。后来，我从事《泗洪县志》《宿迁论坛》的编纂与编辑工作，其中校稿与改稿是一个复杂的过程，无论是改正错别字，还是改正病句，所用到的都是执教之中所涉及的语法与文字知识。可以这样说，教师在教学中不仅教会了学生，同时也教会了自己。

祖国在与时俱进，家乡也在与时俱进，城头中学由初建时的低矮瓦房，发展到高大的带走廊瓦房，10年前又建起了两幢教学楼。谁知，楼房越来越多了，生源却越来越少了。县教育局决定，城头中学与中心小学合并，更名为城头实验学校，城头中学校舍已卖给了房地产开发商，这里已成为南街新村居民小区，历史上的城头中学从家乡人的视野中渐渐消失了。

听到母校合并的消息，我总感到心头沉甸甸的。我想，每一个在城头中学读书和工作过的人，都会有这种感受吧。我们究竟为母校留下了什么，是因劳累而沙哑的嗓音，还是因忙碌而匆匆的身影？哦，我终于想起了我为母校所写的一首校歌，作曲人周新维先生早已调到省城去了。我还能记起校歌的歌词："洪泽湖澎湃着千年才气，古汴河高举着我们的校旗。松林间的信鸽已飞到大洋彼岸，荒滩上的小花正开遍祖国大地。吮吸故乡的乳汁，继承先辈的业绩。励精图治，文明治校，明天，我们将鹏程万里。"

城头中学不存在了，这首校歌也将随之而荒芜，一所学校从出现到消失仅仅40多年，留给我们的只有回忆与怀念。太阳消失了，它明天可以再升起来；小草消失了，明年可以再青起来；而母校消失了，却不可能再回来。是的，历史老人最不喜欢重蹈自己的脚印。

真想去看一看那改变了模样的校园，就像去看一看垂老的母亲。

载于2013年第1期《大湖徐风》

那一片梨树林

出城头中学校门南行百余米，便是片梨树林，那是个美丽、幽静而又令人神往的地方。

当杨柳风婆娑时节，满树梨花便争相开放。远看，那百亩梨园中，像涌起千堆白雪，大有北国之气象；近看，每一树，每一枝，都似群蝶争舞，又具南国之风姿。倘若有三两对白蝴蝶飞来，乱入这万花丛中，竟令人眼花缭乱，一时辨不出哪是梨花，哪是蝴蝶。待蜜蜂们来采花酿蜜之时，便见落英缤纷如雪花凋谢，不仅洁白耀眼，而且阵阵余香直沁入身心。

然而，我的兴趣却不只在欣赏大自然的馈赠上。春晨，小步林间，迎着扑面而来的习习凉风，轻舒几下腿脚，做几节体操，爽一爽春眠不足的倦怠。然后，倚一根虬曲的枝干，读唐诗宋词元曲，读雪莱拜伦泰戈尔，读贾平凹梁晓声的近作，岂不美哉！一时间，你会仿佛置身于人间最佳的境界之中。

梨林是晨练与早读的好场所，而对我来说，梨林里还藏着一个萍水相逢的故事。

那是去年4月的一天，梨花初放，春寒未减。鱼肚白刚泛出东方的地平线，我便踏上那条通向梨林的小径。"莫道君行早，更有早行人。"忽然，阵阵琅琅书声拂耳而来，清脆而轻柔。在一株坠弯了枝条的梨树下，我与她擦肩而过。此时才看清，来人是一位20来岁而略有些跛足的姑娘，着一身护士服，手中捧一本《新医学》。她那白皙的面庞，配上洁白的服装，恰好与满园洁白的梨花相映衬。也许是因为对相互早读的钦慕吧，我投之以赞许的目光，她报之以莞尔一笑。这就是我们相识的开始，没有语言，只在目光的默默交换之中。是事业上共同追求的默契，但绝不是情窦初开的爱恋。

如此几次，彼此间也偶有交谈。原来，她叫白志娟，前年从本市卫校毕业。刚分到乡卫生院不久，因一次夜间护理重病人而不慎摔折了左腿骨，导致轻微的残疾。当时，她很苦恼，甚至萌生过轻生的念头。后经多方劝导，她终于悔悟，决心在外科医学上下一番功夫，为世人解除病痛。听了小白的介绍，我愈加敬慕她。一次，我诙谐地说："小白，把你名字中的'娟'字改成'坚'字，不更好吗？"她会意地笑了，那笑容上，既有女性的温柔，又有男性的刚毅。

梨花一度开又一阵落，地面上堆积了一层层洁白。随着梨花的凋谢，圆圆的果实又挂满了枝头。以后，我途经乡卫生院，小白总是热情地同我打招呼。为了不浪费她宝贵的时间，我有时不免说几句诚实的"谎话"，便匆匆离开了。因为，我听说，省里几所医学院决定在卫生部门内部招收一批有实践经验的代培生，小白在下班之后，还要忙着复习迎接考试哩。

那年9月初，小白果真接到了录取通知书。我真为她高兴。冬去春来，又是一度梨花盛开。我又轻轻地步入那一片梨树林，一种莫名的失落感顿时笼罩了我。看那满树含笑的梨花，似曾相识，独不见小白的踪影。我徘徊于梨林小径，目光在四处寻觅——我寻觅的，不仅是那一个萍水相逢的故事，更重要的是，在寻觅一颗像梨花一样洁白的心灵。

1995年10月选入散文集《七彩人生》（南京出版社）

做纤夫的日子

　　我做过纤夫，但没体验过"妹妹坐船头"的情境；我做过纤夫，但没领受过尹相杰先生的那份潇洒，因为他是在做戏，我是在流汗和流泪。

　　初中毕业的第二年，我16岁。16岁，在今天的独生子女家庭中还是个娃娃。大队重建小学校舍，把工差勤务等项都加在生产队头上。我们几个有木船的队负责到十几里外的柳山运石头。实行改革开放后，许多人都说生产队那阵子干活轻快，而我却极少有这种轻快的感觉。我们队派出3个人，两个中年人与一个刚毕业的"新兵"。分工很明确，其中一位族姑父用船是里手，他的任务是扯篷掌舵，我与另外一位老表责无旁贷地成了纤夫。纤绳、纤板与纤夫组成拉纤三要素。沉甸甸的石头放到船上后，我们便将纤绳的那一端系在桅杆顶上，这一端穿在纤板上，然后再把纤板斜挎在胸前，就这般一步一个脚印地拉、拉、拉，你有力气尽管使好了，那一块块沉重的石头睡在船舱里与船板上，你不拉它们就不走。那迎面吹来的风是你的劲敌，风掀起的一个个浪花，前仆后继地扑打着船头，定会让你额上与背上多沁出一些汗珠。纤绳系在桅杆顶上的作用是，在与对面驶来的船只相遇时好互相让道，让道时高桅杆的船走外面，低桅杆的船走里面，各走一边，互不影响。船沉重，脚步也沉重，加上头顶上炎炎的烈日，脚下有时还须蹚水。一个月下来，运石任务完成了，我的脸黑了许多，臂上与腿上也整整蜕了一层皮。

　　事隔多年，我在李双江雄浑的《川江号子》歌声中看到了纤夫跋涉的身影，又在男低音歌唱家夏里亚平的《伏尔加船夫曲》中一睹纤夫的风采。每当此时，我便忆起了当年做纤夫的日子。是夏里亚平深沉的歌打动了我："穿过茂密的白桦林，踏开世界的不平路。"与歌中的意境有别的是，我拉纤所穿过的是家乡洪泽湖边的柳树林，我脚下踏着的是坎坷的人生路。

柳山运石头仅仅是我纤夫生活的开始。感谢洪泽湖，她母亲般哺育着我，不仅教会了我撑船、拉纤与砍大刀，而且教会了我摘菱、采莲、拉苇串与品味渔歌。

家乡的洪泽湖好大好大，烟波浩渺，清清的湖水连接天涯。湖面上白帆点点，沿古淮河故道漂向远方。湖边浅滩上生长着芦苇、菱角、莲藕与多种水草。对对鱼鸥在轻轻地穿飞，相互戏水时那敏捷的身姿，足像杂技演员在着意表现他们的技巧。20 世纪 50 年代，地方政府发动民工在湖边修筑了高高的防洪大堤，后又几次修复加固，并在堤两侧植上杂树，堤身依西溧河而筑，你如果从高空中俯瞰，绵延数百里的长堤，宛若一条郁郁苍苍的长龙，渴饮湖水，卧佑百姓。

生活在贫穷中的人们渴望的不只是食粮，还有烧草。洪泽湖是天然的烧草供应站，沿湖边有一望无际的芦苇，湖滩上还生长着茂密的水里红与荻柴、鹿角等杂草。我毕业回乡务农的几年间，与大湖结下了佳缘。春夏我们为生产队到湖中去割牛草，秋天砍苇子，冬天为自家捞烧草。草运回家需要船，有了船就得拉纤。沿着弯弯曲曲的湖边大堤把草运回家，一趟要拉好几十里路的纤，无论是在烈日下，还是在风雪中。不知是哪些冤家在大堤外栽了一片片柳树林，那是用来防浪保堤用的，不想却成了来来往往纤夫的克星。高高的柳树枝常常绕住纤绳，我们只好改从柳林外面的河边浅水中拉纤。夏天还可以，冬天在水中拉纤就不是滋味了，冰冷彻骨的湖水将我们的腿脚冻得像烧熟的虾一样红，岂止是红，还有一阵阵钻心的痛。有时，稍不留心，蚌壳还会把你的脚划得鲜血淋漓，为了生活，无奈，只有一次次地拉、拉、拉，拉出了纤夫的汗，拉出了纤夫的泪。

一个偶然的机会，我欣赏到列宾的名画《伏尔加河上的纤夫》。画面上是炎热的夏天，河边的沙滩上行进着 11 个衣衫褴褛的纤夫，他们有愁有悲，有愤有怒，各具情态。纤夫，走进了声乐天地，走进了世界美术名作。于是，我愈加忆起往日那段拉纤的生活。

贫穷中有苦也有乐，这要感谢大自然的馈赠与人类的唱和。洪泽湖中有莲藕可以采，有菱角可以摘，有鸟蛋可以捡，打打牙祭，填补饥饿，有时，还可以听到渔姑甜脆脆的情歌。那次割牛草行舟过一片莲塘，我停下手中的篙让小船暂停逗留。忽然，不远处传来喷人的歌声：

> 妹打莲蓬（那个）哥采荷，
> 哥是湖水那么妹是波。
> 风儿呀有心你就（那个）吹哟，
> 湖水（呀）无波（那个）太呀寂寞。

歌声在湖面上荡漾，蘸着清凌凌的湖水，听起来格外悦耳，直把我们几颗年轻的心唱得扑腾难耐，唱得魂不守舍。起身寻找，原来是几位穿花布褂扎长辫子的姑娘也在采莲，见我们争相寻望，她们羞得把头伏到翠绿的莲叶下面去了，只见莲叶，不见面孔。

那正是豌豆花开的季节，我们从湖边一路拉纤归来。堤顶上有三四个农家大嫂在打猪草。女人成群时胆子比男子汉们还要大，她们似乎无视我们这些陌生的拉纤人，竟边打猪草，边轻轻唱起一首名叫《豌豆花》的洪泽湖沿岸情歌：

> 大豌豆（那个）开花（呀）一片（哟）白，
> 小豌豆（那个）开花（呀）一片（哟）蓝。
> （哎咳哟）奴的哥哥，
> 一年三百六十天（那个）走（呀），
> 总也（那个）走不出妹的心（呀）尖尖。

春阳送暖，东风拂面，堤内盛开着一大片一大片豌豆花，那朵朵花被歌声染得格外地白、格外地蓝。歌声是自喉咙间挤出来的，虽然充满了压抑感，但由于堤上堤下距离相近，我们却听得真真切切。歌声中，我们背上的纤绳也显得轻松了许多。那是个民歌禁锢的年代，人们被禁锢住了手脚，但没有被禁锢住心灵。好久没有听到那清新而真实的渔歌了，歌声甜甜的，听歌人的心也甜甜的。倘若在旅途中，那歌声定能倍加撩起远行人对家的思念。

乐有来时，也有尽时，就像人间的花，有开也有落。乐，有时令人流连；苦，有时令人难忘。

记得是个冬日，我和父亲运烧草回家。在湖边吃过早饭，我们开始赶路，父亲带着病体掌舵，我只身拉纤，任汗水湿透了内衣。中途受了点周折，船上的草装歪了，只好拆下来重装，一叉叉地拆下，又一叉叉地装上船，时已过午，饥肠辘辘，浑身累得精疲力尽。晚上在湖边熟悉的张培林医生家吃饭。那天，我浑身每个细胞都在喊叫一个形声字——饿。晚上吃的是面条，女主人石大英殷勤地一碗碗盛，我低下头狼吞虎咽地吃，把所有的礼节都忘到了脑后。我一连吃了 5 碗，肚子还没有饱，猛抬头发现，他们一家人都瞪起眼睛看着我吃饭，锅里的面条已所剩不多。我这才发现自己的唐突，忙放下筷子客气地说了声"吃饱了"。体力劳动后的饥饿弄得我很不好意思，每当我想起这件往事，眼前总抖动着那一根连接着饥饿与希望的纤绳。

今天，桅杆与船帆已被柴油机取代。当歌迷们沉浸在情歌《纤夫的爱》的音韵中时，他们也许会认为纤夫很浪漫。其实，拉纤是一件苦差事，只有亲身体会过的人，才解其中味。尽管"纤夫"一词在年轻人的心中很美丽，但我仍要说：拉纤很苦很苦。尹相杰先生在引吭高歌时之所以浪漫，那是因为船头上坐着一位甜蜜蜜的"妹妹"——他的黄金搭档于文华。

艺术与现实之间的距离是那么近，又是那么远。

载于 2000 年第 4 期《楚苑》

2007 年选入华东地区七年级《初中生课外阅读教材》

洪中生活琐忆

人类的记忆很奇妙，有些临近的事情却弄得模模糊糊，有些遥远的事情却记得清清楚楚。在洪中求学的 3 年初中生活，许多事情常常会在我的心海上荡起微波。

看到今天洪中这高大的教学楼，我会想起当年母校那低矮的瓦房；看到今天洪中这平坦的水泥路，我会想起当年母校那泥泞的大操场；看到今天洪中这现代化的钢筋围墙，我会想起当年母校那苇竹结构的篱笆墙。流行歌曲中的篱笆墙美轮美奂，而我记忆中的篱笆墙却险象环生。古人云：防君子不防小人。此之谓也。就是那环绕西校区一周近于倾颓的院墙，伴我度过了 3 年青春时光。

还是用记忆的扫描仪，对当年的母校洪中的某些片段，来一个真实的扫描吧，尽管有许多校园中的往事已被人们渐渐遗忘。1965 年 9 月，我被录取为初一新生，记得当时学校还专门由学哥学姐们组织了一个腰鼓队，用铿锵的鼓点声来表示对我们入学的欢迎。那时的洪中全称为"泗洪县中学"，当我们佩戴上那一枚红字校徽之时，便会产生一种光荣感和自豪感。因为那时的学校稀珍如金，全县仅有双沟、孙元、金镇、太平等几所中学，而拥有高中部的洪中无疑居于老大的位置。

20 世纪 60 年代的洪中校区分三大部分：一是西校区教学区，二是东校区寝室区，三是中间一个大操场以及操场南面学校的耕地，面积究竟有多大已记不清了，只记得当时学校还有一位姓潘的工友，师生们都尊敬地称他"老潘"。

他负责校区内的种植任务，还喂了两头牛。我们在操场上上体育课时，经常能听到老潘那嘹亮的号子声。一条砖头铺成的人行道连接着西校区与东寝室，两区相距约1华里，我们每天都要在那条路上往返好几趟。砖道北部是菜园，由21个班包班种植，收入列入班费开支。当时高中部9个班，初中部12个班，泱泱千余人，大约相当于部队的1个团，上街游行声势较大，每每都能吸引过路的观众与居住在路边的市民驻足而观。进校那年冬天，学校组织我们在大操场与东寝室之间挖了一个鱼塘，塘中挖出的土在东岸堆了一个高高的土山，班上我们几个年龄小的同学，有时会躬身快步登山，模仿当年人民解放军抢占山头的游戏。后来，由于学校扩建的需要，那个鱼塘不知何时被填平了，小土山也不见了踪影。

对母校校园的回忆是每个学子的情分，而在校园中播下最多的却是师生情。首先想到的当是我们初一丙班的班主任徐继达老师。他是苏南金坛人，大学毕业分配到泗洪工作，因教学有方而以生物副课老师的身份委以班主任之职；又因为他管理班级得法，所任班级在学校名列前茅。

那时我们班的课任老师还有：语文老师陶粹保，数学老师秦安国，外语老师戚松梅。代地理课的黄赞勋老师给我印象较深，他是涟水人，据说他曾做过沭阳县中学校长，他的简历后来还被记入了《淮阴市志》。他的讲课循循善诱，地理虽属副课，但山川大地气候海洋，在他的口中都变得鲜活起来了。多年后，我参加高校文科考试，凭着那一年所学的地理知识，我竟考了近80分。

我们家离县城30多华里路程，上学与回家靠的是双脚，一步一步地丈量，沿着古通济渠，也就是今天老汴河河堤而行。遇到下雨天，在泥泞的土地上跋涉就更显得困难了，小小的年纪，长长的路途，为了学业，你必须走；为了父母望子成龙的期望，你必须走。当年红军长征，用双脚走了两万五千里，我三年的初中生活，那里程计算起来，也算得上是一次小长征。

那个年代，我们做学生的生活要比农民好得多，高中部学生每月口粮34斤，初中部学生每月口粮32斤，虽然吃不饱，但能吃得上大米、白面。我们也经常吃上小麦面与山芋干面合做的黑馒头，人在饥饿时，黑馒头嚼起来也满嘴余香。学校食堂还准备了好多蒸笼，我们也从家中背上些山芋，放在笼中蒸熟填补饥肠。说不准是为什么，那时生活在贫穷中的人们却显得倍有精神。

1994年秋，洪中搞建校45周年校庆活动，儿子小白正读初二，父子双双参加母校校庆，这也是一件难得之事。几位有成就的母校学生皆被请上主席台入座，母校在引以为自豪的同时，也流露出几分势利——她只能记住优秀学子的名字。

此生最大的幸运，还是与书结下了缘分，我之所以把读书当作人生的第一要务，这是因为，我非常想把在洪中那几年荒废了的时间给找补回来。

载于2012年6月8日《宿迁晚报》

寻不到的故乡
Xun Bu Dao De Gu Xiang

忘不了的半边圩

　　童年时，因随父亲工作调动，我曾就读过4所小学，即梁园、石集、莫台与半边圩。

　　考进半边圩高等小学那年，我正好10岁。那时儿童的眼光就是这么封闭，仅仅距莫台村5华里的地方，而在我看来就像今天的出国那么遥远。

　　半边圩原名小冯台，因村后圩沟仅环村半圈，故得名，当然，村中居民还是冯姓居多。小时候听大人们说，清末有一部在家乡传唱的大鼓书，书名叫《三打湖坡捉冯月娥》，书中的主人公就是半边圩人，他由于反抗封建地主的压迫，而受到地方政府的通缉。我从小对这个故事很在意，后来就以小冯台为题写了一篇民间故事。当然，这也与小冯台是我的母校所在地有关。

　　在家乡一带，不以"台"命名的村庄为数不多，这是因为，家乡靠近洪泽湖地势低洼，须把宅基用土垫得高高的，然后才能盖房子。半边圩村名虽是破格的一例，但归根结底它还是小冯台。那时整个城头林场仅有4所高等小学，我到现在还搞不清，当时为什么会把高等小学放在半边圩这样一个小村庄。后来的读书人可能不知道，那时的小学部还分两个阶段：初小与高小。

　　往事如云，轻轻地从记忆的蓝空中飘过。这人啊，有时很奇怪，有些临近的事情常常会被忘掉，而许多遥远的往事至今依然历历在目。

　　我首先要回忆的，当是我们当年上学的小路。应当说，我人生的道路就是由家乡的小路牵引出来的，那窄窄的家乡小路边，洒满了我的童趣和往事；那弯弯曲曲的家乡小路，多像我的坎坷经历和九曲回肠。经过数十年的社会变迁，村民们的印象大都定格在现在的路况之中。看到今天人们用电动车乃至小轿车接送孩子上学的场面，许多后生们已不可能相信我们当年那步行上学的情景。那时从莫台村到半边圩有两条小路，东路自村东向南，田间的小路窄而又弯，穿过村前横跨东西的抗战时期挖的大战沟，走上高台村东 20 世纪 50 年代为治水而挖的围田埝，再越过横亘在半边圩村后的大邱沟（也许是因为沟在邱台村后而得名吧），便可以到达学校了。西路自莫台村西南行，经高台村东头穿越大邱沟而到达半边圩。我上学走的是东路，常常与刘长庆把手中的雨伞当枪，向着假定的目标"射击"。倘若遇上雨过天晴之时，我们还可以站立在高高的围田埝上，眺望西北方那百里外遥远而秀丽的朱山的影子，然后在同学们之间奔走相告。

家乡的道路改造是在 1964 年冬天。那时族姑父朱怀德任大队书记，不知是他独出心裁，还是受到别人的启发，他从村前到村后仔细地丈量，每隔 500 米挖一道沟，同时叠一条路，路边再栽上成排的树，这样既有利于排水，又有利于行路与绿化乘凉，虽然是土路，但人走在上面感觉就不一样了。族姑父又和其他大队联手，从莫台到刘台挖了一条大沟，沟西又叠了一条宽敞的大路，那条沟至今还被称为"十里长沟"。古人说，修桥铺路是件造福之事。从此，我们村作别了弯弯曲曲的小路，一代代学子到半边圩上学也有了像模像样的路了。当然，首先受益的当是我们那一代人。

从莫台小学到半边圩小学，不仅改善了条件，我们的眼界也开拓了许多。原来我们的课桌是泥土垒成的，现在换成了木板课桌；初小时我们整天见到的只有一两个老师，现在放学排队时，站在队前的老师竟有 10 来个，其中还有戴眼镜的，这又会在我的一颗童心上增加了莫名的神秘感。

坦诚地说，我那时不是个合格的学生，更算不上是优秀的学生。在课堂上我应付所有的课程，一旦走出教室便成了一匹野马，任个人喜好驰骋。我那时课外主要做两件事：一是到路边的树林中寻找小急溜，就是云雀；一是到村头沟边寻找大螺螺壳斗仗玩。这人啊，有股邪劲，你要是热衷上哪一门子事，就是不容易拉回来。我因寻找小急溜没让母亲少费过心，也曾因到邻村寻找螺螺壳而让母亲急得四处找寻。这些事现在回想起来，依然对已逝去的母亲有一种负债感。

我上五年级时的班主任是陆少甫老师，他上课时轻微的口吃也曾引发过我们童稚的笑声。他是原宿迁县龙河镇人，对班务工作特负责任。许多往事已记不清了，而在我们久别重逢前的一件事特让我感动。这许多年，他在寻找我，我在调进宿迁市直机关工作以后也在寻找他。前年，还是城头迎湖村的小冯为我们穿针引线，让我们师生俩在激动之中互通了电话。真没想到，一别40多年了，陆老师一直记住我的名字。这些年，我在报刊上发表的文学作品，凡是陆老师看到的，他看后都一一保存起来。这保存中有师生情啊，并且是非同寻常的师生情。他退休后回到了老家大罗村，知道情况后，我又在一个秋天的晚上去看望他，他也备下酒招待了我。那是我经历中最美的一个秋夜了，师生推心置腹地畅谈，让天上的星星都瞪大了忌妒的眼睛。不久，听说陆老师去世了，我没能亲自为他送行，仅写一首小令《乌夜啼·怀师》以示悼念："四十年后重逢，总相因，转眼音容化作梦中情。思往事，悲白发，叹飘零。最是人间风雨送师魂。"

古人云：一日为师，终身为父。这句话在崔耀东老师身上体现较深。刚刚升入六年级，我们的班主任又换成了崔老师，他那时已经50多岁年纪，头上已白发纵横。我在班里年龄最小，座位在第一排，也就是说在老师的眼皮底下。上课时，我所做的每一个小动作崔老师都看在眼里，为此我吃了不批评，但我从未受到过体罚。我在后来自己走上讲台时，才深深体会到崔老师的良苦用心。我也曾这样想过：体罚大概算是一个老师无能的表现。

作文课是我最感到头疼的一门课程，一因无事可写，二因语言贫乏。今天，当我写出了300余万字的文学作品时，常常会想起崔老师当年的一片苦心。作文课大都安排在星期六，如果上午写不出来，那就下午到校接着写，下午写不出来，那就星期天再来写。这一点崔老师是从不让步的。我那时只想玩，有时星期天被逼到校，身在教室里，心还在云雀那清脆的叫声里。崔老师住在校舍最后排最西头，1间正房加上1间厨房。我们几个老油条从家里带点凉饼，中午崔大娘热情地馏热，还把热腾腾的汤端到我们的面前。那份情，那份爱，让人一辈子都忘不了。

人都说严师出高徒，我说严师出对策。我终于想出了一招，那就是摘抄。从我读过的书中摘抄，从同学手中的《作文选》上摘抄，既摘抄华丽的语言，又摘抄叙事情节。这样，写起作文来就有话可说了。后来我才悟出一个道理：写作的最好向导便是读书。临近考初中时，崔老师出了个作文题《我的理想》。为了完成作业，我到处寻找"外援"，终于在初中政治课本上看到了一篇文章，题目为《下乡种地是否丢人没出息》。文中的有些语句真好，是我从来没见到过的，什么"一颗红心，两种准备"，什么"革命青年志在四方"，应有尽有，其中有一句我现在还背得出来："温室里的花朵开得虽然美丽，但是经不住风吹雨打。"我的那篇作文被崔老师当作范文拿到班上读，弄得我脸红红的，真不好意思。那年初中升学考试的作文题是《我毕业了》，这次对上号了，我把自己《我的理想》作文中能记得住的语言都搬上考试的作文里了。当时升学考试只考作文与算术两门，也就在那一年，我考取了泗洪县中学。由于崔老师教学有方，我们班 17 人参加考试，竟考上了 12 人。

高小的毕业照片是在学校前面的几棵大柳树下拍照的，全校的老师都参加了，可惜时间久了，照片也被弄丢了。不知那几棵大柳树如今还在不在，那当是半边圩小学校史上最好的见证物。记得崔老师带我们到县城考试那天是雨天，我们随他一路步行，途中还在下汴村的茶棚饮茶，那个小茶棚也早已消失于时间的风雨中了。崔老师于 20 世纪 70 年代末去世了，我当时正在淮阴师专读书，深为没能亲自送灵而抱憾。他有个儿子名叫崔华堂，"文革"前在外交部工作，很少回来。参加工作以后，我经常在清明时节到城头刘台村前崔老师的坟前祭扫，以表感恩之心。岁月匆匆，昨天一旦进入今天，也便成了往事。难怪李商隐说："此情可待成追忆，只是当时已惘然。"

当年半边圩小学的校长是王文品，教导主任是徐凤林，徐主任后来还担任我的母校城头中学的后勤主任，他已在 30 年前去世了。王文品校长身体尚好，他与我的父亲是故交，我读高小时，他还给我买过一双球鞋，我调到市级机关后他也来过，我也曾陪他小酌几杯。一晃又 10 多年过去了，他大概已年近九旬了吧，几个月前表弟朱新华还谈到过他，说他还在记挂着我。

该去看看王校长了，也该去拜谒我的母校——半边圩。

载于 2014 年《大湖》创刊号

"男人国"的变迁

"男人国"不是国，世界版图上寻找不到它的位置。

"男人国"原为古浪湖，位于今洪泽湖西岸江苏省泗洪县境内。数百年间，这里一直是天然牧场，方圆上百里内的牧农云集在这片特殊的领地里砍草、放牧，春来冬归，岁岁轮回。放牧者是清一色的男子汉，整天赤足而行，夏日一丝不挂，因此"男人国"被取了这个雄性的名字。已上溯不出"男人国"准确的历史，更数不清"男人国"有几多年轮。听老人们说，民国年间闹匪，这里曾是土匪窝。土匪们常常持刀弄枪，群居于此，欺渔霸湖，残害百姓。1941年5月，张爱萍将军率领新四军四师九旅部队驻进洪泽湖边，一举全歼了高铸九、孙乃香、魏友三等部匪徒1800余众，驱散了洪泽湖上的阴霾。中华人民共和国成立后，洪泽湖沿岸筑起了高高的防洪堤，弯弯的长堤把"男人国"一分为二，堤外是芦苇菱荷，堤内是一望无际的荒草地。

我第一次到"男人国"，还是个不谙世事的牧童。春天，我与小伙伴们横在牛背上，相伴嫩草拔节，倾听云雀歌唱。夏日，我们洗澡、捉鱼、采莲，或钻进芦荡深处寻找鸟蛋。待秋天在雁声中走来，我们又到小河边去捉蟹，到数里外的枫林中摘香马菱打牙祭，有时也帮成人们牵牛拉草，尽力所能及。入冬时，人们都赶着牛回村了，因为"男人国"从不青睐冬天。

往事如烟，一晃30余年。今年仲夏，我重返"男人国"，却让眼前的景象更换了我记忆的胶卷。

广州与江苏宿迁两地举办摄影创作联谊活动，市委宣传部邀请华南师大摄影副教授谢善本先生等一行六人来宿迁采风，我作为一个家乡人，陪同他们一起到泗洪县洪泽湖湿地自然保护区观光。

保护区分属城头乡四场村与九场村，为国家级自然保护区，总面积23.5千顷，分为湿地、鸟类、地层与森林等几大类别，我们此次观光的是湿地与鸟类两大保护区。我们的专车在湿地保护区大门外停下，凭票进门，改乘电瓶车，电瓶车司机均为本村就业农民。在千亩荷花观赏区内，我们观赏到了"红太阳""红蜻蜓""金凤凰"等数百种荷花，朱红的、粉红的、洁白的、淡绿的、橙黄的，琳琅满目，可眼宜人。其中，还有来自俄罗斯的"卡罗琳皇后"，与来自南美洲的"荷花王"。荷花已连接起五大洲的情谊，让友谊与和谐也在家乡的土地上五彩缤纷。

待广州的朋友摄影毕，我们又乘坐快艇浏览湖上风光，快艇像鱼雷似的在芦苇荡中穿梭，艇下冲击起的波浪扑打着两旁茂密的芦苇，惊起一群群鱼鸥等鸟儿，在葱绿的芦苇梢头扑叫，或在茫茫的水天中惊飞。于是，6只长镜头的摄影机从不同的角度瞄准白色的鸟群，是摄影，不是射击。鸟倚林而栖，鱼凭水而跃，偶尔，当一条不知名的鱼儿倏然跃起，又为我们此次的绿色之旅平添了几分雅兴。

出了保护区的大门，我们又来到个体户袁老板的荷塘前。阳历7月正是荷花怒放之时，万朵芙蓉出水，婷婷娉娉，娉娉婷婷，在一片片圆圆的绿叶陪衬下，愈加美不胜收。叶绣千层绿，荷开万朵红。此时的荷花，说准确点，是竞放，一朵比一朵浓艳，一朵比一朵娇美。广州华联学院副教授曾萍女士，在年轻女主人的执篙下，也亭亭玉立于舱中，头顶一片莲叶，手持一朵荷花，竟即兴唱起《洪湖水浪打浪》，清脆的歌声在荷塘中荡漾，然后又飘向水天一色的远方。古老的"男人国"，飘起了甜甜脆脆的女声独唱。

下午在四场村的白鹭园，我与我的学生魏怀华邂逅。我曾在家乡的一所中学从教，怀华当时是我的学生。在毕业以后的这些年中，怀华立志创业，在县城发展，竟成了资产上千万元的老板，如今他回乡投资创建湿地保护区服务中心，一幢幢楼房正待拔地而起。

广州的朋友兴高采烈地走进白鹭园，搞他们的摄影艺术去了，我们师生正好乘此机会促膝长谈。怀华告诉我，他准备在游览区的防洪堤内，盖一所集餐饮、住宿与休闲娱乐于一体的湿地服务中心，并命名为大湖湾广场，让游客们能在豪华的餐厅里喝上家乡的双沟美酒，吃上鲜美的洪泽湖螃蟹、龙虾等水产佳肴，还可以在游泳池中痛痛快快地洗个澡，也可以在古木浓荫下玩玩扑克、下下象棋，或打打网球。

听着怀华眉飞色舞的叙述，我真为家乡如此巨大的变化而吃惊，更为家乡美好的前景而高兴。怀华还指着身旁绿树掩映中刚刚动土建筑的楼房，对我说："四场村在现在已建的观鸟园、乡土植物园与汉风博物馆的基础上，还规划为全村228户村民兴建康居示范村，全村规划居住面积7.35公顷，平均每户住宅面积将达到200平方米，这里将融生态旅游与田园化村庄于一体。"

我百感交集，有回忆，有感慨，也有憧憬。家乡的"男人国"，如今已展现出一幅社会主义新农村的生活画卷。

载于 2008 年 8 月 11 日《宿迁日报》

千里淮河写悲欢

一

千里长淮滚滚东流，我在寻找淮河的年轮。

八百里秦岭，一千里淮河，像大自然中一对结发夫妻，携手与共，长相厮守在祖国中部的版图上。南有长江，北有黄河，淮河南岸地区习称"江淮"，淮河北岸地区习称"黄淮"，这两个与淮河有关的地域概念已为国人所熟知。

秦岭与淮河中分南北，将我国的领土一分为二，是古今一道尤为明显的分水岭。淮河流域北屏黄河南堤和沂蒙山脉，与黄河流域接壤，南以大别山及皖山余脉与长江流域分界，东西横跨经度9度，南北纵深纬度5度，总面积达35.1万平方公里。

秦岭与淮河又是我国南北方的地理分界线，无论是在地质、地貌与土壤上，还是在气候、水文与生物上，秦岭南北、淮河两岸都有着显著的差别。特别是在气候上，淮河又是我国亚热带与暖温带的自然地理界线，淮河南岸属亚热带湿润季风气候，淮河北岸属温带半湿润季风气候。一条淮河，划出了中国的南方与北方，从而也分出了南方人与北方人不同的传统风俗与生活习惯。即使是在民族经济文化空前大融合的今天，人们还常常有"南人吃米，北人吃面"的说法。追溯到1800年前，我们还依稀记得在甘露寺门前刘备对孙权所说的一句话："北人骑马，南人驾船。"

作为淮河流域的子孙，我们不得不承认，祖先们曾经生活在漫长的苦难之中。也许是由于气候、地貌等许多原因，淮河流域曾经作为"蝗虫的天国"而载之于地方史册上，而蝗灾最频繁集中的地带又是河湖如网的淮河下游地区。自然界的蝗虫曾向人类的青纱帐发起过无数次猛烈的进攻。据《泗洪县志》记载：蝗虫最早见于汉代原始二年（公元 2 年），到元代至正七年（1374）共发生蝗灾 51 年次，约二十七年一遇。明清两代共发生 48 年次，周期缩短至三分之一。1912 年至 1949 年这 37 年间，发生蝗灾 17 年次，平均 2.12 年便发生一次蝗灾。

地方文献中对蝗灾实况的描述更是令人闻而生畏。《淮阴市志》记载："咸丰三年（1856）春夏，宿迁、安东、桃源、盱眙、山阳大旱，飞蝗蔽日，食尽禾苗。"1953 年春夏，金湖、洪泽遭蝗灾，每平方米多达千只。《泗阳县志》对清雍正十年（1732）的蝗灾作如是记载："夏，西乡柴林湖、毛家集等处周遭数十里，蝗蝻遍野。"《泗洪县志》对蝗灾的记载更是令人瞠目："明神宗万历十三年（1585），夏旱，蝗盖地。""民国十六年（1927），沿湖蝗虫遮天蔽日，落地足有 5 ～ 6 寸厚，所到之处，庄稼荡然无存。"

古今志书对蝗灾的记载大都喜用"遮天蔽日"一词，这并不是修志者的词汇贫乏，而说明最能描绘蝗虫飞起时的状况和数量的词语，也莫过于此词了。由此，我们可以想象到曾经见过的蔽空的鸦群，相比之下，群鸦的数量便是小巫见大巫了。所以，蝗虫又名天虫，羽翼丰满者则为蝗。清康熙年间，桃源县（今泗阳县）知县萧文蔚写了一篇《禳蝗文》，借当时蝗害而讽喻贪官泛滥成灾这一社会腐败现象，中有句云："职又闻蝗之红头者，皆文官贪婪所致，头黑者，皆武官贪婪所致。"该文既写出了蝗灾害人的自然现象，又抨击了官灾害人的社会现象，双管齐下，一石二鸟。

中华人民共和国成立后，蝗灾依然存在，但中国共产党领导下的各级人民政府都能以关心民生为本，及时组织人力捕杀蝗虫，千方百计为民除害。仅以泗洪县为例：1951 年 5 月，华东地区农林部拨给泗洪县 20 台治蝗专用圆形手摇喷粉机，俗称"洋枪机"，用以消灭蝗虫，这就大大超过了人工扑打的效率。由于新中国在灭蝗事业上对淮河下游人民支持较大，因而，在今天的洪泽湖沿岸，人们仍习惯把当年用来根治蝗灾的"六六六杀虫粉"称为"蝗虫药"。当年 6 月，中国科学院昆虫研究所在车路口（今属洪泽农场）蝗区设立治蝗试验点，以马俊教授为首开展对蝗虫生态学研究，帮助地方根除蝗害。同时，国家农林部还派两架安—2 型飞机帮助泗洪灭蝗。至 1958 年，全县使用飞机灭蝗 14 次，动用飞机 19 架，空中飞行达 653 小时，喷药粉 1456 吨，治蝗面积达 206.9 万亩。

时至 20 世纪 70 年代，淮河流域治蝗成功，飞蝗蔽日的情景早已成为过去。

二

千里长淮，滚滚东流，我在寻找淮河的年轮。

对于地球而言，淮河不过是上帝凌空抛下的一条小小的银蛇，不过是大自然画师信手画下的一条淡淡的曲线，不过是时光老人额头上绽出的一道浅浅的皱纹。

一代代淮河儿女创造了灿烂的古淮河文明，淮河流域文化既具有黄河流域文化的粗犷美，又具有长江流域文化的丰秀美，淮河文明是祖国南北方文明的桥梁与枢纽。

破坏人类文明的最大罪魁是战争，一部中华民族的历史几乎就是灾难深重的战争史，而淮河两岸自古又为兵家必争之地。在祖国大地上，淮河就像足球场上的中线，无论南方还是北方，如果欲攻进对方的"大门"，都必须首先突破淮河这道"中线"。神州板荡，中原逐鹿，战争，这个杀人如麻的魔鬼，已经为地球的球民所屡见不鲜。作为淮河流域的子孙，我们又不得不承认，先辈们便生存在漫长的战乱与灾难之中。罗贯中先生在《三国演义》开篇便说，天下大势，分久必合，合久必分。他所说的分是指战乱，合便是指统一。纵观中国历史，仅春秋战国就大乱了 550 年，在秦统一六国之后，也总是战乱多于统一，即便是在史家所谓强盛的汉唐两朝，统一也只能说是相对的。在淮河流域的上空，不仅飘过大漠的狼烟，而且蔓延过异族的战火。

淮河，是古今国内战争的一条不成文的"三八线"。依依淮河，又牵起过一次次民族团结之手。自东晋南北朝以来，淮河便自然形成了我国战争史上的地理分界线。在历史上，淮河的战略地位对于南方来说，主要在于屏蔽淮南，作为长江的外藩；而对于北方来说，则以夺取淮南为进攻江南的重要基地。南宋经学家胡安国说："守江必须先守淮，淮东以楚州（今江苏淮安）、泗州（今江苏泗洪、盱眙一带）、广陵为表，可遮蔽京口和秣陵（南京）；淮西以寿春、历阳为表，可遮蔽建康（今南京）与姑孰（今安徽当涂）。"南宋诗人杨万里也说过："固国者以江而不以淮，固江者以淮而不以江。"在我国出现南北分裂局面的任何一个时期，南方能保住淮河就能抗拒北方，北方如果占有淮河就可以威胁江南。

淮河的要隘主要有颍口（在今安徽省颍上县东南）、涡口（今安徽省怀远县）与泗口（今江苏省淮阴县西南），这3条河流是古代南北交通最为便捷的水路。因此，淮河流域又成了古代战争的策源地与交汇点。所以古人总结说：欲固两淮，先防三口。

淮河，在历史的记忆中至今还闪烁着刀光剑影。让我们沿着时间的脚步去寻找战争的旧迹：公元前154年，吴楚七国叛乱，周亚夫轻骑出泗口，以断吴楚粮道；公元209年，曹操自涡口入淮置合肥为重镇，兵犯江南；1161年，金主海陵王完颜亮兵临淮水，宋高宗诏淮西军以保颍口……

人们最熟知的，还是在淮水岸边进行的那一场淝水之战。前秦统治者符坚统一了黄河流域后，又于公元383年亲率90万大军进攻东晋，当时东晋仅有8万人迎战。秦军占领了寿阳（今安徽省寿县），晋军于淮水东岸扎营对峙。晋军杀死前秦大将梁成，符坚登上寿阳城头观战，见晋军阵容整齐，便心有余悸。他转头一看，对岸八公山上草深林密，似埋伏着千军万马，而且每棵树每株草都像将士一样威严地站立在那儿。他在心惊胆战中为后人造下了一条成语"草木皆兵"。两军决战，前秦军后退让晋军渡河，忽然听到"秦军败了"的连声呐喊，秦军又在慌乱中不战而败退，接连逃跑了几天几夜，听到风声与鸟叫声都以为是晋军追来了，更加慌不择路，急急如惊弓之鸟。于是，符坚又给后人造下了一条成语"风声鹤唳"。

南北朝时期是我国典型的南北分裂群雄割据的年代，梁与北魏相互争夺淮河流域。梁天监十三年（514），淮河涨水，梁武帝听信北魏降将王足计谋，欲在今安徽五河县与江苏省泗洪县交界之处的淮河上，筑堰拦截淮水，以灌北魏军驻地寿阳，并企图淹没北魏控制下的淮北大片土地，用以水代兵的战术，形成军事隔离区。

梁武帝派材官将军祖暅与水工陈承伯实地勘察，遂决定在南岸浮山到北岸潼河山之间筑坝。此项工程于当年冬天开工，至翌年四月完工，征集徐、扬地区民工 20 万人。堰坝将合时被洪水冲垮。梁武帝信巫师之言，认为水中有蛟龙作怪，须用铁器筑坝，以镇蛟龙。于是又四处大量收集铁器，并销毁兵器 10 余万件，终于筑成淮河上第一座巨坝浮山堰，因此，浮山堰又名铁锁岭。铁堰长 4.5 公里，宽 40 丈，顶宽 45 丈，高 20 丈，今遗址尚存。筑坝期间仅病死者即达 10 余万人。这项十分不聪明的巨型工程，在短短几个月内淹没了浮山以上 6700 平方公里的土地，迫使北魏军队迁城避水，但梁武帝终究没有攻城略地，仅仅留下了千古笑谈与令后人顿足慨叹的历史遗憾。

浮山堰筑成后，护堰任务交给当时徐州（治所在安徽钟离）刺史张豹子负责。因淮水汹涌，更加上防护不力，用大量物力财力人力与生命筑成的浮山堰竟于天监十五年（516）八月被冲垮。司马迁在《资治通鉴》中描述堰坝崩塌的情景道："淮水暴涨，堰坏，其声如雷，闻三百里，缘淮城村落十余万口，皆漂入海。"北宋文学家秦观曾游览浮山，写下了《浮山堰赋》一文，以评述梁武帝的劳民伤财之举。

1948 年年底，中国人民解放军向国民党军队发起淮海战役，以歼敌 55 万人而告胜利。这可以说是 20 世纪以前淮河流域发生的最后一次战役了。屈指至今 50 余年，淮河流域人民用双手医治战争的创伤，又在这片土地上重建家园，发展地方经济。沐浴在新生活阳光中的淮河儿女离战争越来越远。

祈愿和平鸽永远飞翔在淮河上空。

三

淮水西来，浩荡千古，一河浊波，一河倾诉。

人们在放歌祖国壮丽河山时，总是把长江、黄河连在一起，而很少提及淮河的名字。在古代，淮河与黄河、长江、济水齐名，并称"四渎"，而五岳四渎则是中华民族的象征物；在当代淮河又被列为我国七大江河之一。《史记·殷本纪》对禹的治水范围有如此记载："东为江，北为济，西为河，南为淮。"

淮河的干流发源于河南省桐柏县桐柏山的太白顶，河道始于太白顶下的牌坊洞。《水经注》曰："淮水出南阳平氏县胎簪，东北过桐柏山。"现代人们习惯把淮河分为三段：从太白顶到豫皖边界的洪河口为上游，所有支流水系都发源于桐柏山、大别山和淮阳山脉，长364公里；从洪河口到洪泽湖出口处的中渡为中游，长490公里，流域面积15.82平方公里；从中渡到江都的三江营入江口为下游，长约157公里，流域面积16.46平方公里。淮河流域水系如网，仅流域面积在1000平方公里以上的支流就有23条。古代的淮河干流在洪泽湖以西大致与今天的淮河相似，而下游的走向便大相径庭了。古代没有洪泽湖，淮河干流经古泗州与盱眙之间流向东北，又经淮阴（因在淮水南岸而得名）向东，在古涟水县的云梯关注入黄海。据有关史料载，当时海水涨潮可上溯至盱眙以西。今天的沂沭泗水系已自成体系，而在古代，沭水与泗水则是淮河下游最大的两条支流。郦道元在《水经注》中载道："（淮水）又东，至广陵淮浦县，入于海。"涟水，汉魏六朝时名淮浦县，隋代始更此名，淮浦，即今天的涟水。

淮河下游改道的最大成因是黄河夺淮。黄河夺淮不仅使淮河改道注入长江再流入东海，而且给淮河流域带来了苦不堪言的千年水患。黄河洪水入侵淮河始于西汉元光三年（前132），而造成连年水患的则是在南宋以后。宋建炎二年（1128），东京留守杜充为阻挡金兵，在河南滑县西南人为地决开黄河，致使河道东侵夺泗水入淮河，从此，黄河夺淮形成定律。汹涌的黄河水携带大量的泥沙，沿着泗水、汴水、淮水、涡水与颍水5条泛道南下，把淮阴以下的河道淤成了地上河，大量泥沙年复一年地泻入黄海，沧海桑田，竟使淮河口段的海岸线向外延伸了70多公里。黄河水以强凌弱，又加上下游排洪不畅，遂先后在淮河下游形成了两个湖泊——洪泽湖与骆马湖，因此，可以说洪泽湖、骆马湖是"黄河夺淮的产儿"。清咸丰元年（1850），洪泽湖水位猛涨，冲塌了大堤南端的溢流坝——孔河坝，从此，淮河干流由独流入海而被迫改道经长江入海了。

战争带给淮河流域人民的是血；水患带给淮河流域人民的是泪。千年黄河故道流淌着血泪与灾难。从公元前246年到1948年这约2200年时间里，淮河流域平均每百年水灾27次，旱灾352次。自南宋以来，由黄河夺淮泥沙带来的灾害剧增；从16世纪初到1950年这450年中，每百年平均水灾多达94次，旱灾多达59次。淮河流域成了世界闻名的重灾区，千百年来，洪水泛滥成灾，居民流离失所之事泼墨难书。

早在隋炀帝将今天的洪泽湖命名为洪泽浦之前，东汉广陵太守陈登便征集民工在淮河下游修筑了高家堰，高家堰便是洪泽湖防洪大堤的雏形。明代出了个治淮专家潘季驯，他主张堵塞缺口，"束水攻沙"，就是在黄河上修筑遥、缕两套堤防，固定河道，以此种方法来抬高黄河水位，控制入淮的泥沙。他治淮的第二招是"蓄清刷黄"，也就是在洪泽湖东岸大修高家堰与东堆大堤，堵塞湖东北部的所有缺口，逼淮水出清口（又名泗口）会黄，利用淮河的清水去冲刷黄河故道中的泥沙。当然潘季驯治淮的主要目的还是保明祖陵与泗州城。

清代也曾治理过淮河、黄河，虽然未出大的佳绩，却也出现过治黄有功的官吏，如靳辅、陈潢等。自清咸丰三年（1855）河南兰考县铜瓦厢黄河决口时起，黄河始改道从山东大清河入海。从此，基本上结束了黄河夺泗入淮的历史。

历史有时又有惊人的相似之处。1938年，国民党政府仿效杜充，为阻挡日本军队进攻，在河南郑州花园口决开了黄河大堤，黄河水直泻而下夺颍河、涡河而入淮，豫、皖、苏三省有44县、480万人受灾，89万人死于洪水之中。之后，黄淮大地上形成了历时九年的黄泛区，其间，仅河南一省就有500多万人流离失所，漂泊他乡。黄泛区，对于淮河流域人民来说，是名副其实的灾难的代名词。

四

淮河西来，浩荡千古，一河浊波，一河倾诉。

我国历史上最早的治淮领袖当是大禹。从古至今，老百姓世世代代用心灵祭奠的，始终是那些乐于为民造福的人们。大禹治水，三过家门而不入的故事，古来妇孺尽知。禹从父亲鲧的治水实践中得到了启发，改变了堵流的方式而采取了疏导的方式。他跋涉九州，治河治江治淮治济治华夏百川，功盖万世。相传，就在禹治淮之时，淮河水怪巫支祁出来捣乱。禹在淮水岸边涂山与涂山氏之女女娇成亲之后，便千方百计治服了巫支祁，将其锁在龟山之下（今江苏省盱眙县官滩镇北洪泽湖中）。取得了治淮的成功，禹功成身退，化而为熊，他的夫人女娇也在嵩山下化而为石，石破天惊，又生出了夏王朝的第一个帝王——启。因此，今天河南嵩山启母庙旁有一块大石，后人称之为"启母石"。司马迁也在《史记》中有如此记载，大禹治水13年，三过家门而不入。女娇牵挂丈夫的冷暖，朝朝暮暮站在山顶眺望，她死后化成了一块巨石，屹立在涂山上，人称"望夫石"。

传说毕竟是传说，而真正治淮成功、造福于民的，还是中国共产党及其领导下的各级人民政府与勤劳的人民。中华人民共和国成立后，中国共产党中央委员会及中华人民共和国政务院，首先把治理淮河摆上重大议事日程。

新中国成立初期，淮河流域依然处在"大雨大灾，小雨小灾，无雨旱灾"的境况之中。1950年夏天，淮河又闹水灾，洪水淹没了两岸3400多万亩农田，1300多万农民再次沦为灾民。8月5日，一份灾情电报送到中南海。毛泽东主席在万分焦急中落下了两行同情之泪，他立即将电报批交给周恩来总理。9月，周恩来总理在他亲自主持召开的第一次治淮工作会议上说："国家困难再大，也要下决心把淮河治好！"他提出的治淮方针是"蓄泄兼筹"。

1950年10月，治淮委员会在安徽蚌埠成立，曾山任第一任主任。治淮的第一年，全线参战民工220多万人。1951年5月16日，以邵力子为团长的中央治淮慰问团来到淮河工地，分别向河南、安徽、江苏及淮委赠送了4面锦旗，旗上均绣着毛泽东主席的亲笔题字："一定要把淮河修好！"

新中国成立以后，国家水利部先后进行 35 项全流域性的治淮规划，大体步骤为：上游兴建水库，中游蓄洪滞洪，下游疏浚河道，分流泄洪。当你站在中华人民共和国的版图前，淮河中上游的一个个水库的名字会很快进入你的眼帘。它们分别是：河南省境内的板桥、薄山与南湾水库，安徽省境内的佛子岭、梅山、响洪甸和磨子潭水库。其中，佛子岭水库是我国第一个大型钢筋混凝土连拱坝水库，被称为"淮上明珠"和"亚洲第一坝"。据统计，整个淮河流域共兴建了大型水库 33 座、中型水库 148 座、小型水库 5100 多座。

长江上有大三峡，淮河上有小三峡。淮河三峡自西向东依次为：安徽省凤台县霸王山与禹王山之间的峡山口，安徽省怀远县荆山与涂山之间的荆山峡，安徽省五河县浮山与江苏省泗洪县潼河山之间的浮山峡。淮河中游治淮的主体工程主要有：峡山口拓宽工程、修筑淮北大堤工程、五河内外水分流工程与洪泽湖蓄垦工程等，而五河内外水分流工程又是治淮工程中的重中之重。工程主要有三个实施项目，一是开泊岗引河，改变淮水北流双沟的一段迂回现象；二是筑淮河四坝，即下草湾坝、泊岗坝、窑河坝与潼河坝（即浮山坝），以控制淮河水速；三是凿怀洪新河，以分泄淮河干流洪水，即使是百年一遇的特大洪水也能抗得住袭击，此河一期工程自 1951 年开工，最后一期工程 1997 年始竣工，河道全长达 125 公里。

新中国治淮最大的优点就是"蓄泄结合，排灌兼施"，既能有效地防止水灾，又能因地制宜地抗拒旱灾。被列入我国第四大淡水湖的洪泽湖就是淮河中下游之间的一个巨型湖泊水库，它拦蓄淮河干流上游大面积的流水，兴利蓄水库容近 40 亿立方米。围绕洪泽湖周围的已是旱涝保收的 1000 万多亩良田和一片片美丽富饶的鱼米之乡。

五

淮水西来，浩荡千古，一河喧哗，一河祝福。

黄河奔腾的流水泥沙夺去了古淮河的入海河道，淮河被迫向东南漂泊，最后寄于长江的篱下，走三河，经高邮湖，历邵伯湖，辗转三江营入江入海。淮委成立之初，曾拟订了一个开挖淮河下游入海水道的规划，并预定在 1951 年春天开工，不知何故，入海水道的施工一再推迟，最后又形成一个近期不开凿的结论。在此种情况下，江苏省水利部门为了发展农业生产，立即规划在苏北开挖苏北灌溉总渠，借洪泽湖蓄水来灌溉一望无际的良田。这项计划经淮委审查，得到周恩来总理的批准和支持，并批给水利工程大米 1 亿斤。于是苏北灌溉总渠顺利完工。灌溉总渠自高良涧逶迤东下，横穿淮安、阜宁和滨海三县，从扁担港注入黄海，全长 168 公里。

20 世纪 50 年代后期，淮河下游又开凿了淮沭新河，实现了淮水北调经新沂河入海的计划。同时，又在雄伟的洪泽湖东部大堤上兴建了二河闸与三河闸，以适当地控制淮河水流。涝时，可以打开二河闸、三河闸和高良涧闸，分三路泄洪；旱时，又能够关闭蓄水，给淮河下游地区带来灌溉之利。此可谓两全其美了，但美中不足的是，我们还没有看到淮河入海水道的开通。这是治淮事业的遗憾。

20 世纪留下的遗憾，终于在 21 世纪初得到了弥补。2003 年 6 月 28 日，淮河入海水道近期工程正式通水成功。淮河独立入海，这是向自 1194 年黄河南侵夺淮以来鸠占鹊巢的历史作郑重的告别。孙中山先生在"治国方略"中提出的"建淮河入海专道"的宏伟设想终于变成了现实；毛泽东主席"一定要把淮河修好"的伟大号召，已经被历史证明不再是口号，而是千真万确的事实。曾经失去下游通道的淮河又有了新的通道，曾经失去"母亲"的淮河，又寻找到了"母亲"。

淮河入海通道是沿着苏北灌溉总渠而开凿的，它西起洪泽湖东岸的二河闸，经江苏淮安市的青浦、楚州二区与盐城市的阜宁、滨海二县，全长 163.5 公里，排洪流量为 2270 立方米 / 秒。从此洪泽湖的防洪标准从每五十年一遇，提高到每百年一遇。淮河不再继续"寄人篱下"绕经长江边的三江营借道入海，而改从黄海岸边的渔镇扁担港直接东流归海。淮河入海水道的开凿，是我国治水史上的又一个醒目的里程碑。

治理淮河成功，这是应当名之于史册的大事善事，功在当代，利及千秋。当历史上一项大事业成功之后，人们所念念不忘的往往是伟人的名字，而常常忽视了那些曾经为之呕心沥血或挥洒汗水的普通劳动者。在 21 世纪初的今天，当歌迷、球迷们为歌星、球星捧上鲜花与美酒的时候，让我们再次提及当年那一个个治淮功臣的姓名吧，我们要郑重地把鲜花与美酒敬献给他们：

中国连拱坝之父——汪胡桢

豫东水利事业的开拓者——郭建华

治淮大军中的铁姑娘——金秀兰

受到毛泽东主席亲自接见的治淮特等劳模——王兆山

……

蝗灾、战乱和水患是淮河流域人民的灾星，灾星陨落，该是福星高照的时候了。然而任何一项胜利带给我们的并不应当都是微笑，更为重要的却是沉思。前事可师，前车亦可鉴，因为世界上绝对没有一劳永逸的事业，淮河依然在召唤一代代后来者。

回首治淮事业的光辉历程，我们该虔诚地举行一次跨世纪的仪礼了，那就是对灾难深重的昨天作一次意味深长的祭奠。

祭奠历史比祭奠宗庙更加沉重。

2007 年第 1 期《江苏地方志》

又载于 2013 年第 3 期《楚苑》

代跋：人生能有几多驿站

古代官道边的驿站是歇脚之所，那是公务所需；人生道路上的驿站是落脚之所，那是生活所需。古人云：梁园虽好，并非久留之地。我儿时却在老汴河岸边的梁园村生活了近两年时间。但此梁园非彼梁园，古人笔下的梁园是大兴土木的代名词，而我笔下的梁园乃是一个普普通通的村庄，那也是我永远难以忘怀的一个人生驿站。

在洪泽湖西岸的城头与石集乡境内，村庄大都以"台"命名，这与昔日地势低洼洪水为患有关。而在方圆百里的村庄之中，以"园"命名的却很少，唯独孙园、花园与梁园等。梁园村因梁姓居多而得名，在我儿时随家迁徙的生活中，它曾是我的故乡之一。"故乡"一词，大可指县乡，小可指某个村落。有位名作家曾经说过：故乡是祖先们在辗转漂泊中的最后一个落脚点。我认为这话不太准确，即使是祖先落脚的地方，如果既不是出生地，又没有生活过，那只能叫祖籍。人们习惯把人生第一次居住过的地方或者出生地叫作故乡，其他即为第二故乡。

我出生在安河畔，长在溧河边，5岁时随家自泗洪朱湖迁回城头，迁徙后户口所在地的第一站便是梁园村，因为父亲由小乡乡长转业任潘赵高级社主任。那时车辆极少，我们搬家时的全部家当都在一条民用船上。船由安河转濉河，再从青阳镇转入老汴河南下，梁园村就紧临河的西岸。少不更事，长大后才知，那条河已经是国宝，就是当年隋炀帝时代开凿的通济渠，今天仅剩泗洪县青阳镇到临淮镇这 60 华里的一段了。至今还依稀记得，我常常跟在母亲身后，站在汴河堤上看南来北去穿梭不息的白帆。伴随着机械化的到来，那美丽的白帆已渐渐被嗒嗒的机轮声所取代，家乡漫长的船帆时代在科学匆匆的脚步声中结束了。

我入学的第一启蒙地是梁园小学，我的第一启蒙老师是杨悆老师，他当时上身所着的那件淡黄色背心，一直烙印在我的记忆之中。第二年，我又随父亲的工作调动而转学石集小学，1960 年方转到莫台小学，与我朝夕相伴的，还有那怎么也抹不平的泥土课桌。

在梁园村的一年生活，正是我国"大跃进"洪流最汹涌澎湃的一年。那"大炼钢铁"毁锅的情节已记不清了，只记得人们奔忙"除四害"的二三细节。苍蝇、蚊子、臭虫在该打之列，自然不必说，那一年麻雀们确实深受其苦了，在"四害"中，它是唯一的蒙冤受害者。只可惜那时没有摄像机，不能把麻雀们惊慌逃窜的镜头画面摄下来。我不知道麻雀们犯了什么错，只知道把成人们烧熟的麻雀放进口中咀嚼，味道还真香。当今天看到一只只麻雀在我们身旁无惊无险地跃动之时，不禁又会想起当年那不该出现的一幕幕画面。还好，就像祖国的文化遭受到一次次文字狱还依然继承下来一样，麻雀也没有因为那场灾难而绝迹。

我这人不知怎么回事，自己用过的钢笔一直收藏着，自己穿过的衣服舍不得扔掉，自己住过的地方总是时时忆起，并且是满怀深情。读书时，梁园村有我的同学；从教时，梁园村有我的学生；社会交往中，梁园村有我的朋友。说真的，我总是对他们怀有特殊的感情。每次还乡路过梁园，我都要隔着车窗对那片曾经哺育过我的土地深情地望上几眼。

前不久，梁园村一位朋友打来电话，说是梁园的村庄已经不存在了，居民大都迁进了刚刚建好的社区楼房。我乍听心里一惊，接下来就是回忆，脑海中放电影似的满是梁园村往日的图像，那房，那树，那人，还有那绿树丛中我的第一母校。从茅草房到瓦房，再从瓦房到社区楼房，梁园村在 30 年间完成了它的命运"三部曲"，是合唱，也是独唱。其中，有的歌曲唱起来很凄凉，有的歌曲唱起来很高亢，梁园村的变迁是一部高亢的组歌，但歌声中也有村民们在向故乡最后告别时，心头泛起的那一缕缕依依不舍的忧伤。忧伤，是人生的一串不忍吞食的冰糖葫芦。我很想回到那梁园村的旧墟上，再重温一下那儿时的往事，再回放一下那河面上的白帆，再与当年的伙伴们拉一拉家常。但我深知，那已经是永远寻不到的故乡。

我的老家莫台村在梁园村西五六华里处，同是一个乡，头顶同照一轮太阳，同照一轮月亮。据说，按照全乡土地流转的规划，莫台村在两年内也将全村拆迁，房屋将夷为平地，村民将被"赶"进楼房，祖祖辈辈居住的老宅将变成青青的良田。昔日的村邻将各居一方，离开生生不息的土地与村庄，这将是一种什么样的感情纠葛？自问情为何物，于是散文集之名便因情而生。

又有一位作家说过：故乡是一个人年轻时想走出去，年老时又想走回来的地方。莫台村就是我想走出去又想走回来的地方，也是我流过泪水也流过汗水的地方。也许是机遇的巧合，当年我走出了村庄，走出了饥饿，也走出了"农门"。从淮阴师专毕业，上塘与城头中学的校园里有我青春的留影；调进县城工作以后，我租赁过顺河路张家小院与江氏小楼，直到1993年祭灶日，才搬进了属于我自己的家园——体育路1号那个二轻局小院。又是一个机遇的巧合，1997年深秋，我调进宿迁市级机关工作，第一次住进了府苑小区的楼房，至今已近20年。从古汴水畔迁居到古泗水畔，我的精神生活一直沐浴在白居易词作《长相思》的意境之中。我曾在一篇散文中写过这样的话："人生的每一次举家搬迁，都是一次岁月的沧桑。"于右任老先生身在台湾、心思故乡时，曾写下一首题为《望大陆》的诗："葬我于高山之上兮，望我故乡；故乡不可见兮，永不能忘。葬我于高山之上兮，望我大陆；大陆不可见兮，只有痛哭……"故乡就是这般让人牵肠挂肚、梦绕魂牵。人生的每一个驿站都有故乡的影子；回首人生那每一个驿站，不禁让人感慨万千；品味人生那每一个驿站，又都会给你一种莫名的辛酸感。我真不知道，明天还有没有新的迁居之所，前头还有没有新的生活驿站。

无独有偶，正当我手捧本书的清样稿认真校对之时，侄孙险峰电话告诉我：莫台村已经丈量准备拆迁。立时，一张张面孔、一件件往事云集心头，我真感到眼前一片茫然，随之，一种失落感也自天而降。我将真的寻找不到故乡了！

　　值拙著付梓之时，我将两年前的同名旧作翻出，改个标题，增几行文字，以代全集之跋，未知可否？本集收录我多年来创作的乡情散文，以诚挚地献给洪泽湖西岸生我养我的这片土地，献给那些血浓于水的父老乡亲。

作　者

2016 年 11 月 2 日于宿城三省斋